U0891130

作家的劳动绝不仅是为了取悦于当代
而更重要的是给历史一个深厚的交代

路遥

纪念路遥先生诞辰七十周年

路遥

1949.12.2—1992.11.17

1949年生于陕北，1973年进入延安大学中文系，开始文学创作。1982年发表《人生》，轰动全国。1988年完成《平凡的世界》全三部，1991年获第三届茅盾文学奖。

路遥全集

·典藏版·

中短篇小说卷

在困难的日子里

北京出版集团公司
北京十月文艺出版社

目 录

基石

一

青刚山的高峡深谷中，锤声、钎声混合着巨大的爆炸声，日日夜夜地喧吼着。公路，像一条游龙，在陡峭峻险的峰仞间伸展盘奔。

中午，我从工程指挥部出发，去红岗公社民工营负责修建的十六号桥梁，检查工程进展的情况。

盛夏的太阳火辣辣地烤炙着大地。我迎着一股股刺鼻的沥青味，在软颤颤的公路上艰难地跋涉着。汗水把衣服全粘贴在身上，刺痒痒地难受。望着沟里那一湾清湛湛的流水，真想跳下去痛痛快快地洗个澡。但是,听见前面那一片火爆爆的锤钎声,我反而走得更快了。

等我赶到建桥工地时，民工们已去吃午饭。河边的场地，摆满了大大小小的料石。刚铿打过的新石茬子上，不知一些什么颗粒闪耀着银灿灿的光芒。我望了望架桥的地方：桥基全部挖好，第一层基石已经铺设一大半了。我不禁自言自语地啧啧称赞："'老虎营'真是名不虚传啊！"我正想迈步去营指挥处,突然被一阵"叮叮咣咣"的锤钎声拉住了。我赶忙四下搜寻,连个人影子也不见,不觉纳闷了：是谁连午饭都不吃，在敲打什么?

我撵着传来的声音，走向一个小坡下。现在看见了：在远远的小河边，那棵乱石缝里长出的老柳树下，一个光着上身的人正在那里锉打一块石头。他是多么地聚精会神啊！连树阴移开了他一丈多远，都好像没有发觉似的，一股欢实地抡着锤儿。背上一串串的汗珠，就像新石碴上那些颗粒一样，在闪闪发光。

我好奇极了，想尽快看看这是怎样一个人，但他背朝着我，又离得很远，看不清楚。于是，我像要发现一件秘密似的，紧张地走过去，站在了离他十来步的地方——我不愿意马上打扰他的工作。

这时，我看清了：这是一个五十开外的老头，稍有点驼的背，被太阳晒卷起一层层皮鳞，黑黧黧的。花白的头发，让汗水浸拧成一些小绳捻。那握钎的胳膊肘上，亮晶晶的汗珠一滴接着一滴滚落下来，浸湿了地上一小摊石末末，随着锤钎的起落，他面前的石头上，冒起了一股股白烟……不一会儿，他放下锤钎，拿起铁方尺子仔细量了量那块石头，然后，又挺起腰板左顾右盼地看了一遍又一遍。那个神态呀，就像绣花姑娘端详着自己的刺绣品一样，完全陶醉在无比的甜蜜中。我的心一热，不由自主地走近了他。老人发现了他面前出现的倒影，蓦地一个猛回头！我不觉一怔：在他那张皱纹密布的脸上，只有一只灼热、深邃的眼睛在忽闪，而另一只分明是受伤失明的眼睛，深深地陷进了眼眶内。这时，他用右手摸了一把汗渍渍的脸，侧着身问："哪来的？"

"工程指挥部。"我回答。

"噢，小伙子，过来在树下歇会儿。"他漫不经心地说完后，仍回过头去，操起锤钎"叮叮咣咣"地敲打了起来。

我踌躇了一下，绕过去蹲在了他的对面。啊，刹那间，我吃惊得几乎要跳了起来——老头握钎的左手，只有三个指头！那无名指和小拇指处，只有一块红粉粉的疤。三个握钎的指头，包裹着一层厚厚的老茧，显得格外粗糙、壮实。

“大伯！……”我忍不住叫出声来。

“什么事？”他听见我的叫声，停下手中的活计，用那只深邃的眼睛看着我。

我一时不知说什么是好，结巴地问：“大伯，这……这石头硬吗？”

“硬。”

“这叫什么石头？”我接着问。

“碇石。”

“您打的这块石头是桥上哪个部位的？”

“基石。”他一边说，一边从旁边拿起旱烟锅，点着“吧嗒”了两口递给我，我赶忙掏出“三门峡”牌香烟双手递给他一支，他摇了摇手说：“那不足劲，各抽各的吧。”

这时，我细细地观察了那块基石：它有二尺见方，蓝里透黑的切面上，锉刻下整齐美观的几何图案，每一条锉纹都像墨线打过去一样笔直……谁能想到，这活路出自一个一只眼睛、八个指头的老人手里啊！

我想很快知道眼前这个人物的一切，便按捺住一阵心的跳跃问他：“大伯，您什么时候成了残废的？”

“受伤吗？早啦。”说完这句话，他又拿起锤钎“叮叮咣咣”地打了起来，一锤子一股白烟，一股白烟一片石碴飞溅。“喂，小同志，以后不准你说我是残废！”他补充着说。

看来这是一个不爱表白自己的人，他把全部精力都倾注在了他的工作上。然而正是这一点，却紧紧地攫住了我的心！

我知道再不能多发问了，就对他说：“大伯，咱们一块回去吃午饭吧！”

他抬起头来，手里还摇晃着锤钎，但并不打下去，对我说：“我的饭一会儿有人带来，你快去吃吧！”

从那只灼热、深邃的眼睛中，我感觉到他的感情是那样真切、实在。但是，我没弄清楚：在他身上究竟发生了一些什么事？

在去营指挥处的路上，耳边一直响着“叮叮咣咣”的锤钎敲打声。老人那张碇石般的脸，那只灼热、深邃的眼睛，以及那块红粉粉的疤，不时在我眼前闪现着……

二

红岗公社民兵营的营长，由这个公社的党委副书记高峰同志担任。他是个顶顶爽快的人。由于经常在指挥部见面，我们已是老熟人了。

他听我说明来意后，一脸络腮胡子笑得直颤：“欢迎啊！”说着便把我拉进指挥处。

指挥处是一间木柴和柠条编织成的简易房子，里外糊了两层泥巴，进了房子，就像钻进热蒸笼一样，闷得厉害。

文书小杨拿了一个大铝盆去给我打饭，我和老高便汗淋淋地在一张脱了漆皮的桌子旁坐下来，攀谈起关于十六号桥梁的建筑情况。

我兴致勃勃地听完他的介绍后，便向他问起那个老头的情况。老高的那两道粗眉毛一扬：“你碰见他啦？”

“他叫什么名字？”我很快地问。

“硬过钢！”

“硬过钢？”我正要回味这个特殊的名字时，老高却滔滔不绝地讲起“硬过钢”的故事来了……

“硬过钢”大名叫宁国钢，“硬过钢”是他的外号。

他是苦蔓蔓上结出的苦瓜，父母在他五岁的时候，就一前一后被地主“宁老扒”折磨死了。他这个孤苦伶仃的孩子夏天光着屁股翻山过沟去讨饭；冬天，穿着邻居做的破皮袄，还是去讨饭。日煎月熬，他的身上，就像那根讨饭棍一样，被地主的犬牙咬得伤痕斑斑。

没等他满十三岁，就又被“宁老扒”拉去扛长工，重复着折磨死他父母的那种苦生活。

历尽磨难的孤儿生活，把他变成一个沉默寡言的人，他全部的精神世界都深深地埋藏在心底，从不随便流露。

毛主席率领红军来陕北的那年，他心中长久积蓄的烈火被点燃了！一个漆黑的夜晚，他抡起劈柴的大偏斧，砍死“宁老扒”的看门狗，翻墙逃出了地主的院坝，赤脚来到延安，参加了革命。

在革命队伍中，他什么都干过，勤务员、马夫、伙夫……不论做什么，他总是默默地拣重头子扛。

八路军东渡黄河，开赴抗日前线的时候，他已是一名威武的战士了。

踏上河西的土地，他紧咬着嘴唇，看着荒芜的田园、浓黑的烟火，手中的钢枪都捏出了汗！

战斗马上打响。不到两个月，他就参加了几十次搏斗，一声不吭地在枪林弹雨中冲杀，那根挑弯了的刺刀下，丧了几十个鬼子的命。渐渐地，“硬过钢”的外号就在部队中传开了。

在一次激烈的攻坚战中，宁国钢所在的班负责炸毁敌人阵地的一个前沿碉堡。

他们冒着密集的炮火，爬过一道道铁丝网，来到碉堡下。可是，这座碉堡建筑在一个土墩上，干硬溜光的崖有一人多高，很难爬上去。下面甩上去的手榴弹，马上又滚了下来，只得赶忙用脚踢到坡下。

怎么办？总攻的时间马上就要到了，而敌人的机枪还在疯狂地叫着。

这时，只见宁国钢脸上的肌肉抽动了几下，两手往崖上一托，脊背对着大家，只吼了一个字：“上！”

大家踩着他的脊背一个个冲了上去。他肩胛渗出了血，牙把下嘴唇都咬破了……但当他听见“轰隆”一声巨响后，又抓起了枪，跟着冲锋部队，攻过了山包！可是，就在这次战斗中，敌人的炮弹炸伤了他的右眼，当即被抬回了后方医院……

伤愈后，党为了照顾他的身体，派他回家乡做地方工作。这个从来不爱动感情的人，第一次流下了眼泪：他并不是难受自己失去了一只眼睛，而是难受他不能上前线作战了！

到了红岗乡政府后，共产党员宁国钢还和以前一样，话不多。他给自己做了一条扁担、一把镢头，串走在红岗的几百座大山间，给互助组掏地，给烈军属背柴、挑水……

一九四七年，蒋胡匪猖狂进攻陕甘宁地区，宁国钢马上组织起红岗游击队，重新扛起钢枪，又投入了战斗。

一个风雪弥漫的夜里，他们的游击队被敌人包围了！当时人少弹缺，情况万分危急。宁国钢命令其他人立即突围，自己操起一挺机关枪掩护。

后半夜，当他扛着机关枪奔回宿营地的时候，就一头倒在了战友们的怀里，鲜血染红了衣袖，染红了枪身，他的左手失去了两根指头……

“高营长，饭！”小杨端着一盆黄灿灿的小米饭不知什么时候就站在了我们身边。

“哈哈，你看，我都忘了你还没吃午饭呐！”老高笑着从小杨手里接过铝盆。

我心里翻腾得厉害，没有动筷子。

“老高，宁大伯后来呢？他怎么到这里来了？三个指头怎样学会打锤钎呢？”我连串地问他。

老高笑了笑说：“后来还能‘软’了！解放后，他被评为一等残废军人，组织打发他回宁家山修养。他一回去就把残废金交给了集体，从早到晚身子不闲一下，给集体放牛、锄菜、务果园，什么都干。等庄稼一收割，他就把铺盖卷往场里一搬，拿一根柳木棍，给集体的庄稼站岗放哨……‘农业学大寨’运动一开始，他跑到大队书记家里说了一声‘我要学石匠！’还没等书记说什么，就跨出门坎，跑到城里买了一副锤钎，来到大队水库工地……”

“那三个指头怎样握钎打石头呢！”我不禁脱口说了一句。

“当时，水库工地上的社员都和你一样看待这问题。”老高随手拿起一把蒲扇递给我，自己也拿起一把，先用扇边刮了刮脸上的汗珠子，然后扇着说：“嘿嘿，钢硬不过他，石头哪能是他的对手！他咬着嘴唇，一声不吭，就在那里练，练，钎把上的血磨掉了一层，又染上一层……就这样，终于练成了一名呱呱叫的好匠工！哈哈，谁能想到，这个看来笨手笨脚的老头子，还能在石头上刻花花哩！”老高越说越上劲，手里的扇子也一下赶不上一下地扇着。“水库去年落成，上面留下了‘硬过钢’錾刻的八个大字：‘愚公移山，改造中国’。”

“他怎么来到工地呢？”我问。

“那很自然，他们大队水库修成不久，抽调民工的任务就下来了，他听说是修备战路，没二话，报了头名，第一个来公社集合……”

电话铃响了，老高走了过去。

我呆呆地坐着，耳边仿佛响起了“叮叮咣咣”的锤钎敲打声，那张碇石般的脸，那只灼热、深邃的眼睛，那块红粉粉的疤，又一齐浮现在了我的眼前！

三

吃过午饭，老高到指挥部开会去了。文书小杨引我去建桥工地进行具体检查。

太阳像一团火球，高挂在偏西的天上，山野里风尘不动。

路旁，一簇簇柠条子耷拉着枝叶，小雀雀躲在树丛深处，垂下眼帘，张大着嘴巴。

我和小杨从半山坡上的营指挥处起身，沿着一条盘山小路走着。

两人的手绢都湿透了，脸上还是汗珠直淌。我们索性把手绢装进口袋，任一道道汗水在下巴汇合，然后滴在石末、尘土覆盖的小路上。看见滴在地上的汗点打卷起一粒粒泥团，我们不时相视而笑，一个心照不宣的名词是——挥汗如雨。

“小杨，你熟悉宁大伯吗？”我问。

“怎能不熟悉，我来民工营第一个认识的就是他！”小杨一边说着，一边用右手在下巴上接了一滴汗水摔在地下。

“噢，你第一个认识的就是他？”我感兴趣地问。

“那还是修九号桥梁的时候，我从公社调来在民工营当文书。刚来的那天晚上，我站在一个小石峁上，很有兴致地观看青刚山的雄伟壮丽，说真的，当时我真想写一首歌颂祖国大好河山的诗歌，哟，可惜咱肚里墨水少，心不能如愿，写不成。”他笑了笑继续说，“突然，我发现左边一个小山坳里，有一团红火一闪一闪的。我觉得很奇怪：大家都睡了，谁还在那儿干什么呢？我三脚两步跑过去，一看：嘿，一个右眼失明，左手只有三个指头的老汉正在那里捻钎。我说：‘大爷，您这么大年纪了，又是残……’那个‘废’字还没说出口，只见他猛地一下抬起头，瞪了我一眼说：‘以后不准你那样说！’我吐了下舌头，再没敢说什么。”小杨说到这里，我不觉会心地一笑。

“第二天，我才从高营长那里知道了他的全部情况。随后又去打造基石的一连，了解到他很多动人事迹。比如，收工后，大家都走了，他还在工地上转来转去捡秃钎、钉钉、铁丝，晚上又点起炉子，把那些秃钎捻好，第二天送给别人；中午他从不回灶房吃饭，总是让大家吃完后给他带来一点，他利用来回走路这段工夫，还要多打几场基石……当时，我观看青刚山时那种想写诗的激情又来了，不过，这回转到‘硬过钢’身上了。诗写不成，干脆就来了个‘顺口溜’！”小杨异常兴奋地叙说着。

“你写了些什么呢？”我问。

“我能背下来。”他的脸一红，然后熟溜溜地念了起来：

咱营有个宁国钢，
外号又叫“硬过钢”；
当年战场建功勋，
如今还是老闯将！
不光基石打得好，
其他事也该表扬：
捡铁钉，捻旧钎，
修斗车，编土筐；
上工下工一个样，
大家歇下他还忙！
这真是——
人老心红志更坚，
青刚山高比不上！

“编得挺好啊，而且把‘残废’两个字也避免了。”我称赞地说。

“不好了！”

“怎么？”

“‘顺口溜’抄出去的第二天，我去工地送水。刚走到工地黑板报前，宁大伯正站在那里。他见我来了，就说：‘把水放下！’我一愣，见他表情冷冷的，只好放下担子。他指着黑板报说：‘谁干的？’我说：‘是我。’只见他把手中的锤子一扬，大声说：‘擦了！’我惊得一后退，他又赶忙过来一把抱住我：‘小心水！’我朝脚下一看：乖乖，险些把一桶开水碰翻，就冲着他吐了一下舌头。他笑了，在我的肩头轻轻打了一拳：‘快送水去！’”小杨说完后，乐得“咯咯咯”地笑起来，从裤口袋里掏出湿手绢拧了一把，一下又一下擦着脸上的汗珠子……

我顺手扯下路边的一片苦菜叶，放在嘴里嚼着。苦味一刺激，浑身一阵清凉。

我在反复思忖：宁大伯这样的人，为了我们的今天，曾付出过血和生命的代价；而今天，今天照样为建设社会主义流血流汗。但他们从不因此而炫耀自己，只是一步一个实脚印地为革命操劳着，年年如此，日日如此……这是一种多么伟大的精神啊！我们中国革命的大厦，不正是这样的精神、这样的英雄建造起来的吗？而我们这一代人，又怎样才能把这种精神接过来，传下去呢?！……

“你看！”小杨兴奋的呼叫声，把我从沉思中拉回。

在我们的眼前，展现出了工地那种特有的热烈场面：空中飞旋着斗车，地上跳跃着夯桩；河滩上，料石、毛石摆得密密麻麻，每一块料石前，都坐着一个飞锤晃钎的匠工。夯工、运石工的号子声夹着炒爆豆似的锤钎声在轰鸣，而这些声音又在山峡石谷中响应起回声，组成了一部伟大的劳动进行曲！

我的眼睛左右扫视着，从近处一直到远处，张望，寻找，极力想在繁忙的人群中，发现那张碇石般的脸——我是多么想看见他啊！

离工地还有点远，我没有能发现他，但我知道他一定会在人群里，于是火急急地对小杨说：“走，快到工地去！”脚步没等话音落，就冲了出去。

小杨理会我的心思，在我的身后气喘喘地说：“宁大伯一定在铺基石，咱先到桥基上去！”

我们一路小跑来到铺桥基的地方，独独不见宁大伯。

小杨先把我介绍给一连长，并说明了来意，然后就冲着问他："宁大伯哪里去了？"

"医务所。"

"什么?！"我俩同时吃惊地叫了起来。

一连长一字一板地说："刚才两个后生抬来一块石头，刚要往下放，石头就偏溜下来，眼看要打在老周的脚上，老宁一步冲过去把老周推开，自己的脚背却叫石头削了一块皮肉。不管他愿意不愿意，硬把他拉走了。"

听完他的话，我和小杨的眼睛都热了。我极力控制住自己的激动，对一连长说："咱们开始工作吧！"

四

深夜十二点了。

我把十六号桥梁工程进展情况以及存在问题的书面报告写完后，走出了营指挥处的柠条门。

漆黑的夜空搅拌着浓重的乌云，天气更加闷热了。

我站在房门前，心里牵挂着宁大伯的伤势，没一点睡意。

"轰隆隆……"西方传来一声暮沉沉的雷。

"要下雷雨了。"我轻叫了一声，准备回去睡觉。刚要转身，脑子里突然冒出一个念头：宁大伯在老柳树下打的那几块基石离河那样近，稍微起个水，不就会被冲走吗？……不行，得赶快搬到高处！我想马上把小杨叫起一同走，但听见房子里那香甜的鼾声，不忍心打动他，于是，就一个人向山下走去。

"嘎啦啦！……"一串炸雷从头上滚过，接着，狂风呼啸着卷来了。

我尽量凭白天的印象，跌跌撞撞地在这崎岖小路上攀摸、行走。

天空划过一道明晃晃的闪电，接着，又是一串“嘎啦啦”的响雷。雷声一过，头上像打漏了千百只水缸——大暴雨来了！

我恨不得一步飞到老柳树下，心急如火，竟跑了起来。还没跑两步，就不知被什么东西绊了一下，一个跟头，“骨碌碌”地滚了下去。

我昏糊糊地停落在一个积满了泥水的小坑里。雨水泼得连眼睛都睁不开，脸上什么地方大概摩擦掉几块皮，火辣辣地痛。我顾不了多少，一闪身爬了起来！

河水已经开始呜咽。我仔细辨认了一下：已经到了沟底！心里不觉暗暗感谢刚才那一跤呢！

我跑着、跳着向老柳树下冲去。

不知摔了多少跟头，终于来到了我急切要到的地方。

河水已经在咆哮，但还没有到达老柳树下。

我急忙蹲在地上去摸那几块基石。摸来摸去，身上不觉出了一身冷汗：一块也没啦?！

我站起身来，一阵恍惚：基石哪里去了？收工时，我还特意来过这里？在宁大伯今中午打的那块基石上坐了一会儿呢！

“哗啦……”洪水已经扑到了脚下，溅我一身泥。

“河水在上涨，看来很快就要到坡上的，那大片打好和没有打好的基石就要……”想到这里，我又跑着、跳着向坡上冲去。

天，像锅底一样墨黑，雨，在猛烈地倾倒着。脚下的平地上，奔窜着无数条溪流。

我的脚碰上了第一块基石！接着，我就闭着眼睛（即使睁开也无用），摸着一块块基石，慢慢地向河边走去。我多么希望洪水和基石间有一段距离啊！

水吼声越来越大，我感到面前的压力也越来越大。

终于走在空滩上了！我不由一阵高兴。

“哗……”一个浪波在我脚下漫过，我一后退，猛然，身上像触了电：脚下有块基石！我腰一弯就去扛，又一个浪波打了过来，我“啊呀”了一声，就被洪水吞没了！

大学游泳池里学会的游泳技术，在这狂咆的洪水里一点也无用。我在岸边的泥水里挣扎着，两只手在空里乱抓，极力想抓住什么，却不知被什么钩住了领口。我立即用双手抓住了它，就在这一刹那间，我的心“腾”的一下：手！一只三个指头的手！

只听见岸上那熟悉的口音说了一句“冒失鬼”就一把把我拉了上来。我一下扑在他的怀里，搂住他的脖项。“刷”的一道闪电劈照过来——啊，我看清了：那张碇石般的脸，那只灼热、深邃的眼睛！

“宁大伯，您的脚？”我在河涛的暴吼声中大声问。

“不要紧！”他大声回答。

“柳树下的……”

“搬啦！”

“啊？……”一切，我都明白了。

“哗……”洪水已经涌到了脚下，宁大伯一把推开我，命令似的喊道：“快叫人！”

“你……”

“快！”他吼了我一声，扛起一块基石一跛一跛地向坡上走去。

我刚跑了几步，就听见一阵“嘀嘀答答”的号声在暴风雨里传播开来！

一道道手电筒的光柱，切割开了漆黑的夜空，人群排山倒海地冲到了锻石场！顿时，沸腾起一片喊声、脚步声、“吭唷”声……

我扛着一块基石，一边跑着，一边向身旁的人吆喝着“小心，小心”。突然，肩上的石头被一个人抓了过去，我一回身：“啊，老高！你什么时候回来的？”

“刚才。你见老宁了吗？”他喘着气问我。

“见啦！”我把刚发生的事简单向他说了一下。

“哈哈，这个人！”老高一边笑，一边大声说，“半夜里医生向指挥部‘报案’，说他偷跑了！”

老高收住了笑，对我说：“指挥部让你马上回去，有紧急事！”

“现在就回去？”我问。

“嗯。”老高把手电筒塞到我手里，一转身就不见了。

大部分基石已经脱险，但是战斗并未停歇。人们继续来回奔跑着。

我用手电筒照着每一个从身旁跑过的人，仔细瞅看是不是宁大伯。

十来分钟过去了，还没发现他。我的嗓门眼不由得一阵热辣辣的。望着人影晃动的锻石场，我喃喃自语：“夜黑，人稠，今晚上是很难和您相遇了！……”

我一步一回头地离开了十六号桥梁工地。

一个月以后，十六号桥梁胜利竣工了。

我跟随指挥部祝贺团，来参加通车典礼。

一根根矗立的桥墩，在山峡间托架起一道长虹。宽阔的桥面上，锣鼓雷吼，红旗飘飘，一辆披红挂彩的大卡车，穿过欢呼的人群，徐徐驶过了大桥。接着，一辆，两辆，三辆……一条车的长龙飞过了雄伟的十六号桥梁！

人群里，我找到了高营长，一把拉住他的手，第一句就问：“宁大伯呢？”

“前几天已经走了！”高营长笑着说。

“什么?！去哪里啦？”我着急地问。

高营长朝东指了一下：“到关键工程长流河桥梁准备基石去了。”稍停一下，他又说：“他们是‘先头部队’，再过两天，我们全部人马就都要开过去啦！”

我伫立在大桥上，向着东方极目远眺——青山无边沿，大路望不断……这时，一个强烈的感想已经在脑海里形成：宁国钢，不正是革命大道的长桥上，一块比钢铁还坚硬的基石吗？而这样的革命基石，在我们伟大的社会主义祖国，何止千千万万！

*原载《山花》1973年5月23日，总第15期。

代理队长

赵大娘站在埝畔上，两只手捏弄着围裙，眼盯着对面山上那条小路，嘴里叱叨着：“什么时候了，人家早拾掇了碗筷睡了觉，还不见那死鬼的影子……”

太阳，在头顶喷射着强烈的火焰。黄土高原这个小小的山村，宁静得无一点声响。

六月啊！这是一个多么关键的季候：麦子等着抢收，秋苗盼着喂水，人们每天都是起鸡叫睡半夜地在地里泡着，操劳着，疲乏到了极点。午饭后这一阵香甜的小憩，谁连个梦都不做。

窑檐影子已经变成了窄条条，小路上还是什么也没有。赵大娘轻轻地叹了口气，转回到自己窑里去了。

南山上，一个光着上身，赤着脚片子的老头，背着一捆苜蓿蹒跚着下来了。他，一双布满血丝的眼睛微微眯瞌着，以防额上的汗水浸入。在那一脸松针胡子上，黑黧黧的胸脯上，弯曲的胳膊肘上到处都挂着汗珠，窜着汗流，浑身上下冒着热腾腾的气。

这人就是赵大娘的老伴、赵湾生产队的贫农社员——不，代理队长——赵万山。

这赵万山说话少，管事多，在这一带是出了名的。不过他只管外，不管里。生产队场边抛撒几颗粮食，他都能发现，一粒一粒捡起来，放在手心里吹掉土。装在集体的口袋里。如果谁家的猪跑到生产队的庄稼地里，他手里捏几块土疙瘩，连追带打。把人家的猪追回圈，拉上门，还要把主人叫出来，喘着粗气说："再要叫猪跑到地里，我非把猪腿打折不行！"至于自己家里鸡下了多少蛋，猪掉膘了没有，这些"内政事务"，他很少查问，为这些，能干的赵大娘对他有意见得太大哩！有意见你有意见，赵万山还是那样：说话少，管事多；只管外，不管里。

今天一大早，生产队长贺虎去公社开会，临走时对大家说："我明天才能回来，这几天活路正紧张，看谁把队长代理一天？"大伙七嘴八舌地说："就让赵万山代上！"

赵万山一句话没说，操起榆木棍，敲响了上工钟。接着，他把全队人马安排成三路：一路锄草，一路放水浇地，他自己带着一路去割麦。

赵万山把苜蓿放在饲养室门前，用毛巾擦了擦身上的汗水，这才不紧不慢地向自己家里走去。

一进门，赵大娘瞅了他一眼，说："还晓得回来哩?！你人挣气，肚子可不给你挣气！"她见赵万山不说话，就一边给他倒丝豆汤，一边继续说："你一不当官，二没补贴，常出那些外余力顶什么！你看看这顿饭吃到什么时候啦？"

赵万山正要擦火柴抽烟。听老婆数说他，便把烟锅从嘴里拔出来，瞪着眼睛说："看你说些什么话！给社里多做一点活儿，是为了当官挣补贴?！死脑筋！"他点着烟吧嗒了两口，不在意地说："贺虎开会去了，我今儿给他代理当队长。"

"代理，代理，代理一天队长还要你那二百五！亮红晌午，你不给那牲口砍苜蓿不行？人家常是后晌派一个人去砍，你收了工不回来吃饭……"

“你瞎唠叨啥？活计这么紧，能节省一个人力就节省一个！等连阴雨把麦子沤在地里，你这死脑筋就高兴了？！”

赵大娘“扑哧”一笑：“好，好！就数你能！你那外余力出得有理，快吃饭吧！”说着，把筷子往他跟前“啪”的一放。

赵万山磕了烟灰，随即端起了一碗红豆角角菜，用筷子扎了一个白面馍，正准备下口。突然，他透过窗上的玻璃，瞥见他的堂兄赵有贵扛了一捆干酸枣刺晃了过去。他不禁一愣，心想：赵有贵不是中午照水坝吗？这会儿不在，那水漫过坝堰咋办？再说，他那捆干酸枣刺是哪里来的？……坏了，准是后渠羊圈门上的！赵万山放下碗筷，三脚两步冲出了门坎。

“死人！你又到哪里去？！”赵大娘困惑不解地在窑里喊着。

“寻赵有贵去！”老汉在院外回答。

赵大娘无可奈何地把饭收拾到锅里，坐在小板凳上，轻轻地叹了口气。

赵有贵是个一辈子没成家的单身汉，旧社会给国民党当了几年兵，养成了好吃懒做的恶习，并且手脚也不太干净。平时，别说是给队里好好做活，就是个人的自留地，也常是草长得比庄稼高。赵万山常指教他这个同族，但赵有贵总是今天宣布洗手不干，明天又旧病重犯。

今天，赵万山分配他去后沟的自流水坝放水。本来这是个轻便营生：放水时，拔开水眼，顺便在渠上跑一跑，看有没有漏洞；中午不放水了，就在水坝上照看着。防止坝里水过堰，后晌上工时来一个人再顶他去吃饭。可赵有贵乘中午人睡定了，却悄悄离开水坝，把压在羊圈门上防备狼的那捆干酸枣刺扛回家。

“好我的万山兄弟哩！当时就烧不开了，贺虎不在家，你就饶了这一回，本家本姓的……”赵有贵的音调。

“滚远！你不会上山自己砍一点柴？不要磨牙了，送回去！水过了坝堰有你好看的哩！”赵万山斥责的声音。

赵大娘从小板凳上站起来，手里不断地捏弄着围裙。这时，她透过窗子上的玻璃，看见赵万山扛着那捆干酸枣刺走在前面，赵有贵耷拉着脑袋跟在后面，朝后沟走去。

赵大娘长长地叹了口气，转过身往灶里投了一把碎柴，晃悠悠地拉起了风箱……

赵万山还没踏进门槛，赵大娘便嚷开了："算了吃这顿饭啦！"嘴里嚷着，手里却揭开锅盖麻利地往盘子里拾馍馍。她一边拾，一边继续嚷着："代理人家当一天队长，不知你管些什么！代理，代理，把劳动生产代理一下就对啦，惹那些人干什么！"

赵万山气头来了："代理队长就什么也要管！代理要管，不代理也要管！不光要管赵有贵，还要管你！"

"我情愿你咋样管理！赵有贵那号人你管他做什么？那是个死黑皮，小心往后咬你一口！"赵大娘一边端饭一边说着。

"咱不歪门邪道，怕他什么?！"赵万山端起饭碗出了门，向院外那棵槐荫走去。

他刚蹲下咬了一口馍馍，突然像被蜂蜇了一下，"腾"地跳起来：一渠水满满地淌了出来！糟糕，一定是水口脱了！他把菜碗往地上一撂，把咬了一口的馍馍往怀里一揣，跑进窑里拉了把铁锨，风一样窜出了门。

"又咋啦？"赵大娘手忙脚乱地追了出来。

"水口脱了！"赵万山边跑边说。

"把其他人叫醒去堵吧，死人，你还没吃饭哩！"赵大娘慌乱地捏弄着围裙。

"不要叫！众人都熬得要命，让他们多睡会儿！"赵万山头也不回地跑了。

赵大娘叹着气转回到屋里，对着炕上的一盘子饭菜发愣。

赵万山气喘吁吁地跑着。他终究老了，加上又累又饿，等到了水坝，几乎昏晕了过去。

水坝上，不见赵有贵的人影子，只见水口子的泥块全都豁了，碗口粗的一股水直往外窜。

赵万山一下扑在水口子旁边，甩过铁铣，双膝跪在烂泥里，用手捧起一把把泥浆，使劲地堵住了水口子。

随后，他抓起铁锨又反转身直奔村前的玉米地。他知道这股水到了地里，会把那些血汗筑起来的畦园地冲得七缺八豁。本来，把水渠中间的闸门拉开，让水流到沟里就没事了，但六月里的水啊，滴滴都宝贵！谁忍心浪费？

赵万山胸口像塞了一块火炭，两条腿已经疲乏得难以起动，全身又洗了一次"汗澡"，但他还是跑着，与奔流的渠水争时间。

他正跑得起劲，忽然，发现路下边的一棵柳树下睡着一个人——啊，是赵有贵！

他从路上跌撞着跑到柳树底下，朝赵有贵的屁股就是一脚："你死下啦！"

赵有贵神经质地一蹦起来，瞪大了迷糊着的眼睛。

"水快跑光了！你这个二流子！"赵万山狠狠瞪了他一眼，车转身子就跑了。

赵有贵还没完全清醒过来，糊里糊涂地向水坝跑去。

等赵万山急忙赶来时，水头已经越过了上午浇过的畦园，向四面漫溢着。他一纵身就从路上跳到玉米地里，不料，那个咬了一口的馍馍也同时跟着从怀里跳了出来，滚落在地上！他赶忙弯腰捡起来，使劲地吹着上面的土，哪能吹掉呀！本来就热腾腾的馍馍，又被汗水浸得湿渍渍的，上面粘上的土变成了一层泥巴。

"咳！"赵万山丧气地摇了摇头，把这个粘满泥巴的馍馍，随手放在了玉米地一棵小枣树的杈上，提着铁铣又往流水泛滥的畦园奔去。

到了跟前，他顾不得喘口气，马上把水头拨进没浇过的一畦，又东一锨，西一锨地铲来土，加高那积水过剩的畦园。

干完这些后，赵万山浑身瘫软得一点力气也没有了。他把水拨进了另一畦，便双手拄着铁锨把，靠在田埂上。火辣辣的太阳烤得老汉头昏眼花，早已饥饿了的肚子，这会儿“咕咕”地叫得更欢了！

这时，小路上走来了赵大娘。看那份神态，准是要大喊大叫的。

她走到赵万山跳下去的那个地方，正要扯开嗓门，突然，小枣树杈上那个粘满泥巴的馍馍撞进了她的眼帘。啊，一股热辣辣的激流涌上了她的心！两行泪水在那张皱纹脸上不断线地淌……她猛然觉得，阳光下，她那光着脊背的丈夫，是一位多么了不起的先进啊！

赵大娘用围裙揩去脸上的泪痕，溜下土塄子，急匆匆地向赵万山走去。

她到了他的身边，用亲昵的声调说：“代理队长，你这营生叫我代理上，你回去吃饭吧，菜和馍馍都在锅里热着哩！”

赵万山把铁锨交给他的老伴，用手搭个凉棚，抬头望着太阳，说：“已经过晌午了，这工作你可以代理上。我得和大伙一块儿上工了。”

他走过去在小枣树杈上取下那个吃了一口的馍馍，用布衫襟子揩掉泥巴，走一步，咬一口，向村前老柳树上那口古铜大钟走去……

＊原载《山花》1973 年 7 月 16 日。

优胜红旗

雨，淅淅沥沥地下了一夜。

老槐树上清脆的钟声，回荡在村庄的上空，唤醒了熟睡的人们。

二喜钻出热烘烘的被窝，隔着窗子听了听，檐水还滴答着，雨还没停。

他伸了个展腰，把浑身各个“关节”，弄得“叭叭”作响。

他重新依在枕头上，袒露着黑红红的膀子。一股喜气爬上了那张年轻的脸——他的思想又回到了前些日子……

前一晌，在大队开展的社会主义劳动竞赛热潮中，农田基建队分了两个组：一组由大队党支部委员石大伯领导，另一组由他这个团支部书记领导。两组龙腾虎跃地展开了一场热火朝天的竞赛。在那些日子里，大家都是“天不明起身半夜里回，两手老茧一身泥”。工地上，歌声笑语，人来车往，交织着一片镢头和铁锨的闪光；拍打梯田塄子的“乒乓”声，像六月里连枷上了场，震得崖畔直吼叫。

工地黑板报上，那两条表示进度的红粉笔线，在交替上升着。

石大伯真不愧是个吃钢咬铁的老汉。别看他身架瘦小，力气却大得惊人，周围几十里路上，谁不知道他的名声！

他使用的铁锨又大又重，别人拿上干一天，累得腰困腿乏，可一到他手里，就像拿起他的烟袋锅那样得心应手。你看他那架势：一条腿撑着，一条腿蹬着，两只铁钳似的胳膊，把个沉甸甸的铁锨甩得圆舞舞的，汗水把那件老布褂子都湿透了。他打过的梯田塄子，硬得像铁壳壳。他一边拍打，一边还向大伙招呼着：“胳膊上用点劲！”“打结实！”……那股子劲头呀，真叫他这后生怯火。

但是，二喜这个小牛犊子怎能服输：你“石匠”光穿个小白褂子，咱就脱个精身子；锨没你的大，你拍一下，咱就拍两下，反正要赶到你头里！组里的这把子人马，也真争气；干起活来，一个个呱呱叫……终于，他领导的组比石大伯领导的组，提前一天完成了任务。

由于这几天生产任务紧张，大队一直没机会开会，发“优胜红旗”的事已搁了好几天。下雨不能出工，正好开会，这是老规程。再说老支书昨天从县上开会回来，今早上开会，十拿九稳。想到这里，二喜一个鱼跃坐了起来，穿好衣服，“腾”地跳下了炕。

开会的钟声真的响了，二喜微微一笑。他把烟锅往口袋里一揣；顺手拉开门栓，便踏入蒙蒙的雨雾中。

当二喜走进挂着“跃进大队革委会”木牌的窑洞时，窑里还空朗朗的没有一个人。

他坐在炕栏上，香喷喷地抽着烟。瞧着墙上那面“优胜红旗”，他的心，不由得喜滋滋的。他真想过去摸一摸那光闪闪的绸面，看看它是不是和家里的锦花被面一样粘手。

门外几声咳嗽，打断了他的思绪。老支书和大队会计三宝，说着话进了门。看见他们俩，二喜明白了：今早上开的是干部会。

三宝一进门，就捅了二喜一拳头：

“这蛮牛小子，还真有两下，把‘老石匠’都赢了！”

“你小子敢的话，咱两个也赛一回！”二喜笑嘻嘻地还了三宝一拳。

两个年轻人的几句戏笑话，没有逗乐老支书，他紧皱着眉头，在思索什么。

各生产队长都陆续来了。

开会前，少不了一些“乱弹”，大伙你一言，我一语，把个会议室闹得热腾腾的。

二喜一边轻松地抽着旱烟，一边瞅瞅会议室里的干部。这时，他发现石大伯还没来，心想：平时开会，他都是第一个到场，怎么今天……这个“优胜”……

老支书刚要像往常一样，说一声“言归正传”时，发现石大伯还没来。就问和他挨门住的一队长栓虎。栓虎说：“他那关节炎的老毛病又犯了。昨天黄昏，我见他一跛一跛地在我们队的场里垛糜草，我让他回去休息，他说你来了正好，咱们一块垛完它。还说他腿上的‘气象站’预报晚上有雨，这点散草不垛起来，会被雨沤坏的。今早上大概腿又痛得不能动弹了，我也没叫他。”

老支书着急地听完了栓虎的报告，脸上显出了不安的神色。他叫大队“赤脚医生”三宝吃完早饭后，立即去给石大伯扎针。随后便宣布开会。

老文书首先传达了县委“关于开展社会主义劳动竞赛活动”的精神，慢慢又把话题转到大队前一段的竞赛活动上。他表扬了全队社员在这个运动中所表现的社会主义积极性，中间几次提到石大伯和二喜的名字，二喜不由得耳门子一热。

老支书渐渐地提高了嗓门：“要让大寨之花开在咱队的土地上，就得先让大寨之花开在咱们的心头。我们现在开展的社会主义劳动竞赛，也要发扬大寨人的精神，大寨人的风格，不为名，不为利，一心为了共产主义。不要把劳动竞赛搞成锦标主义。广播里不是常说，现在世界上打乒乓球都是‘友谊第一，比赛第二’嘛！”

老支书的滔滔话语，压住了窗外的风雨声。

老支书接着说："咱们农田基建队的第一轮比赛已经结束，等天一放晴，就在工地上开大会，把县委的指示精神传达给每一个社员，顺便也就把'优胜红旗'发了。"

老支书讲完话后，大家又商量了其他几件事。

散会后，雨还在没完没了地下着。

二喜跨出队革委会的大门，在回家的泥泞小路上，一步一滑地走着。

秋末的田野，恬静极了。一缕缕青蓝色的云雾，缠绕在远处的山腰上。地里那一片片金黄色的浪涛，早已被勤劳的人们收拾得干干净净，只有那一排排的庄稼茬茬，披挂着晶莹的水珠珠。

二喜一边艰难地走着，一边盘算：天一放晴，他就要在工地上当着全队社员的面，代表小组，从老支书手里接过那面红光闪闪的"优胜红旗"了。那时候，全组人马都会乐呵呵的，调皮的铁蛋准会高兴得翻个跟斗！是的，谁说不应该高兴呢！这是大家艰苦奋斗的结果呀……

二喜越想越热乎，头上的毛巾下面，已经沁出了一层小汗珠，他索性把扣子解开好几道。此时，他竟改变了回家的念头，大步向老高山基建工地走去——他要在那块亲手整治好的土地上转一圈，看一看他和石大伯，和全体基建队员在陡斜的山坡上，用血汗筑起来的"盘山龙"。仿佛只有这样，才能充分抒发他此时的激动心情。

现在，如果有谁和这个小伙子一块走路的话，你会撵不上他那轻巧得像风一样的脚步。

老高山离村子并不远，不一会，二喜便兴冲冲地爬上了梯田畔。眼前的一切，使二喜那股子高兴劲，霎时跑到了九霄云外，一身热汗变成了冷冰冰的凉水！

他伤心地看见：北面，石大伯组修的梯田整整齐齐，在风雨中巍然不动；南面，他们组靠山头的两条梯田坎，经不起风雨的冲刷，塌开了三四个豁子……

二喜麻木地站着，脑瓜里像钻进一群蚊子，嗡嗡直叫。

突然，一阵“乒乒乓乓”的声音，把他从呆迷中惊醒，他仔细听了听，这声音是从塌了的梯田塄下面传来的。

他紧走几步，来到一个小土峁上。天啊！他真有点不相信自己的眼睛了——那不是石大伯吗？

是的，这人正是老支委石大伯。他正挥舞着他那沉甸甸的铁锨，铲掉倒塌了的田坎，准备重新修筑。那斑白的头发和胡子上滴着水珠珠，雨水淋透了的粗布衣，被风吹得贴在身上，显得更加瘦小了。但是，此时这个瘦小的老头，蓦地在二喜的眼睛里，变成了一尊巍然挺拔的铁塔！二喜的眼睛模糊了。石大伯那一字一板的话语，又响在了他的耳边：“年轻人，干活可不能马虎啊！你们好胜心强，这不是什么缺点，但是要一步一个脚印去争取胜利。毛主席说，要多、快、好、省地建设社会主义，这几个字少了那一个也不行，可万万不能图快不顾好啊！……”

眼前的情景，使二喜痛苦地回忆起一桩往事……

那天，太阳刚刚偏西的时候，他们组的梯田已接近最后完工，而石大伯组好几条田坎还没动一锨土。看来，得这一轮比赛的“优胜红旗”是无疑问了。就在这个时候，石大伯过来和他“对火”抽烟。

火对着后，他噙着烟锅，正要挥锨接着干时，石大伯却一把拉住他：“歇会儿吧，蛮牛小子，把老汉撵得连气也喘不过来！”随着一串爽朗的笑声，一只温暖的手搭在了他的肩上。

“看了你这股‘牛’劲，大伯打心眼里高兴！往后可要多注意点身子；年轻人，使劲的日子还在后头呢！再过一些年头，咱们村，咱们陕北都要变成‘花果山’、‘米粮川’了。为了这一天快快来到，咱们要一辈一辈苦干、实干下去！”石大伯疼爱地抚摸着他的肩头。

“石大伯，你……”

他清楚地记得：当两双布满血丝的眼睛里闪烁的目光碰在一起的时候，四只结满老茧的手，是那样紧紧地、紧紧地握在一起……

“完工以后，把老镢、铁锨、土车子都收拾到‘山窑’里，不然，风吹雨淋会损坏的。”石大伯叮嘱以后，便向他们组的工地走去。

没去多远，石大伯就呐喊他过来。

“你看，这儿‘夹生’了。”

“啊哟！”二喜惊叫了一声。可不是嘛，不知谁把好多干土块拍在了梯田塄坎上。

“这塄坎不结实，应该返工。”

“返工？”现在好容易赶在了前面，如果返工，那……可是，这“夹生饭”也不能吃下去啊！突然出现的情况，随即勾起的矛盾心情，使他不知如何是好，顿时一句话也说不出来。

“二喜，要盖高楼大厦，一砖一瓦都不能马虎！”石大伯一字一板地说。

他的心口火烧火燎地难受。

稍停了一下，石大伯又说：“家具不够的话，过来拿上几把。”说完就离开了。

他气呼呼地把全组人集合起来，问这营生是谁干的，大家都说是铁蛋推土车时，把几车子干土块碰翻在新挖的湿土里……

太阳隐没在火红的晚霞里，天色渐渐暗了下来。

“今晚上再不能叫同志们夜战了。可是，这是节骨眼啊！”他反复考虑着。

一会儿，眉头上那团疙瘩舒展开来了，他笑了，立即吹响了收工哨子，让大家回去休息，自己装着收拾工具，留在工地上。

当众人的影子远去的时候，他挥起铁锨，把梯田塄坎上一块块干土剜了下来，又把一锨锨湿土补了上去……就这样，从暮色初罩，一直干到夜半鸡叫。

他总以为这两条梯田不会出麻达了，可是现在……

二喜站在风雨中，火燎似的难受。他现在才清醒了：不除去内部的“夹生”，再结实的塄坎也要塌陷的。他悔恨自己为什么当初不听石大伯的话，重新修整这两条梯田坎！

他带着内疚的心情，转过了身子，“蹬蹬蹬”地冲下山，向老支书家里跑去——他要向老支书诉说这一切……

不多会，老槐树上的钟声响了。老支书扛着镢头和二喜一起向老高山走去。

他俩赶到工地时，石大伯还在那里挥舞着铁锨，“乒乒乓乓”地收拾着梯田塄坎。

社员们闻讯后，也都纷纷拿着工具来到了工地。

老支书紧紧地握住石大伯那双结满老茧的手。他感觉到：在那湿淋淋的老布衫子后面，有一团火在熊熊燃烧。此刻，一连串熟悉的身影，迅速地闪现在他的脑海：扛长工时，那个和他一同吞粗糠、睡马棚的伙伴；土改时，那个赤着脚片子和他一起斗地主、分田地的“石委员”；打胡匪时，区游击队上那个带伤炸毁敌人汽车的“石老虎”；成立互助组、合作社时，那个报头名的“石带头”……从陕北闹红到现在，风里雨里几十年，这个人称“石匠”的共产党员，就像一块“金刚石”那样，实扎扎地铺垫在革命大道上啊！

老支书激动得有些颤抖，他脱下自己的棉袄，披在石大伯的身上，千言万语只说了一句：“老石，快回去暖暖身子吧！”

石大伯抹了一把脸上的汗说：“大家都来了，我怎能下‘火线’？咱就一块干完它！”

这时，二喜眼角里噙着激动的泪花，不知说什么才好，默默地站在石大伯跟前。

石大伯拍着他的肩膀，一字一板地说：“现在咱一搭里刨掉旧的，重修新的，让它永远不要塌陷！”

老支书一个“干”字没落地，一把把明晃晃的老镢、铁锨，早已冒着雨丝，向塌陷了的田坎开战……

浩荡的东风吹退了云层，雨，停了。

在金灿灿的阳光下，被雨水泡塌的梯田坎，又重新站了起来，一层层盘上了高高的山顶。

战斗结束后，老支书展出“优胜红旗”，望着一张张冒着热气的脸，像是在问：“把它发给谁？”

二喜第一个放开嗓门呐喊：“发给石大伯！”

接着，大家一哇声地呼应：“发给石大伯！”在老支书身边，石大伯一手握着那把沉甸甸的铁锨，一手拉着二喜，又是一字一板地说：“‘优胜红旗’还是发给二喜他们组。后生们那股子虎劲，是咱闹革命的宝贝。年轻人出点岔子怕什么？只要敢打‘牛筋石’，就能炼出好匠工！”

大伙一哇声：“还是发给石大伯！”

老支书点点头，深情地把红旗交给石大伯。

石大伯看了看耀眼的红旗，又用深沉的目光望着大家说：“这面‘优胜红旗’，应该插在战场的最高处，让大家时刻不要忘记，我们应该怎样争取它！”

＊原载《陕西文艺》1973 年第 7 期。

父子俩

掌灯时分，黄河的涛声渐渐地涨高了。

一只手电光向渡口劈面照来，夜色中，像一柄明晃晃的剑。和往常一样，是民兵队长高三星察视渡口来了。

他两腮鼓鼓的，一副随时准备和人吵架的淘气模样。他有力地迈动着脚步，不断有些风干了的黄泥巴，从他赤裸的腿上掉下来。

离河边约摸二百码的地方，手电光罩住了一个苍头发老汉。呀，这是他爸嘛！

“怪事！你是前几天去河东镇子上看病的嘛，可肩胛上的麻袋里沉甸甸地背了些什么？”三星望着父亲，心里盘算着。职责感使他的神经系统很快地进入戒备状态。他本想先问候问候老人的病情，可嘴里不由得带着盘查的口气问：“你这是背了些什么嘛?！”

老汉被手电光照得眼花缭乱，听见问话，才知道是儿子，便火气十足地说：“胡照啥哩，灭了！……给自留地闹腾的一袋化学肥料，怎?！”他眼珠子瞪得老大。

听父亲一说，三星立刻警觉起来。再没有比他更了解父亲了！旧社会半庄稼人半小买卖人的渡口生活，给他的思想过多地留下了旧意识的痕迹。“有空不给自己打个小九九，那是实憨憨！”老汉常情不自禁地说那句说惯了的话。解放后的历次政治运动，曾严重地震撼了他几十年养练成的生活哲学。但精神上的那个“复杂的结构”只塌倒了一些重要的支柱，要全面崩溃，大概还需要巨大的力量和相当长的时间哩。

三星这阵儿想：“化肥是国家统一分配物资，这袋化肥肯定是从那些可恨的投机倒把分子手里转来的。按规定应该收公！”

“这可是你老子！”他好像看见那些平时说他麻糜不分的人，正对他讥笑。

“自己的老子又偏咋?！干革命，就不能徇私情！真是！”他心里对自己大声呐喊。这来自心灵深处的呐喊声，使他浑身的血液加快了循环，顿时产生了无比的激情和力量。

当一个人的思想精神被崇高的动机占据了的时候，他的所作所为就会是无所顾忌的。

共产党员高三星情绪激动地对须发苍苍的父亲说：“走，背到公社派出所去！”

老汉嘻嘻一笑，说：“别给老子唱戏了！”

说完留神一看，儿子那张严肃沉着的脸分明不是“唱戏”嘛，这才一下子慌神了。

老汉精明了一辈子，可这阵儿精明气跑光了。他目瞪口呆地望着这个入党才一年的儿子，一时不知说啥、做啥。呀呀！他总不能嘻皮笑脸地凑上去，给自家的儿子递一根纸烟嘛！

“我把你这个糊脑子！你想把你老子整造死？”他心里喊着，脑瓜里转着。

现在转“开”了。他威严地咳嗽了一声，带着父亲对子女的那种家长优越感，十分气壮地对儿子吼道：“我把你这个龟孙子！人家的狗往出咬，你狗日的尽是往回咬哩！自留地收回来的五谷扎你的喉咙哩？咹？”说着丢下麻袋，顺手脱得一只鞋，眼看就要动武了。

比老汉高一头的儿子，像一根石柱子钉在地上动也没动。他只是扑闪着一双大眼睛，带着嘲笑的神气看着老汉瞎诈唬。冲突双方相持不下了。

但是，“均势”只维持了一个很短的时间。原来处于进攻地位的一方，凌人气势急骤直下，很快地败啰！

老汉手里的那只钉皮掌的黑条绒鞋掉在了地上。他感到，这只鞋的力量根本不是儿子的对手。光那两道目光就像两条厉害的鞭子啊，抽得他老汉抬不起头来！

三星走近父亲一步，对神情已经沮丧的老汉说：“爸爸！其他人的不法行为在这里通不过去，说句实心话吧，你更不得过去。就这！”

“哎呀呀，我又不是投机倒把嘛！到了派出所，赔钱不算，丢人事大！”老汉抬起苍头，样子可怜地说。

“不行。”

“再不了，就这场了，高抬你的贵手！”老汉求饶地说。

“不行。”

“就这场了嘛！啊……”老汉摆下了哭相。

“不行！不行！”三星知道这是爸爸的“第二手”。他态度更强硬了，眼睛严厉地盯着老汉说：“你过河不好好看你的病，胡弄啥哩嘛！这能治好病？”

“爬远些，”老汉见软来也不行了，心不在焉地辩解道，“我的胃口这几天不泛酸水子了……”他看看脚下的麻袋，又伤心起来，“唉，我把你狗……”他没再骂下去。骂儿子等于骂自个哩！

老汉一屁股坐在麻袋上，长送着气。

三星指着自己的额颅说：“你的病根在这里，要好好疗治哩。”

老汉明白这话的掏搅。他也不反驳，只是犟着头，听任他的“败家子”的数落。好久，他连眼皮子也没抬一下。他心里说：“过去比你能说会道的王乡长都没把你老子指教好！你小子解开个甚！”

过了一会儿，老汉眼仁里突然飘过两朵火花。他觉得儿子这一番指教中，有两句话值得他认真研磨研磨。他心里反复品味这两句话：“……爸爸呀，你真糊涂！咱要把眼光放远点嘛……”

对了！老汉两道苍白间杂的眉毛上下跳了两下，顺手摸起那只鞋往脚上一蹬，他自信他领悟出了儿子的“话中话”！他一闪身站起来，哈哈一笑，说：“啊呀呀，我这个瓷脑！翻不开个歪和好了！走走走，我把化学肥料背上，你在后面把老子押上，咱立马就到派出所去！”

老汉这一非常举动，倒是十分了解父亲的高三星所根本没有料想到的。他思想上明知道这个变化不会是父亲思想本质的变化，但一时弄不清老汉心里又打什么“小九九”了。

老汉见儿子“怔”住了，便自喜自乐地说：“你小子，精！”他把黄铜烟嘴噙在口角里，用牙咬着，从口袋里掏出“鸡啄米”式的打火机，一边打火，一边吐字不清地说：“你小子估算得对着哩！九九归一嘛！有它这么一件事，不扬股好名声？有股好名声，吃公家那碗饭，还难？我没念过书，是个睁眼瞎子，可耳朵不聋！你当我没听说大学要招生？”他吸了一口烟，望着表情严肃的儿子，精明地微笑了：只要自家受点委屈而能给儿子换来美事，那还不好？儿子又不是别人的！再说，为自家后人谋美事，社会上又不是光他高进发老汉一人！

三星终于明白父亲这个“九九归一”了。起先，他想笑。心啊！心啊！两颗心离得这么近，可谋事的尺码又相差得这么远！

可他没有笑。父亲那自私的、可怜的笑容打消了他的笑意。民兵队长的表情是严肃的。他思想：爸爸曾经历了一个多么可怕的前半世！地主的皮鞭和资本家的文明棍曾给他的身上留下了受屈辱的“纪念”——伤疤；同时，也给他小生产者的心灵里留下了很难愈合的旧意识的创伤。而头发苍苍的老人，只承认前者是被压迫者受损害的印记。对于后一点，他只是笑笑，用那句说顺口了的话说：“实憨憨才不给自个打小九九哩……”

高三星是这样一个人：对于他认为是错误的事儿，不仅仅局限于口头上的指责，他常常是用自己的行为来作无情的批判哩。

他现在想：“不管爸爸你如何打你的小九九，我有我的老主意哩！今儿个，不管你软的硬的，反正你甭想过得去！……好嘛，眼下只要你同意去公社派出所就好！”

他对父亲说：“那咱就起身。”

“说走就走。”老汉兴致蛮高。

就这样，父子俩一前一后，沿着黄河畔坎坷的石头路，向公社派出所走去。

波涛汹涌的黄河，在夜行者的脚下奔腾东去；听得见岸沿上一处、两处泥沙被波浪扑落入水的响动声。……

糟糕！派出所的人睡了。

正好！公社张书记没睡。高进发老汉和高三星都佩服这位中年领导人，正伏在桌上看一张水利规划图哩。书记脸上的情致，就像小学生看图识字那样认真和有兴趣。

公社的当家人热情地接待了这两个夜来的不速之客，并专心听取了事件本身情由，然后按党的政策作出了处理决定：按国家统一标价收公。

现在，这一袋化肥的事情看来以喜剧结束了。张书记和三星不用提说，老汉更是高兴。他心想：“赔贴几块钱算个甚？张书记说了嘛，三星的光荣事要向全公社宣扬哩！”

张书记倒了一杯开水，双手递到老汉手里，然后在桌上的一摞公文里寻找什么。他一边翻寻，一边对老汉说：“三星不为私情，敢和你老的不正确做法作斗争，是全社青年学习的榜样。他这股革命精神，咱们老一辈也要好好学习哩！”

“学习，学习……这小子冒张劲大，全看你们好好指教呢！”老汉带着荣幸的神色，谦虚地说。

张书记找到了所要找的材料，轻轻往老汉面前的桌面上一放，说：“看看，这是他的决心书。小伙子下决心咧！决心不报考大学啦，留下改变咱干河畔的面貌呀！”

“啊?！”老汉大吃一惊。喜剧尾声这个爆炸性的插曲，强烈地震动了这个庄稼人兼小买卖出身者的心灵。

第一次翻上老汉心头的是一阵恼怒的浪潮。等这股浪潮从心头落下并趋于平静的时候，他开始恼恨自己了——自己小看了儿子啊！

他抬头看看张书记，书记满脸含笑看着他。那目光是对他说：你有一个多么好的儿子！他又看看比他高一头的儿子，儿子两腮鼓鼓的，冲他淘气地露齿一笑。

生活啊！生活啊！浪涛一般推进的生活，不断给人们提出了一次又一次严峻的考验！无疑问，经受一次考验，就能跨入一个新的境界。除过那些被利欲完全熏黑了心灵的人，谁都会被革命的浪涛带入生活主流而前进的。尽管这前进的步伐有大小快慢的差别。

这阵儿，好像有一团火球似的东西，在高进发老汉的胸膛里滚动。唉唉！他只熟悉那个光着腚子、拿着小铁铲在黄河沙滩上玩“修渠打坝”的三娃；而对眼前这个个头高大、在黄河畔领导修建三级抽水站的突击队长兼民兵队长的高三星，他陌生了。

老汉沉思了一会儿，对儿子说：“三娃，明儿一早，我自个背上这袋化学肥料往派出所送呀！回去甭瞒这事！得空，我在社员会上有话要说哩！……”

老汉把手里的烟锅往腰带上一别，从小凳上站起来，对张书记感慨地说：“书记！你到过我家，见我院门前有两棵树来吧？那棵疙疙瘩瘩的老槐树，几十年来也长进哩，可总直不起腰身来。怎哩？

小小受症了嘛！可你看那棵箭杆杨，你不晓得，才栽上几年光景，而今就齐楚楚地冒高了！怎哩？一是栽好，二是常有人剪掐拐枝哩。九九归一嘛！人，也是这个理。笑哩？”

* 原载《陕西文艺》1976 年第 2 期。

不会做诗的人

一

刘忠汉是大家公认的全县最过硬的公社书记。可是不知为什么，前两天突然被调到县副食公司当书记去了。

这消息太叫人吃惊了！因为大家知道，他领导的地盘最大的芦河公社，各方面的工作一直走在全县十八个公社的前头。全农会召开到眼下仅仅才一个多月，他们的农田基本建设就在全地区冒了尖。近日来，外县、外地区的人不断头地跑来学习取经，给这个僻远的山区县份带来多么大的光荣啊。谁不说刘忠汉是好钢用在刀刃上了嘛！

退一步说，就是调动工作吧，无论从哪方面看，这样的干部都应该放到仗火最紧张的地方去。而眼下副食公司无论如何不是县上工作最吃劲的单位。

副食没“正食”要紧！有人敲怪话说。

大家猜疑：这个调动里面恐怕有些文章哩。可究竟有什么文章，一时乱嘴纷纷，谁也说不清楚。

于是，一些被称为“本县消息灵通人士”的干部，便对这事四处打探开了。

当终于弄清楚刘忠汉工作调动的原因后，多少人惊讶得张大了嘴巴：啊？是因为他不会作诗？

二

老实说，公社书记，可不是个轻省职务。

满年四季，你看那个忙乱吧！无穷无尽的问题，大大小小的会议，各式各样的规划，没明没黑地奔波。批评别人，自己也常挨批评。有时要和别人高喉咙大嗓门地争吵，有时又得苦口婆心地劝别人别争吵……吃不了苦的县级中层干部，对这个职务或者是退避三舍，或者是干一两年就打了退堂鼓。

这刘忠汉从公社成立起，近二十年却死活不下这座鞍马。大多数人对他这一点非常钦佩，也有人说他是瓷脑：老呀老了，还受那份劳苦干甚？法院里判决你不能当县上的部局长啦？真是咯！

不管别人钦佩也好，说他是瓷脑也好，可刘忠汉就喜欢这工作！他说他以前一直打游击，以后又随野战军抬担架，紧张惯了。这公社工作也真有些打仗作战的味道，正适合他。他对他的岗位充满了感情，工作越忙，任务越重，他的心情也就越激奋，越畅快。相反，到一个舒舒服服的环境里，他说他受不了嘛！精神不畅快不说，单就那浑身像散了架一样的痛，他就招架不住！

今年足足四十八岁的刘忠汉，身材不高，但结实得像一截枣木墩子。一张黑而粗糙的椭圆脸，从两鬓角到下巴密密麻麻地栽着一圈硬胡楂子。他一身连季衣服，天热了单穿，天凉了套穿，早已被风雨和汗水洗得灰不灰，蓝不蓝，你眼睛凑上看半天也确定不了究竟是啥颜色的。只有天很冷了，他才披上他那件穿了多年的光板老羊皮袄。

他的外表平平常常，没有什么奇特的地方。真的在陕北到处你都能碰上这号干部。但请你不要以貌相人吧！中国革命的许多奇迹，正是这些披着光板老羊皮袄的人创造的。他们外表并不起眼，但内心里却有一个博大的世界。

在人们印象中，刘忠汉这十几年没害过什么大病。谁见过他什么时候去过县医院呢？公社医院他倒去的不少，不过不是去看病，而是去解决问题。他身上什么地方起了个什么小疮，什么时候起来的，又是什么时候好的，只有小疮知道。他个人的事，他只知道，一年之中，他老婆用麻绳子和丝线纳的七八双铁壳子一样的踢山鞋，都被他磨烂在那些土路和石头路上了。

在世界上所有的人里头，只有他老婆和少数几个人知道：他在那严寒的冬季跑一天回来，膝关节痛得他怎样在炕上呻唤哩！但这件事，他只让它发生在夜间。白天，他还是他的老模样：满身冒着汗气，腿把子像安了发动机一样在有力地弹跳着，把全公社一盘子棋，拨弄得车是车路，马是马路。

全农会召开后，刘忠汉更不要命了。他早晚屁股不着地，从这个村奔到那个村，从这个工地奔到那个工地。眼睛熬红了，嗓子呐喊哑了，黑煞煞的脸上没一点血色。头发胡子长了一拃多长，顾不得刮剃；脚老拇指头突在了鞋外边，也不晓得！只有那双熬红的大眼睛，流露出他的内心是多么地畅快呀。实话！这么忙，这么紧张，还不畅快，那就不是刘忠汉了！

这天，他正在兔坪大队的老牛沟里，打水坠坝哩。他立在半山坡炸药炸下的一批黄土上面，双手抱着一根冒水的黑胶皮管子，像抱着一门炮筒，正朝虚土堆上无情地扫射着。碗口粗一股水从他胸前喷射出来，顺着一条壕向山下流淌。壕两边，面对面站着的两行男女，将他们脚下的黄土往水壕里愣撬着。一条泥龙便通过这两行人中间，嘀嘀地向沟底的坝梁上飞蹿而去。整个山坬上水花喷射，泥浆飞溅，铁锨闪光，人声喧腾。啊呀，比打仗拼刺刀还要紧张，还要激烈!

站在高处的刘忠汉看着这情景，畅快极了。他从天不明开始抱上这根黑胶皮管子，还一直没松手哩。中间曾有好几个队干部扑上来和他抢夺，让他去干别的轻活，他都没给。他说他还没过了“瘾”。水坠坝是新引进这个公社的打坝方法，他想把这个新式打坝法的优点好好体验体验。这种土活立得高，打坝的各个环节都能看清楚哩。

他黑胡巴碴的椭圆脸上，泥水、汗水纵横流淌；钢刷子一样直立的头发，也被汗水浸泡得贴在了脑皮上。他想揩揩汗，但两只手腾不开。操蛋！他把头像拨浪鼓一样猛摇了几下，把满头满脸的泥汗珠子甩掉一些。他被自己这种揩汗方法逗得直想笑！很明显，他现在太疲劳了。看！当他猛摇头甩汗的时候，身子也不由得趔趄了。

为了转移劳累感，他用开了他的老方法——拣件能使他兴奋的事情来思考思考。

他很快找到了题目：我们将要把这两华里长的老牛沟整治成个什么样子呀?

望着胶皮管子喷涌的水花，他脑子里思考开了：“……唔，将来，沟两边的坡坬，一定得都修成梯田。但不种庄稼，统统栽果树！桃三杏四，枣圪蹴起就是。用不了几年就能见益。嗯，当然，沟里的坝地要弄成高标准海绵地，要达到人家先进队的水平，再不敢像以前那样光坝起就不管啰。留不留个清水坝哩？要留！留下养鱼呀！陕北人不爱吃鱼？是他没吃惯嘛，吃惯了睡到半夜里都想哩！嘿嘿……

“另外，坝地里种什么呀？玉米是高产作物，应种玉米？笑话，不种玉米还栽稻子呀！咦，它金盆湾那么个阴梢沟都能栽稻子，咱这里为什么不能试试哩，试不成了还坐禁闭呀？真是！对，栽！咱陕北人的嘴生来就是吞咽粗粮的？咱要把这个规程改一下……小马怎跑来了？看那失急慌忙的样子！发生甚事了？”

现在，刘忠汉中止了对老牛沟未来的遐想，定睛看着公社文书小马手脚并用从坡下爬蹿上来了。

文书站在了他面前。他喘着粗气，向他做紧急报告：在冯家店大队蹲点的公社副主任张玉山打电话说，地区来了个检查团，由地委的一个副书记带队，已经到了他们大队，要他马上赶来哩！

刘忠汉听说事这么紧，赶忙把喷水的胶皮管子交给别人，快腿把子踏崖溜坡三跷两跷就到了沟底。他在小河里把泥脚洗了洗，撩起衫襟子揩了一把泥脸，便急急忙忙向冯家店奔去了。

中午时分，刘忠汉那两条快腿，已经跑到了冯家店的村头。

他透过密麻麻的枣林，朝村中搭眼一看，不觉吃了一惊：冯家店小学的大操场上，不知为什么黑压压挤了一大片人。看样子不光是冯家店一个村的社员，是南片七个大队的社员都来了！

霎时，一股怒火涌上了他的心头。他鼻子口里粗气直冒，一排密实的牙齿狠狠地咬着下嘴唇，那双铜铃大眼瞪了多大！

当张玉山急急忙忙迎上来时，他黑煞着脸，恼悻悻地问：“你疯了？这么忙活的季节，把这么多社员召集起弄甚哩？”

张玉山大嘴扯到耳门根：“啊呀呀呀呀，你给我发什么火哩嘛！我是个糊脑松？我不晓得这季节忙？这是人家地区领导的要求，人家要检查咱的工作哩！”

“怎这么个检查法？往常都是咱一两个人引上到各大队去看哩嘛！歪歪好好明摆着哩，他们看就是了，还用得着把自己这么多人集合起来听咱俩吹吗？”

“哎呀，你看你！你还当是叫你来介绍农田基建经验哩？人家要检查咱的‘三赛’活动哩！把我窜了个箭箭不离屁股，半天才把那些小学教师铺排开叫弄上啦……”

“什么‘三赛’？”刘忠汉瞪着眼睛问他的副手。

张玉山噗哧一声笑了：“嘻！你看你！晒糜子、晒谷、晒棉花嘛！”然后，他两只瘦手在大腿上一拍，一脸哭相地说：“老天爷呀！人家要检查的，咱两个都还不清楚哩！我也是刚才在小学教师那里投了一回师才知道的，说是天津小靳庄的经验，‘赛诗、赛歌、赛唱样板戏’哩！人家这次还强调要咱结合评法批儒，批孔老二，还有《水浒》什么……说这是路线还是什么政治……啊呀……脑子痛得没记全！”

刘忠汉的思想被张玉山的报告搅得乱哄哄的。他知道最近出了个典型小靳庄，他只含含糊糊听说是文艺活动搞得好。至于怎个好法，他不知道多少。他也顾不上查问这号事！他和他的一班人手，全部精力都用在农田基建上了嘛——我的天！全农会规划出了多么宏大的农业图景，敢分散一点心力吗！

他的脑子是带着他原来的一套来冯家店的。对于现在面临的新情况，他连半点精神准备也没有。他简直想不通为什么要把生产第一线成千上万的人集合起来搞这个“政治”。噢，人的嘴巴子光是用来说“政治”呀？还要吃五谷哩嘛！就这样下去，嘴巴子会饿得张不开呀。再说，这是什么“政治”！评古人，论死人，把个秦始皇吹得比马克思都伟大了。操蛋！法家那么革命，要共产党干啥哩？林彪栽死了，魂灵还没散嘛！这不是一路子货？他烦恼地头一摆，说：

“真是活见鬼！”

张玉山双手慌忙上来往他的胡子嘴上一捂，光头朝四下里转了几转才放下手，心有余悸地说：“啊呀，好我的你哩，以后千万不敢乱说！你知道小靳庄是谁抓的点？谁提倡的‘三赛’？”

刘忠汉说：“我不知道。你知道吗？”

张玉山右手食指在他左手的泥手心里点了个“三滴水”。

刘忠汉那有胡楂的椭圆脸阴沉了。他两只手叉在一起，把指关节捏得咯吧咯吧直响。沉默了一会，他对张玉山摆摆头，俩人便一前一后朝会场走去了。

在县宣传部那个年轻副部长的指导下，经过各村来的小学教师一阵没命的忙乱，这个“三赛”会的会场现在基本上算布置好了。

冯家店小学的全部课桌好不容易才拼凑了个主席台。全村所有干净一点的床单和新一点的热水瓶，也都统统集合到了这里。

原县党校教员、因辅导“评法批儒”而号称全县“理论权威”的新提拔的县宣传部副部长，左胳膊贴在胸前，右胳膊向前伸展开，正彬彬有礼地引导来宾入座：地委主管文教的杜副书记气宇轩昂地走在前头，后面是各县宣传部和文化馆的领导人。

会场现在陷入了极大的混乱。在会场的圈外，有些以为是来叫“看戏”的农民，像往常一样捎带来了自家的农副产品，现在正交易开了。鸡、鸡蛋、瓜果、菜蔬、猪娃子，摆得到处都是。临时组织起来的民兵小分队，正强制这些交易立即停止进行。有的交易者便和干涉者发生了冲突，吵成了一团。在会场中心部分，一些小学教师正小声领着一些临时安排的不识字的农民，背叨他们为他们代写的诗歌；冯家店小学的几个女老师忙忙乱乱地给一群“小铁梅”的后脑勺上挽接马尾巴毛做的假辫子；而县上来的另外几个文化干部，正跑前扑后警告带娃娃的妇女们：千万不敢叫自己的娃娃大哭小叫……啊呀，看那个乱吧！这场面看了会使任何有才能的组织家灰心。

张玉山到主席台前张罗去了。

刘忠汉脑子乱哄哄地坐在靠边的一条凳子上。他掏出旱烟锅子，挖了一锅子烟噙在嘴上。由于情绪冲动，手颤得连擦三根火柴都没点着。他起火地从自己嘴上一把取下烟锅，在手心里吧吧两下磕掉烟末，把烟锅又重新塞进口袋里。去他娘的，不吃了！他两只泥巴手抱住多时没剃头发的脑袋，索性闭住了眼睛。

霎时，他耳朵边又响起了老牛沟那柴油机的“突突”声，眼前晃动着黑色的胶皮管子，蠕动的稠泥糊，飞溅的水花子……接着，这一切都又消失了，出现了绿蓁蓁的果树林，一嘟噜一嘟噜的花红果子；还有那一坝一坝金黄色的稻子被秋风吹起了波浪……一丝甜蜜的微笑，爬上了他那张黑而粗糙的汗泥脸……

这时，主席台上，杜副书记一边用手摩挲着自己的背头，一边嘴巴凑在应酬陪同他来的县委副书记的耳朵上，说了几句什么。县委副书记便把正要宣布开会的张玉山叫过来，同样嘴巴凑在他耳朵上说了几句什么。

张玉山立刻瞪起了惊慌的眼睛。他茫然地愣了一会，才拖拖沓沓走到会场前，两条瘦胳膊上下扇着，喊叫大家安静下来，然后宣布“三赛”会开始。

脑瓜灵活的张玉山显然遇到了什么作难事！人静下来后，他那张巧嘴竟半天吐不出来一个字！

他满脸通红地站了足足一分钟，才结结巴巴地说：“地区领导……叫咱们公社……的刘书记……带头做……诗哩……”

刘忠汉汗泥脸上挂着微笑，这时正忘我地憧憬着老牛沟继而到全陕北的未来。他带劲地想：只要照全农会的精神这样干下去，用不了多少年，陕北的山山沟沟就肯定要大变模样呀！咦？有人喊他的名字？

他抬头一看：呀！全场一大片脸都对着他。

当他听张玉山又结结巴巴说了一遍时，全身的热血轰地涌上了头部！

这突然袭击弄得他措手不及！他原想今天这扯淡事的角色，大概主要是小学娃娃和各村的知识青年，万没想到，现在竟要他来上台呀！他哪年哪月曾梦见过做诗呢？他生性不爱嬉笑耍闹，别说当着这么多熟人拖音拉调地做诗，他一生在大庭广众面前连半句歌都没哼过哩！何况，今天这“三赛”会从形式到内容，他都反感得像饭碗里吃出来苍蝇一样！

“操蛋！这是把人当猴耍哩！”他在心里吼喊。

这时主席台上响起掌声，场上一片喧闹。张玉山已经不知退到了什么地方，那个空空的场地在严厉地等待着他。

一刹那间，这个在紧张时候能使自已冷静下来的人，迅速地思索开了。他想：自己是党的基层组织的领导，怎能在这么多的群众面前对抗党的一个上级领导呢？如果在党的会上，为这号事，他敢和他辩论，甚至争吵！可现在……这样不行，万万不行啊！

崇高的党性原则促使他从小凳上站了起来，但腿把子上的“发动机”熄火了。他心情沉重地朝那个两张课桌拼起来的“三赛台”走了过去。他面对几千人站着，满脸泥汗，满身泥巴，像一尊泥塑。他只知道他非得站到这里不可，但来干什么，现在竟忘得一干二净了！

当他重新想起要他来这儿干什么时，精神又一次陷入了极大的痛苦。他觉得脑口上像压了一块石头，感到出气很困难；嗓门眼也像塞了一块火炭，烧烘烘的。

他站在那里，五马六道的泥脸上沁出一层热汗珠子。眼前每一个庄稼人的面孔都是熟悉的，他们都用同情的眼光望着他，和他一样紧张，甚至比他还紧张！他难受地想，以往这样的大会，他们都是来听他传达党的伟大号召，是开革命和生产的誓师大会的！可现在，竟让这成千上万的人停止了紧张的庄稼活，停止了热火朝天的农田基建，集合起来看他出丑哩！他那张黑而粗糙的脸痛苦地抽搐着！

他站在那里，两只泥手不由得叉在了一起。扩音器里偶尔传出来咯吧咯吧捏指关节的响声。

由于长期睡眠不足，加上在水坠坝拼了那么一气命、刚才又跑步了几十里路，他现在感到一阵阵眩晕，人群、山水、天空都开始东倒西歪地晃动了。糟糕！晕倒在这里比作不出诗更糟糕，去他的吧！他命令自己赶快离开这里。

就在他脚步挪动的时候，等了半天而终于没等上他做出诗来的人，突然看见走了几步的他又站住了。这是怎回事呢？怪！

是的，他又站住了。他胡子巴碴的嘴颤动着，表示内心有强烈的冲动，表示有什么要说。啊，他大概终于想起一首诗来了！

刘忠汉说了，畅畅快快地说了，认认真真地说了，不过说出来的终于还不是主席台上的人所指望的“诗”！

刘忠汉厚嘴唇颤动着，一字一板地说：“贫下中农同志们，社员同志们，咱们要好好听毛主席的话，要坚持农田基建哩！……”说完，他三脚两步回到了原来的座位上。

以后的事，他已经感受得不连贯了。他只知道可怜的张玉山为了挽救局面，进行了最大的努力，但这个“三赛”会还是开了个一塌糊涂！

除过个把秧歌队的农民伞头和几个小学教师，站了几分钟而一句诗也没做出来的农民不是一个两个；就是做出来几句的，也大都是胡拉被子乱拉毡，牛头不对马嘴。有个小学生娃娃竟然做了一首题目叫“少正卯同志真英勇”的顺口溜，弄得大家哭笑不得……

事情总算这样过去了。

当天傍晚，一弯明月挂在冯家店的东山梁上，劳累的庄稼人早已在自己的土窑里吹灯酣睡了。

张玉山把刘忠汉送到村头，最后请求说：“好你哩！你看你的身体成了甚！今晚上就在这儿歇了，明早走还不行？你这人呀！”

刘忠汉不回答这问题。他把那棒槌一样的粗胳膊搭在张玉山的瘦肩膀上，睁着铜铃大眼，严峻地对他说：“玉山！往后有些怪事还会越来越多的。吃的都是五谷，可人的心眼长得不一样嘛！嘴上说的都是革命话，就都是真心的革命人吗？我看把革命口号吊在嘴上当曲儿唱的人，往往屁股底下压屎着哩！这号人咱越要操心提防哩！咱们的党不是没这方面的教训嘛！林彪栽死了，红脸黑心肠的人就死绝了吗？我看没！当然，全国的问题，咱也能看出一点，但咱管不了，这有毛主席和党中央哩！他坏人迟早跑不了。可眼下芦河公社这个摊子党交给咱们管了，咱可万万不能让那些不正经的东西在咱这里瞎传播呀！今这事，咱俩都没精神准备，它以后谁再来胡骚情，咱就顶他狗日的！咱只管按全农会的精神干！它天王爷塌下来咱也不怕！玉山，你说对不对！”

张玉山瘦手握住他的铁壳子手，光头严肃地点了又点。然后，用尊敬的目光，望着他那枣木墩一样结实的身子，渐渐消失在通往兔坪去的山路上……

过了不多几天，正在忙得不可开交的刘忠汉就突然接到调他去副食公司的调令。这好比是晴天打了个炸雷！轰得他脑袋嗡嗡直响。这是怎回事呢？为什么组织部事先也没找他谈谈呀？这太叫人奇怪了！

他丢下所有的紧事，急忙跑到县委组织部去询问原因。

组织部长一五一十地告诉他：他们公社那“三赛”会后，地委杜副书记生气极了，到县上专门召集了县常委会，把县委领导收拾了个三下五除二。他强调说，芦河公社太唯生产力论了！政治气氛相当不浓，“三赛”活动等于没有开展，公社书记连首诗也不会做，这怎能把小靳庄的经验推广开哩？他说如果县上还要把芦河当先进点树立的话，那么就要很快撤换掉这个公社的一把手，派懂意识形态的领导干部去掌头……当然，县委的绝大部分领导并不同意这样做，但也无可奈何……

刘忠汉听着，两只手搓着那永远搓不完的干泥巴，他厚嘴唇微微地颤动着，声音有点沙哑地问：“……那谁接我的手续呀？”

组织部长用嘲弄的口气说：“再还有谁‘懂得意识形态’呢？‘理论权威’嘛！杜副书记直接向县委举荐的，叫他除当芦河公社一把手外，还继续兼任县宣传部副部长，过问全县的宣传工作哩……”

刘忠汉听着听着，那双皱纹包围的大眼睛里，燃烧起了火焰：从今天起，他就要告别他干了近二十年、怀着多么深厚感情的岗位了！这并不是说他已经真正干不了这工作，仅仅是因为他“不会做诗”啊！

三

过惯了紧张生活的人突然闲下来，大概比闲惯了的人突然紧张起来还要糟糕得多！刘忠汉躺在副食公司办公室窑内炕上的黑羊毛毡上，难受地这样想。他到这个被人看作是县上的“轻闲单位”已经是第二天了。

他躺着，透过敞开的天窗看见：对面山上的庄稼已经收割完了。半山腰的打谷场上，扬场机正把谷粒不断头地抛向天空。一阵尘雾飘过，金黄的谷粒在中午的阳光下闪闪发光。他顿时感到一股带着庄稼味和苦艾味的深秋气息，吹进了他的鼻孔，那么香甜，那么令人心胸舒坦啊！

他翻了一个身，深长地向窑顶送了一口气。

他躺着，像一个经过长途颠簸的旅客，躺在宁静的店里。但是，那生活旅途上的疾风暴雨，却不断地出现在眼前——

当年那紧张的游击队生活：神出鬼没地突袭，翻山越岭的急行军……

担架队那出生入死的战斗，多么危险而又多么激动人心：飞机尖叫，炮弹皮乱飞，战火中很快背起一个伤员，跑啊，跑啊，鞋掉了，脚碰破了，舌头干得在嘴里转不开了，心，像要从胸膛里跳出来一样，但还是跑啊跑……终于跑出来了。掉头用汗水淹痛的眼睛一瞧：

伤员活着！那个高兴畅快劲啊……

还有那充满旱烟味的农村公窑，芦河公社渗透他心血的远景规划，以及那热气腾腾的农田基建工地，激昂吼叫着的拖拉机和推土机……

别了，这一切！

他咽了一口唾沫，把身子躺平，头枕着一只手，另一只手搓着黑茬茬的下巴。

他又透过天窗，遥望对面：黄土高原千山万岭，像起伏的波涛，气势磅礴地向天边逶迤而去。近处，那有着几棵松柏的山峁，不就是烈士陵园吗？是哩！就是哩！那美丽如画的松柏下，掩埋着几十个为解放这座县城而牺牲了的年轻生命；也掩埋着他可亲可爱的首长——县游击大队的高政委！

顿时，他又看见了政委那张白而清瘦的脸，高高突起的颧骨；看见了他那双严厉而温暖的眼睛在盯着自己，说开了他常爱说的那些话："……同志，在任何时候，任何地方，只要记住自己是个革命战士，那你时时处处就知道自己该怎办了。不要忘记，革命养育了咱们，咱们就要为革命尽忠，直到你咽了最后一口气……"

躺着的他"噌"地从黑羊毛毡上坐起来，鬓角的血管在嘣嘣突跳。他摸了摸自己的光头，湿涔涔的。

他下了炕，"嚓"地撕了当天的日历，揉成一团，丢在墙角的炉炕里。去他的吧，这一天！

他来到办公室外边。院子里空空荡荡，只听见灶房里急速的刀击案板的响声，叮叮咣咣的像擂鼓一样。

他出了大门。抬头望望：天气蛮好。瓦蓝瓦蓝的天空，没有一丝云彩，几只老鹰扇着硬刷刷的翅膀，在城上空旋了一圈，向远方飞去了……

力量重新回到了他那像枣木墩一样结实的躯体里。短暂的精神危机已经过去，他那腿把子上的“发动机”又发动了！

一个下午，刘忠汉的快腿已经跑遍了公司所属的屠宰厂、旅社、门市部、国营食堂和副食加工厂。

晚上，他带着一堆问题回到了办公室。看样子，他带回来的好像不是困难，而是什么宝贝——看他那个畅快劲吧！连走路都带起一股风。刘忠汉，又成了真正的刘忠汉！

他到灶房狼吞虎咽地扒了一老碗面条，嘴一抹，便找副食加工厂的负责人去了。

找到加工厂的生产组长，他温和地问他：全县已经十多天吃不上酱油和醋了，这是为什么？

加工厂的生产组长告诉他，做酱油和醋的只有一个老工人和几个临时工。一月前那个老工人患急性肝炎住了院，几个临时工十几天前也被生产队叫回去了，这营生也就只好停了。

“那么加工厂其他人呢？”

组长笑了笑，回答说：“其他人都在饼干房里。做酱油是个苦事，没人愿意干！”

“你在哪儿上班？”刘忠汉瞪起铜铃般的大眼睛问。

组长不敢笑了，说：“在饼干房里。”

“你会做酱油和醋吗？”刘忠汉又问。

生产组长的脸刷地红了，小声说：“会。”然后再也不敢看那张黑而粗糙的椭圆脸了。他专等着新上任的领导一顿指鼻子教训了。

刘忠汉铁壳子手在他肩膀上拍了一巴掌，说：“好好好，那我就拜你为师了！咱俩从明早上就开始干！至于以后派谁，罢了咱再研究。你看咋样？”

生产组长吃惊地望了他老大一阵，嘴唇子颤了几颤才好不容易送出来一个字：“你？……”

不久，断了十几天酱油醋的县城居民，便大呼小叫地在副食门市排队买上了。由于事先就估计人一定不会少，刘忠汉从加工厂往门市上送完最后一回酱油，桶担一放，就给女营业员当起了助手。她收钱，他掌勺，合作得蛮好。

在国营食堂的灶房里，在保管处的仓库里，在门市部，在屠宰厂，到处都开始出现枣木墩一样结实的刘忠汉。他还是他的老模样：满身冒着汗气，腿把子像安了发动机一样在有力地弹跳着。那件灰不灰，蓝不蓝，确定不了是啥颜色的连季衣服也还穿着——最近泥土是少了些，却又糊上了猪血、羊血，带着一股刺鼻的酱醋味！

不久，全城的居民都议论开了，说副食公司新来的书记亲自到国营食堂的灶房里“蹲点”哩，食堂饭菜现在可变好了。如果谁不信，去吃一回就知道了。这一来，有些一年都不上国营食堂的人，为了证实本县这条新闻的真实程度，也去吃了，竟把这个小县城的食堂，弄得熙熙攘攘，十分热火。

对供应服务问题永远敏感的城市居民，立刻注意到，不光食堂变好了，副食公司所属各单位都大变了模样——旅社门口那堆垃圾不见了，而床单枕巾却天天洗晒得满院子都是。副食门市原来一直是上午十点开门，下午四点就关门的，现在早上八点就开了门，下午六点才关门，甚至晚上还营业一个半钟头哩！更有趣的是，人们发现：屠宰厂的老关和老惠也和大家一样开始一天吃一顿粗粮，而城关粮站那个开票的，最近好久不见猪头和羊蹄子了。

副食公司上上下下都在忙！不忙行吗？哪里不周到，公司书记一声不吭就弄开了，其他人的屁股还敢闲坐下吗！

刘忠汉眼睛里网着红丝子，有胡楂的椭圆脸明显地瘦了一圈，又瘦了一圈。尽管他工作起来和以往一样拼命，但这终究是新工作，新环境，没他熟悉了的公社工作顺手，稍不留心就出岔子！

他有时也想：我还是搞我的公社工作合适呀。

随后他又苦笑着摇摇头，自己挖苦自己：可谁叫你不会做诗哩！

这天晚上，他从旅社开完如何改进服务态度的会议回来，刚踏进门，公司副主任就忧虑地来报告说，现在已到了十一月中旬，但国家下达的生猪和鸡蛋的收购任务完成还不到百分之七十！

看看，说岔子，岔子就到！

他的确慌了。这情况和一个公社完不成公购粮任务一样严重！他忽视了这个大问题！他狠狠地搓着自己的黑胡楂子脸！

第二天早上，他召集了紧急会议，决定公司所有的行政人员，都要在今天出城，立即出城！他要大家两个人包三个公社，协助和督促各公社很快完成收购任务。这么重要的工作，能光坐在城里等人家做吗？

会议正要散，和他分在一起到黄河畔几个公社去的文书，突然站起来说："有个事和这事矛盾着哩……"

"啥事？"他问。

文书小王拿着一份文件说："刚才收到的，是县宣传部的通知。说是要在全县展开轰轰烈烈的'三赛'活动哩！下星期一县级各单位要在影剧院开始比赛，强调叫各单位领导带头上台哩。我见人家县机械厂前天就停工闹腾开了。机械厂高书记装个李玉和，他老婆装个李铁梅，笑得人肚子痛……咱如果不停止营业的话，这事就……"

刘忠汉脸黑煞煞的听小王说完。他把文件要过来看了两行，扔在了桌子上，把指关节捏得咯吧咯吧直响，说："简直是疯了！不管他，他赛他的，咱干咱的，出发吧！"

……

不管人类社会生活发生多么大的变化，时间总是用自己的老步伐毫无顾忌地前进着。看看，它已经一分一秒地走到了一九七五年的十二月。

十二月的陕北山区，天气已经很冷了。入夜，这座依山势构筑的小县城，和农村一样安宁。只有绕城东去的河流，还是那么不平静地喧腾着，哗哗的流水声越来越响。

刘忠汉已经披上了自己的光板老羊皮袄。他伏在办公室的桌子上，粗大的手捏着细细的蘸水笔，正写什么哩。

文书小王进来了，把两份文件放在他面前，一屁股坐下说："一嘴把砂糖和黄连都吃了，分不清苦甜！"

刘忠汉停下笔，没言传，接过来看那两份文件。一份是地区财贸办公室给全区的通报。通报表扬他们工作积极主动，使他们县一九七五年的生猪鲜蛋收购任务，提前一个月完成，走在了全区各县的前列。另外一份文件，是县委宣传部给地委宣传部的报告，专门抄送他们的。报告详细汇报了全县开展"三赛"活动的情况。在存在问题一部分里,着重举例批评了他们公司一不重视"三赛"活动，二不参加县级各单位的"三赛"会……

刘忠汉草草把这两份文件溜了一遍，带着对它们都不重视的神情，搁在一边了。

他站起来，拉了拉老羊皮袄的领子，突然带着神秘的表情问小王："你知道我写什么吗？"

小王茫然地望着他，说："我不知道呀！"

他身子前倾着对他说："我给县委打报告，要求扩大咱的加工厂，做蜜枣哩。"

"啊？"小王喜得忽地站了起来。

刘忠汉那黑而粗糙的椭圆脸上笑起一脸皱纹。他说："这次收猪收鸡蛋，我看见咱黄河畔有那么多枣子和梨，心里就冒出了这个主意。咱山区运输不便，可惜把好多果子都烂了。咱为什么不能自己加工哩？咱的枣不比他进口的外国枣差！咱这营生如果能开张，对国家和集体都有好处哩！"

他激动地挖了一锅子旱烟，点着，喷了一口，那两条像安了发动机一样的腿，在砖脚地上带劲地走了一圈，说："咱先弄着，这事的意义大着哩！我早就思谋过了，咱陕北将来的出路，一是要提高单位面积的产量，广种薄收越来越吃不开了嘛！二是要大量种草，发展畜牧业；再就是满山满坬的栽果木树，愣栽！只有这样，才能把咱陕北的穷根子挖得了！那时候，满川满沟的庄稼，满坡满坡的牛羊，满山满岭的果树——梨、枣、桃、杏、苹果、核桃，要甚有甚。嘿，那时咱这副食加工厂还能不红火吗？到时候，北京和上海的副食店里都要摆上咱们做的吃食哩！什么牛肉罐头、羊肉罐头、梨罐头、苹果罐头，还有什么核桃馅点心、桃杏仁酥饼，应有尽有。大城市里的人一看商标签子准会发愣：产这些东西的地方没听说过呀！那他们就会在地图上查，查到了，他们会高兴地说，啊呀！出这东西的地方就在陕北嘛……”

刘忠汉在炕栏条上吧吧两下磕掉一锅子烟灰，又装起一锅子烟末，点着，鼻子口里喷着，像是不光对小王，而是对满世界的人说：“咱们过去闹革命，多少战士的血，淌在咱这陕北的土山土沟里了。有些人年轻轻的就牺牲了自己的生命。他们死了，是为了让我们今天活得更好，并且希望我们活着的人，去完成他们没做完的革命事业！我们这些活着的人，难道还不能舍出自己的一切，把他们淌过血的地方建设好吗？他谁不这样想问题，一天起来混日子，光会哄人，不干实事，他谁就没脸！他谁反对我们这样想，反对我们这样做，他谁就是我们的仇人！我们，永远也不能背叛千千万万的革命先烈交待给我们的伟大事业！”

小王听得半天合不拢嘴，他望着这个披老羊皮袄的人，手在桌子上一拍，大声喊：“刘书记，谁说你不会做诗啊！”

一九七七年十一月于西安

*原载《延河》1978 年第 1 期。

在新生活面前

一

从黑夜往白天过渡的那阵儿，是世界上最安静的时候。

眼下，这座小县城静得没有一点声响。连房屋和街道也给人一种昏睡的感觉。城周围村庄偶尔传来的一两声鸡叫，听起来也显得那样遥远。

这时候，一位长着两撇白胡须的老汉，推开了城北县机械厂大铁门的小铁门，一躬身钻了进去。那铁门打开闭上所发出的清脆金属声，立即打破了城市黎明前的宁静。

现在，老汉皮鞋的硬掌在机械厂的土院子里咚咚地响着，来到院子南角的一座小工房里。

小小的工房空空荡荡，没有什么东西；只有一股烟屑混合着铁锈的味道，很窒息人。进来的老汉不在乎地张着嘴，好像这味道也并不怎难闻。

他径直来到屋角的一堆灰渣前，背起手站定，像是寻找什么丢失了的重要物件，朝这个角落失神地张望了许久。然后，他带着无可名状的表情，在小工房的空地急速地踱起了步，皮鞋的硬掌在空洞的工房里踏起了震动很大的响声。

转了几圈后，老汉来到门口上，肩胛靠着门框，燃起了一只黑得发亮的木烟斗，吧吧地抽着，眯缝起眼睛由近到远地瞭望着这座山城。

山城各个建筑物现在已经从黎明前青灰色的纱幕中渐渐显出了自己的轮廓。天空中最后几颗星星也悄然消失在远方的一片灰白中。

这阵儿，我们借黎明的曙色，可以看清楚这个倚在工房门口的老汉了。

猛一看，你会觉得他个头不太高。其实细细一瞧，他本来也不低，只是因为背驼得太厉害了。他和这小县城的大部分人一样，一身普通的穿戴。只有一点异样的是，他的衣、裤、鞋、袜，似乎统统都是一个颜色的，而且你急忙还说不上来这倒是一种什么颜色：既不是纯粹的黑，又不是真正的灰，也很难说就介乎于这二者之间。

我们姑且就说它是烟灰色的吧。老汉不光衣服是这种烟灰色，甚至脸膛也近似于这种颜色，只是稍微要浅一些。但这张脸并没有一般老年人的松弛皮肉，甚至很难看出有多少皱纹来。在这淡淡的曙色中，那脸盘，那额头，闪着一种柔和的釉光，像水银灯下的瓷雕一样给人一种健康而坚实的美。只有上唇上那两撇白胡须，表明他年纪已高。

某些职业能给人的外表留下非常惹眼的特征。你一看这老汉，就会知道他是一个在烟熏火燎的铁匠炉旁站了多年的老铁匠。

现在，铁匠曹得顺老汉立在这小工房的门口，脸上是一种十分难受的表情。奇怪！这位全县知名的老铁匠究竟有什么熬煎事呢？看他一动不动地想着心事，有时甚至喷出一口烟，竟然很长时间忘了合住嘴巴！

曹得顺老汉的熬煎事，得从这个机械厂最近的变化说起。

不久前，我们伟大祖国生活巨变的热浪扑进了这个机械厂。为了实现党中央提出的在1980年基本实现农业机械化的目标，上级决定立即将县机械修配厂改成机械修造厂。一个“造”字的变化，全厂陡然间就增加了几十台车床。另外，县里的汽车比原来增加了四五倍，厂里的一部分工人又立即被抽去筹建大修厂了。也就在一批新工人进厂的同时，本厂第一批新产品——“红旗”动力切脱机和新式水泵已经挤满了这个小小的土院子了。

也就是这变化的浪潮，把老汉领导的这间小工房里的那些铁匠炉子给冲跑了。因为在短短的不到两年的时间里，这些打锄镰老镢头的作业，所有公社的农机厂，甚至有的大队，捎带着就干了。既然是这样，县机械厂铁匠炉的使命也就只能终结了。铁匠炉上那些年轻的文化人很快就被分配到新来的机床上去学习操作。现在唯独他——不识几个大字的“铁匠主任”，被撂在一边了。厂里曾答应很快分配他的工作，但他听有人说，是准备让他去门房当看门人！

靠在门框上的老汉吧吧地吸着早已灭了火的烟斗，晨风把他两撇白胡须吹得纷乱。身后这个原来打铁的房子早就收拾了摊子，但他见天早上都还忍不住要来一回。每当来到这里的时候，他就说不出来是一股什么滋味。他高兴他终于和这古老而原始的生产方式告别了，这是他梦想了多少年的事啊！可他又难受他一双强壮的铁匠的手，面对着令人眼花缭乱的机床却无能为力了！他那握惯家具的手时时感到痒痒，力量在身体里令人难耐地扩张着。可是他去干什么呢？哪里他都插不上手！所到之处动不动就是图纸呀，数字呀，还有许多他根本听不明白的这呀，那呀。他从这个车间转到那个车间，他看见他的那些原来抡大锤的徒弟娃，就是再不中用的，现在也已经把机器开得轰隆隆价响了。他羡慕所有开机器的人！他咬牙切齿咒骂旧社会不能使他念一天书！

老汉立在门框上，想着，苦恼着，狠劲地抽着那只黑得发亮的木烟斗。他无意中瞟了一眼厂门口那座新盖起的门房，浑身登时冒起了一层鸡皮疙瘩。老天呀！难道他就要像那些坐在窗口，喝着浓茶，整天看着人们出出进进的人吗？

“不行！”他的嘴朝早晨的天空使劲嘟囔了一句，狠狠把木烟斗在门框上磕了两下，便扯大步向对面党委书记的屋子走去了，那皮鞋的硬掌在土院里擂鼓一般踏起了一片响声。

二

机械厂冯国凡书记正伏在一张油漆剥落的桌子上，埋头写什么哩。他右边的袖子空洞地垂着。那胳膊在解放这座县城的时候，丢在城南的牙峰山上了。他现在用左手写着。写一会儿，便放下笔，拿起烟灰缸上正在燃烧的纸烟吸几口；然后放下纸烟，又拿起了笔。

书记有时抬起头微笑着；有时又低下头苦笑着，他完全沉浸在自己的工作中，连曹得顺老汉推门进来都没发现。

得顺老汉看书记这情态，只好强压住刚才的冲动，悄无声响地坐在了书记背后的一条长椅子上。

他现在怀着极大的尊敬，望着这个比他小十几岁的领导人：油污的工装裹着瘦削的身板；塌了檐的工作帽下，露出一圈斑白的头发。眼熬得红红的，显然又一夜没合眼了。他写什么哩？是生产计划吧？

三十年前，他在胡匪盘踞的这座城市里用打铁来掩护做地下工作时，小冯那时是城外游击队的通讯员，常化装进城和他联络工作哩。老汉记得，他三岁上失去父母，十岁上就和他一起当地主的长工。他生性顽强得像一块铁疙瘩。记得解放这座县城时，他右胳膊炸掉了，还抱杆红旗头一个跑进了这座城市。他在保警队门口碰见他时，鲜血淋漓的，还笑哩！他和他一样，从没念过一天书，可就是用铁疙瘩一样的顽强劲，现在出息得不光是全县公认的有水平领导，竟然还能用左手写一笔好字哩。看！书记房里搁多少书！

正在埋头写字的冯书记偶然回过头看见坐在椅子上的老汉时，急忙放下了笔，揉揉眼睛，走过来坐在他旁边了。书记用左手拉住他的右手，亲切微笑着没说话，只是用网满红丝的眼睛询问地望着他。

得顺老汉站了起来。书记也只好跟着站了起来。现在，老汉的右手在书记的左手里抖索着，传达着内心的激动。看样子他有一肚子话都冲到喉眼上来了，但一时不知该先说那一句。

书记继续亲切地望着他，把下巴扬了一下，鼓动他有什么就畅畅快快说出来吧！

老半天，感情激动的老汉才使着很大的劲说：“小冯哇，我可死也不到那门房里去呀！……”他的眼睛湿了，说不下去了。

书记非常理解地微笑着。他拉老汉重新坐回到长椅上，左手亲昵地摩挲着他倔强的肩背，用一整夜抽烟弄沙哑了的嗓子亲切地说：“好曹大叔哩！再甭信别人瞎吹风了，你的工作根本没定哩！我前几天就想找你谈谈，可我太忙了！你看眼下变化多么大，真个是形势喜人，形势逼人！我知道哩，你老在这变化面前遇到了难题，我自己又何尝不是这样嘛！原来就这么个小摊摊，一下子就变成了这么大个企业！好多问题都是新的,两眼大瞪弄不清楚。熬夜！苦恼！睡不着觉！”书记瞅了一眼堆满了书和材料的办公桌，沉重地出了一口气，继续说：“可咱又满心眼高兴嘛！为咱国家实现四个现代化，实说，累死也高兴！”他有力的左手把老汉的肩头抓得紧紧的。

老汉望着书记的瘦脸和红眼，一下把自己所有的事情都暂时忘光了，他满脑子搜寻着词句来提醒书记注意身体：“你又一夜没睡吧？以后可千万、千万不敢这样了……”

“我不要紧，”冯书记笑着说，“你人老了，倒要好好注意哩！

这几天你没分配工作，还提前一个钟头上班弄甚哩？”

老汉头一倾，声音里充满了难受：“其他活我已经想干也插不上手了，早早来把各车间打扫打扫……”

冯书记听着，用燃烧的眼睛从侧面望着这个老铁匠。他喉眼梗塞着，说不出话来了。他站起来点着一支烟，靠在办公桌上一口接一口地抽着。他深刻理解眼前这位脸色烟灰的老汉。无论在严酷的战争年代还是在和平的日子里，他对这伟大国家的伟大事业从不吝惜自己的血汗！他那双劳动者的手，曾经造过多少惩罚敌人的地雷炸弹，打造过多少耕耘田地的犁铧锄头！他一生扑腾着，永远站在革命的前列！可是，如今变化的新生活，使得他那双更加渴望为伟大事业贡献力量的手，遇到了严重的困难！当然，他可以派他去当仓库保管员或做其他一些轻松活，但这肯定会伤老汉的自尊心的。他深深知道老汉和钢铁有多么深厚的感情，也深深知道一双爱劳动的手闲下来是什么滋味！可他年纪大了，又基本上没文化，上不了机床……

书记苦苦思索着：他怎样才能帮助这位令人尊敬的老人呢？……

这时，外面街道上突然响起了一片杂乱而热烈的呼喊声。两个沉默的人都不由被这呼喊声吸引到了窗前。书记用左手轻轻地打开了两扇玻璃窗。他们并肩站着，一缕晨光染红了他们的脸膛和胸脯。

呼喊声来自不远的街道口上。那是新盖起的三层百货大楼正在上最后一块预制板。楼周围站了一圈又一圈观看的人群，他们指指画画，赞叹不已，楼前那条从南到北的街道正扬起一股股黄尘，被多少代人磨凹了的街道石板已经被掀了起来，横七竖八地立在街两边。街道南头，开始铺设沥青的滚压车发出了巨大的吼声；城外已经铺好沥青的公路上，满载各种建设器材的车辆正繁忙地奔跑着。去城西的汽车最多？那里正在修建一个规模不小的水电站，远远望去，红旗飘飘，人影憧憧；更远一点的地方。一月前竣工的小型化肥厂和小型水泥厂的高烟囱，已经在喷吐烟云了……

“哎呀呀！‘四人帮’鬼子孙一完蛋，这变化真是一天一个样！”得顺老汉在窗前兴奋地对书记说，“你看，咱俩当年贴传单的那道巷子整个拆得不见了！”他用手指了指自己的嘴巴，又指了指书记的嘴巴，诡秘地一笑：“你还记得吗？”

书记先奇怪了一下，然后扬起头大笑了：“哈呀！不就是贴蟠龙大捷的传单吗？大白天不敢拿糨糊，亏你想出那洋办法，一人噙一嘴：舌头当糨糊刷子使哩！”

“哈哈哈……”两个曾经“亲吻”过这城市的游击队员，在窗前醉心地大笑了起来。

笑毕，老汉突然又难受起来。他侧身对书记说：“小冯呀，咱国家要实现四个现代化，一天一个新变化，可我老汉这双手怎办呀？”他把一双老茧手举在书记面前，使劲地摇晃着。

冯国凡左手搭在窗台上，另一条袖子空洞地垂在一边。他笑眯眯地说：“我正想听听你自己的意见呢？”

得顺老汉离开了窗前，激动地在屋子里走了一圈，然后又来到窗前，非常严肃，非常认真地回答：“小冯！我说出来，你可别笑话！我的决心早下了，我要从头学起！为四个现代化，人家都发明哩，创造哩，我的想法不高：开一台车床！就是这！”他说得那么恳切，那么让人动心。

书记激动地把一条胳膊搭在老汉挺硬的肩头上，有点动感情地说：“曹大叔，尽管你的年龄已经不适合干这活了，但我从内心里支持你的想法！”他沉思了一会儿，又说，“我最近常想，咱们国家要实现四个现代化，我们的下一辈好办。他们有文化，很快就能掌握现代科学技术。可是我们这一代人怎办？万恶的旧社会，造成了我们这代人大都是文盲，整整几亿啊！这些人怎样才能适应这新的时代呢？怎样才能进入现代化生活呢？我想，这么大个问题，华主席和党中央已经在周密考虑了。但作为我们自己应该怎么办？当然，现在一切才刚刚开始，问题还没有变得普遍地尖锐起来。但必须看到，这问题会很快迫近的！比如眼下，你就面临这问题了。我又何尝不是这样嘛！甚至比你还困难——要学会管理现代化企业呀！老天！这是吹的吗？我想用不了多久，我们这代大老粗，每一个人都面临这个问题：是成为现代化生活的主人呢？还是被这伟大的新生活抛在一边呢？好！你老这气概，是我们这一代人的气概！好！好极了！”书记用有力的左手使劲摇着、捏着曹得顺老汉的肩膀。

得顺老汉看过一辈子火的眼睛，罩满了两汪喜悦的泪水。他兴奋地喊：“小冯！你到底理解我的心情！”

三

正在得顺老汉非常高兴的时候，他老婆非常不高兴了。

叫这位城关幼儿园的保姆生气的是，自己的老汉整个星期天没沾家门边。劈柴、挖炉坑等几件在星期天“法定”的必做活，老汉一反以往地不给她做了。而现在天眼看黑严了，老汉还不将功补过，帮助她喂一下鸡什么的，竟然像发了疯一样，把儿子小学里念过的书和孙子在中学里念过的书，全部倒弄出来，毛翻翻地抖了一炕。掼在脚地下的书箱子把她的脚绊磕得生疼！

她起先把锅勺水瓢掼打得直响，来表示她的不满，可抬头一看，他像中了邪一样还在继续埋头鼓弄着那些书，她忍不住了。她把正在捅火的火钳子往灶眼眼里一扔，便嚷开了：“天神神呀！你今儿个是造反了还是怎着？”她三脚两步跑过来，把老汉已经整理好的一摞子书重新打散在炕上，把所有要发泄的全部不满，都表现在了两片颤抖的嘴唇上和一双委屈的眼睛里。

毫无精神准备的老汉吃了一惊，张开嘴巴望着老婆那怒气冲冲的脸，不知发生了啥事。老半天，他脑子里才把自己的行为和老婆的发火联系起来。他急忙七七八八给老婆解释他最近的心思，甚至把给冯书记讲过的那些话，也激昂慷慨地给她讲了一遍。他老婆听着，愤怒的眼睛渐渐变成了好笑，又由好笑变成了嘲笑。她开言道："唉呀呀！你比幼儿院的娃娃都能俏！老呀老了，还老不安生！机器呀，念书呀，还成神呀！"

老汉见说服不了老婆，急得打铁的手在石炕栏上使劲一拍："你……人家都现代化，看你老东西怎办呀！"

老婆嘴一扭，鼻子里哼了一声："将来就是五个现代化，它机器抱不成娃娃啰！"

老汉嘴张了几张，不知该对答什么了。老两口子生气地对看了一阵，各自无可奈何地叹了一口气，然后各做各的去了。

晚上，老汉又七七八八说了老半天，把孙女说通给他当老师。

在脚地的吃饭桌旁，他坐在高中生对面洗耳恭听。对于那些简单的公式和一些奇怪的字眼，如果他明白了，脑子里便像划过一道闪电，照得他心花怒放，一种人生从未体验过的快乐使他痴迷如醉。有的他死活解不开，脑子便又陷入了一片黑暗。每当这时，看他那个吃力劲吧！烟灰色脸上汗珠直淌，全部的紧张都表现在了那只黑烟斗上：一口接一口抽着，紧张地吸进肚里，又紧张地从鼻子口里喷出来。

正在讲解的小老师受不了啦！浓烈的烟雾呛得她直咳嗽。她声明如果她爷再吸烟，她就要停止给他讲课了。

老汉慌忙从嘴里取了烟斗，在鞋底上磕掉，嘴里连说："爷不抽了！爷不抽了！"

一波未平，一波又起。这时，正在睡觉的老婆烦躁地翻了一个身，嚷开了："哎呀！好我的老头哩！灯明晃晃的，人怎价也睡不着嘛！

你成神呀变鬼呀，人还要睡觉哩嘛！明起来瞌睡马爬的，把娃娃们带得有个一长二短……”气急败坏的老婆干脆坐起来啪地关灭了灯。

黑暗里传来老汉惊天动地的吼叫声：“龟子孙！把灯拉开！”

沉默。老汉站起来了，啪地把灯重新拉开。

这下把老婆惹恼了。她从被窝里伸出一条胳膊，一指头指住老汉：“你这个犟板筋！你耳朵塌了？鸡都叫头遍了！你把娃娃一黑里熬的，明儿连课也上不成了！你只顾你现代化哩，娃娃也要现代化哩！……睡！”

老婆话虽难听，但理由是雄辩的。得顺老汉愣了半天，摇摇头，对一直抿嘴失笑的孙女说：“睡去吧。”

第二天黎明前，还是往常的时分，当得顺老汉打开县机械厂大铁门的小铁门时，完全变了另一个人。看那张烟灰色脸上带着多么神气的表情呀！他又是一名工人了！

他立在车间门口，一股热血涌上了胸膛。看那一排排蒙着罩布的车床，像铁兽一样蹲在偌大的工房里。哦，一会儿就会吼叫起来的！

老汉走了进去，依次揭起罩布，把每一台车床都亲昵地抚摸了一遍。随后，他把车间里齐齐打扫了一遍，把大铁炉子生着，又迈着轻快的步伐，返身到其他车间打扫去了。

当老汉重新回到自己的车间后，工人们都来上班了。机器的吼叫声立刻震慑了工房。

老汉给他过去铁匠炉上的徒弟小王当了徒弟。小王脸通红，握住他的手，不好意思地说：“曹师傅，你什么时候都是我的师傅！”

得顺老汉头一梗：“嘿！看你说的！从现在起你成了我的师傅。好好教我这个徒弟吧！我有不对劲的地方，你就楞敲打！不敢不好意思哪？师不严，怎能教出高弟子嘛！来！”

机床轻快地转动了起来，像清爽的风吹过树林子那般快活。

小王车着工件，给他过去的师傅、现在的徒弟讲解着；老汉一下弄不清楚的地方，他就停下车来给他比划着细讲。

老汉听着，看着，背起手在机床旁边转着。这阵儿，他感到除过眼睛和耳朵，自己身上好像再没有什么了。

突然，正在工作的车床猛地停了下来。得顺老汉赶快看小王的脸。一看慌了！他从小王的脸上看出是床子出了毛病！

小王检查机器，他急得在旁边转圈圈，烟灰色脸马上就是一层汗珠子。唉！如果是一块毛铁，小王没法下手打家具，他会袖子一挽就上手捣打，他一上手，那铁就会服服帖帖不比他老婆在案板上揉搓面团差。可现在，他干着急帮不上忙！这种被动局面还是平生第一次。

过了一会，检查完机床的小王一边用棉纱擦手，一边说："可能是外接线出毛病了。"说着便转身去检查墙上的电线。

"外接线？"老汉在心里思量这个新名词，"噢，机器外边的线路就叫外接线？"他一边思量，一边在心里念叨："外接线，外接线……"

他现在凑过去，一眼盯住小王的两只手，看他怎样把坏了的"外接线"弄好。嘿，什么都得学！

终于，机器又开始转动起来了。得顺老汉又把全部精力集中在耳朵和眼睛上了。

就在快下班的时候，机器突然又停下来。这时，实习心切的老汉操起一把钳子就要扑到墙上去检查"外接线"！小王一把将他扯住，脸色煞白，说："唉呀，曹师傅！你怎拿不绝缘的钳子去弄电哩？多危险！再说，这次不一定是外接线坏了……"

老汉一愣，看看自己手中的钳子，烟灰脸急得通红，拳头在自己的鬓角上狠狠顶了一下。

下班以后，别人都走了，他没走。一天的兴奋使他忘记了饥饿、劳累，甚至连时间的概念也没有了。当全城的电灯大放光华的时候，曹得顺还在车床旁边折腾着。旁人看了，谁也不会明白他到底在干什么。

只见他两只手抓着无形的东西，一会儿是这个姿势，一会儿又是另外一个姿势；腰直起来，又弯下去。有时他又停止了这些动作，手在车床上这儿摸一摸，又在那儿抠一抠，然后抬起头长久地思量着什么，嘴里不断念叨着。冯书记在他旁边站了好久。他都没发现。

书记也是刚从另外一个车间下班后转到这儿的，他白发里夹着一些细碎的铁屑，瘦削的脸上染着几团污渍。他垂着空洞的右臂站着，静静地看着这一切，脸上是一种思绪万端的表情！他在想什么呢？……

现在，他走过来了，用有力的左手扳了扳老汉的肩膀，微笑着没说话，把腕上的手表堵在老汉眼前。

老汉并没有去看那表，只是嘿嘿一笑把腰直了起来。

四

和过去相比，最近几个月来，得顺老汉也看不出有什么大变化：还是那一身脏得失去本色的工作服；驼得很厉害的背和一张烟灰脸。不同往常的只是他肩膀上多了一个黄挎包，走路都不离身。不知道的人，以为里面大概放什么值钱东西哩。其实，里面装的只是一些中小学课本，一些自造的演算本，一个已经用旧了的文具盒，文具盒里放着一些用剩的铅笔和橡皮擦。

每天早晨黎明前，他都像学生娃一样，背着这个书包走出家门，一路倒勾着头，温习他孙女给他讲的那些功课。

他边走边盘算，嘴里反复念叨着一些数字和公式，同时右手食指在左手心里使劲地画着。有时他会突然停下来，头高翘，眼细眯，嘴半张，死劲地回忆着什么；有时，他也会在黑暗中楚地蹲下来，手指头立刻就在地下加减乘除开了。

不知老汉心思的人，看了他那副模样，也确实觉得可笑。比如今天早上吧，念叨着来到街道拐弯处时，又蹲在地上画开了，不走了。画着画着，一块玻璃碴刺在手上，流血了，他抓把土掩上，又画。

要是生人见了他这副模样，就不会是仅仅觉得可笑了，准会说他神经不正常。可不，走了老半天，竟糊里糊涂来到了南门外——老天呀，机械厂在城北嘛！

现在天大亮了。当得顺老汉因第一次上班迟到而羞愧不安地走进车间时，一下子给愣住了：车间怎拥挤下这么多人？冯书记也来了？出了什么事？

他看见大家都嘻嘻哈哈向他迎上来。冯书记左手扳住他的肩膀，笑眯眯地说："看把你高兴得呆迷了！快给咱开始吧！"

"啊？"得顺老汉轻轻应了一声，两只手紧紧握住了书记的一只手。他现在才知道，大家都是来看他第一次开车床干活呀。

小王过来从他肩头上取下黄挎包，激动地望着他，说："曹师傅，我早早就来等上你了……"

现在，得顺老汉在众人的目光下，迈开胜利者的步伐，向车床那边走去。

霎时，他觉得自己是从整个漫长的人生道路上走来的。过去的一切——苦难、斗争、欢乐，一幕幕在眼前闪过。是的，在他艰苦跋涉的一生中，他有过痛苦，但也有过欢乐和幸福。可是这一切又怎能和眼前相比呢？从今天起，他将成为值得自豪的现代工人了！他知道他余下的岁月已经不多，但为伟大祖国创造的东西，也许比一生加起来都要多得多。

他在车床边稍站了一下，压住怦怦的心跳，然后用微微颤抖的手灵巧地开动了车床。

车床轻快地鸣叫起来。他熟练地操作着，大家静悄悄地看着他的一举一动。

终于，曹得顺老汉的第一个工件在车床上“临盆”了，车间里响起了一片热烈的掌声。

老汉双手恭敬地把灿亮的工件交给他的师傅小王，小王又把它交给了冯书记……

老汉望见书记的眼睛满怀着惊喜，一阵舒服的温热立刻在他全身荡漾开来。记得当年，每当他把新造出的地雷交给他时，他的眼睛就是这样的！

现在，大家传看着得顺老汉在车床上车出的第一件产品，交头赞叹着。同时，检验员按冯书记事先的安排，把一张红色的产品合格证放到老汉的粗硬手掌里。

老汉把这纸片片举在眼前看了一老阵，两颗晶莹的泪珠在这个老铁匠的烟灰色脸上滚落了下来。啊，这一切多像是梦，可明明又都是真实的呀！

傍晚，经过一整天感情激荡的老汉，非要拉冯国凡书记到自己家里坐坐不可。他想和他好好谈谈，一块喝两盅！独臂书记非常理解老汉的心情，高兴地接受了邀请。

两个老战友并肩出了大门，向灯火明亮的街道走去。远处朦胧的山影间，升起了一弯金黄的月牙。山城的夜，多么美！

当得顺老汉引着书记来到自家门口时，一把大锁把他和尊敬的客人都拦住了。老汉奇怪极了：往常这时，婆孙俩早把饭做好等上他了。今晚她们发生什么事了？

这时，冯书记从门缝里抽出一张纸条来，念道：“爷爷，我参加了学校课外航模组，从今晚起，不能按时给您上课了。兰英。”

老汉笑了，说：“是这，你等着，叫我寻你大婶喀！”

冯书记说："那咱一块去吧。"

就这样，他们又来到街道上，到南门外幼儿园找兰英她奶去了。路过南门里县中学的大门口时，他们一下子被里边的景致给吸引住了：明亮的灯火下，只见一架架木飞机在稠密的人群中箭一般蹿起，然后在空中平滑地飞旋。最后像归窝的燕子一样，准确地一架接一架回到了起飞的地方。整个中学大院里充满了孩子们的欢笑声。

他俩入神地看着。冯书记兴奋地大声说："儿童也在现代化！……"得顺老汉的眼睛有点潮湿了，他本来打算把兰英找出来问问她奶到哪儿去了，现在他打消了这主意："让娃娃们好好飞吧！飞吧！"现在，这两个情绪激昂的人穿过刚铺上沥青的街道，出了南门，来到了墙壁粉白的幼儿园里。

这阵儿，孩子们都回家了，院子里静悄悄的。只有南边一孔窑洞的窗口，还亮着桔红的灯光。

他俩来到这窗前，不由一起站住了。

透过玻璃窗，看见兰英她奶正在一张桌子旁边发呆。桌子上摆了好多玩具——小拖拉机，小汽车，小飞机。她正愁眉苦眼地对着这些玩艺儿叹气。

他俩推门进去，得顺老汉问他老婆："你呆迷迷地坐在这儿弄甚哩？"

老婆见冯书记也来了，赶快站起来。她对冯书记诉苦说："唉！小冯！你看叫人愁肠不？娃娃们原来要的玩具，都是些布娃娃，木马马，要坏了，针一缝，胶一粘就好了。而今……"

冯书记大笑了，他说："大婶呀，玩具也现代化了，那我们……"他用笑作了结尾。这是意味深长的笑。

现在，我们这位老车工从口袋里掏出了一些随身带的修理工具，拨弄开这些小玩艺了。他烟灰色脸上的那个自信和松宽劲，就像当年在铁匠炉上捶打铁块一样！不一会，这些小东西就恢复了各自的功能，在桌子上得意地动作开了。

他这一手，把他老婆看得目瞪口呆。她望着那张烟灰脸，惊奇得不能自制。

冯书记故意问她：“大婶，你看大叔这手怎样嘛？”

她先格咪一笑，然后看了得顺老汉一眼，不好意思地夸奖说：“鬼念叨还念叨出个名堂来了！从明晚起，兰英教你，你再教我，咱也要现代化哩！”

得顺老汉快活地头一拐，学他老婆的腔调说：“还成神呀！”

“哈……”一串笑声飞出了窑洞，在寂静而晴朗的夜空传荡开来……

＊原载《甘肃文艺》1979年第1期。

夏

我为我心爱的人儿
燃到了这般模样！

——郭沫若：《炉中煤》

一

杨启迪爱着苏莹。不过，他现在还只是在心中暗暗爱着。别看他二十大几，粗手大脚的，一副男子汉气概，却是一个很腼腆的人。他热烈地爱她，但又没勇气向她公开自己心中的秘密。

和一般初恋的年轻人一样，他近日来特别强烈地希望比平日更多地看见她，更多地和她说话。可一旦见了面，嘴反倒笨得像被驴蹄子踢了一般，连对她说话的声音自己都听不清楚——而他过去虽不是一个能说会道的人，但决不至于笨得连一般的话也说不成！

每当这个时候，他就赶忙离开她。生怕他的笨拙给她留下不好的印象，或者引起她的另外一些不好的猜疑。当然，如果她猜疑他爱她，那可倒正合他的心思。真的，他有时也瞎猜想：她最近是不是觉察到了他内心的这些秘密呢？她可是个机灵人！他感到她后来看他的时候，那双漂亮的眼睛里似乎多了一种什么意思。什么意思呢？他也说不清楚。不过，他又想，这也许是他自己的一种错觉！因为他觉得，她看他的时候和过去一样是同志式的坦诚，并不见得就有其他什么“意思”。是他自己有“意思”了！

他实在按捺不住要向她表示自己爱情的冲动了。他想：只要他向她表示了，哪怕她在一秒钟之内就拒绝了他！这样也好，他的灵魂也许会安静下来，和以往一样，正常吃饭，正常睡觉，正常劳动，正常生活——而这也是一种幸福。

他的这种痴情，苏莹是否觉察，他不得而知，但显然被组长江风看出来了。杨启迪从他的那种怪模怪样的微笑中看出了这一点。其实，江风绝非现在，而是很早就这样看他和苏莹的关系了——尽管他没有用语言表达出来。在他还没有对苏莹产生这种感情的时候，他根本不把江风的这种微笑当一回事。就是现在，江组长的这种态度，也只能使他和苏莹更亲密一些。

几年中，省文卫系统下到黄土高原这个偏远山村的知识青年小组，有当兵走的，有招工走的，有被推荐上大学的，现在只留下了他们四个人。组长江风没走，是因为他是地区知青“先进典型”，最近又“纳”了“新”，政治上实在是炙手可热，所以一再发誓在农村“扎根一辈子”，还动不动引申说：“毛主席当年就是在农村把革命闹成功的。”另外一个男生马平留着没走，是因为个人的原因——中学时因偷盗被劳教过，谁家也不敢要。而苏莹走不了是因为家庭的原因——父母亲是“走资派”。至于他，则是为了别人的原因——几次都轮上他走了，他又把机会让给了比他更有难处的同学。此外，他自己对农村的感情要比其他同学深厚——他从小就跟外祖父外祖母在乡下生活，直到上高中那年两位老人家先后病殁了，他才来到省城当印刷工人的父母亲身边，因此他习惯而且也喜欢农村生活。

虽然他也想回城市去找一个他更愿意干的工作，但在农村多呆一年两年也并不就像有些人那样苦恼。拿马平的话说，他基本上是个“土包子”。他承认这一点。要不，他这么大个人了，怎还不敢向一个他所喜欢的女孩子表示自己的爱情呢？

留下的他们四个人，经常发生各种各样的磨擦，有政治上的，有学术上的，也有生活上的。苏莹在大队的菜园种菜，他在一队当饲养员。马平声称“腰上有毛病”，一年四季不上山，只给四个人做做饭，挣个半劳力工分。至于江风，一年中几乎有四分之三的时间在外面开各种各样的会议。

这天，江风从地区开会回来，吃饭时给三个组员布置：一人写一篇“欢呼镇压天安门广场反革命事件”的文章，说要贴在公路边的黑板报上。他说事件已经过了几个月了，他们知青小组还没对这件事公开表态呢。他检查说他的“路线觉悟低”；虽然他个人认识是明确的，但没发动组里的另外三个人做一些工作，现在要“补课”。

“我不写。”苏莹第一个说。

“为什么？”江风问。

“原因你都知道。”她回答。

“我看你不要自己给自己记这号政治账吧！”江风很不高兴。接着，他转过头说：“启迪，你不是爱写诗？你就给咱来一首诗！”

苏莹瞥了他一眼。其实用不着瞥这一眼，他早就准备好了对答的话。他说：

“我还能写诗？我能写诗的话，早把诗贴到天安门广场了！你瞪什么眼？你把我镇压了！”

“吃饭！”马平向来对这种政治上的争吵不感兴趣，铁勺在锅沿上一磕，喊叫道。

“你也得写！”有些愤慨的江风转而对马平说。

“我写？我写。你拿张报纸来，我给你抄几段子。”马平漫不经心地回答。

四个人谁也不说什么了，各吃各的饭。他们就是这样，说吵就吵，说停就停。因为争吵的双方都知道：就是吵上三天三夜，谁也不会说服谁的。

二

午饭后，江风硬把马平拉上到小学校写“专栏文章”去了。

小院很静。杨启迪独自在院角的那棵老槐树下转圈圈。阳光灼热极了，一川道的白杨树上，知了争先恐后地聒噪着，弄得他心里十分烦乱。其实，也不是知了弄得他心烦乱。

他转了一阵圈圈，站下朝边上那间屋子看了一眼，然后便走了过去。他走着，脚步迟疑地抬起又不放心地落下，像是地上埋着什么危险的东西。

他终于站在苏莹的门前了。右手举起来，在空中足足停了一分钟，才落在门板上。他立即听见自己心的跳声比敲门声还大。

没人应声。可是，门却开了。

奇怪！屋里空无一人。他吃了一惊。门是他推开的吗？他记得他没有推门，那么门是谁开的呢？他的眼睛迅速地又在屋里依次看过去：桌子，板凳，床铺，炉灶……就是没人！啊，这是怎回事呢？他明明看见她进了屋再没出来过……

由于没看见她，他的心跳恢复了正常的频率。可是，猛然间又狂跳起来——因为这时候，在那扇打开的门后边，突然探出了那张他所渴望看见的亲切的美丽的脸庞。这脸庞湿漉漉地沾着一些水珠，微笑着，有点调皮地对着他，眼睛似乎在说：你这傻瓜！如果没人，门会自己开吗？

她的突然出现，如同一道强光，刺得他眼花缭乱。他恍惚得根本没看清她的脸，只朦胧地看见一些晶莹的水珠在眼前滚动，脑子里意识到她大概是在门后边洗脸。

他不知道自己是怎么走进屋子里去的，只感到走的姿势很不平衡，甚至右腿都有点瘸。

“你坐。”她一边背对着他搭毛巾，一边说。

“嗯。”

“喝水不？”她转过身看着他问。

“嗯。”

“你看你！到底喝不喝嘛！”

“啊？嗯……喝哩。不渴！”

他坐在了桌前的凳子上。虽然没看她的脸，但感觉到她一直在笑。

他更慌了，两只手不知所措地放在膝盖上慌乱地搓着；不断地挪动身子，不知怎样坐才恰当。

一只冒汽的水杯送到了他面前。他看了看，抿了一小口：是加了白糖的，很甜。水杯太烤人了！简直像火炉子一样，烤得他脸上热烘烘的。接着，全身也开始热烘烘的了，甚至两只脚片子都烫得发胀。

他赶忙站起来了。站起来又不知该做什么。他来是想和她说话的——也就是来谈恋爱的！可是他不知该怎样说，说什么。呀！首先第一句话就不知说什么嘛！

他感到她也似乎在等待他说什么，所以也不开口，抿嘴笑着，随手从床边拉起一团毛线缠起来。

他站在那里，不知是该走还是该留。窘迫中，他赶忙去看墙上的世界地图。一个国家一个国家往下看。心慌意乱地从亚洲看到非洲，又从非洲看到欧洲，再从欧洲看到南北美洲。

五分钟过去了，七个洲一百多个国家都看完了，可是头一句要说的话还没有想出来！他于是又从亚洲的国家看起来：中国，缅甸，尼泊尔，印度，巴基斯坦……

当他从陆地上看到海洋里的印度尼西亚的时候，他终于想起了一句开头的话。

他嘴唇颤了几下，说：

“……小苏，这印度尼西亚的岛屿就是多！怪不得人称千岛之国哩……”

“什么？”对方显然没听清楚。

“千岛之……国嘛！”

“哎呀，什么前倒置后倒置的，我听不清楚你说些什么！”

的确，他也知道她没听清楚。因为他没说清楚——鬼才知道他的舌头在嘴里胡搅了些什么！

他转身俯伏在桌子上，拿起蘸水笔在一张白纸上写这几个字。她放下线团过来站在他身边，看他写。他立刻慌了，笔在手里蛮抖，写完四个字后在纸上滴下一溜墨水点子，倒真像是图文并茂的“千岛之国”了！

她看他写完后，笑得前俯后仰。她从他手里拿过蘸水笔，在那个“岛”字的下面画了几下。

他赶忙低头去看她画什么。不看不要紧，一看吓一跳：原来，他在慌乱中竟然把“岛”字写成了“鸟”字！

一股热血轰地冲上了脑袋！他很快把右手托在桌子上，好让失去平衡的身体不要倾斜下去，嘴里莫名其妙地说：

“……咱们的猪还没喂哩！”

在她对这句话还没反应过来之前，他又赶忙补充说：

“我得去喂猪呀！”

他像逃避什么灾祸似的拔腿就走。

“等一等！”

他的衣角被扯住了。他转过身来，看见她从桌子的抽屉里拿出两颗西红柿来，递到了他面前，并且听见她说：

“菜园今儿个第一次卖西红柿，我买了几斤。新品种。你尝尝，看甜不甜？”

他两只手笨拙地接过两颗熟透的西红柿，便飞一般地冲出了屋子。

他没有去喂猪——让它暂且饿一会吧，他现在顾不得去喂它了。

他出了院门，下了公路，蹚过小河，一口气爬上了村对面的山头。

他大汗淋漓地坐在了山顶一棵老杜梨树下，把上衣脱下来丢在一边，一手拿着一颗西红柿，偏过来正过去地看着；用鼻子闻闻；在脸蛋上亲昵地擦擦。接着，不知为什么他突然又蹦跳起来，光膀子举着两颗西红柿，绕着杜梨树热情奔放地跳将起来（很难说是舞蹈），直到一根裸露的树根绊了他一跤，才制止了这种疯狂行动。

他嘿嘿笑着从地上爬起来，自己也为自己的行为害羞了，脸通红，赶忙朝四下里看看有没有人。没人！正是午饭时光，山上劳动的人都回家吃饭去了。

他很不好意思地摇摇头，重新坐在老杜梨树下，眯起眼，出神地望着三伏天绿色浓重的高原，望着蓝天上浮动的白云。啊，世界多好！

他揩掉沾在西红柿上的土，想起了苏莹刚才对他说的话。他小心翼翼地在这两颗西红柿上各咬了一小块，嚼着，品味着，嘴里嘟嘟囔囔回答山下那屋子里的她，说：

“真甜啊……”

三

尽管杨启迪一次又一次地鼓足了勇气，要把自己热烈的爱情倾吐给苏莹，但直到现在还没有能够明白地对她说出关于他爱她的一言半语。

可是，尽管他现在还没有能够明白地获得她的爱情，但那两颗西红柿的甜味却已经永久地留在了他的心里。他长这么大，不少次吃过西红柿，好像这一次才知道：西红柿原来是这么样的好吃呀！

他只吃掉了这两颗西红柿的皮儿，而把瓤子留了下来，在小河里淘洗出籽儿，晾干，用洁白的纸包好，放在自己的箱子里。他爱诗，忍不住诗兴大发地想：如果有一天，爱情的种子终于能够播进他的心田，他就要把这两颗西红柿的籽种播进亲爱祖国的土地上——生息在她怀抱里的儿女们所收获的一切幸福之果，都是靠了她那丰腴的胸脯养育啊！

纯洁的爱情会把人的心灵陶冶得更美好；使他更热爱生活，更热爱劳动。杨启迪对自己要求更严了。他觉得这种严格要求是苏莹向自己提出的。

他是生产队的饲养员。每天早晨，当社员们和同学们还在睡觉的时候，他就摸着黑上山给牲口割草去了。在社员们清早刚出工的时候，他的青草就割回来了。看他背着多大一捆草呀！从后面看，只能看见一堆草下面的两条腿迈着细碎的步子！

他在路上的第一次（也是最后一次）休息，总是在村头的菜园边上——因为她在这里劳动。

每天早上，当他把那小山一样的草捆从山上背下来，搁在菜园边那块大青石上的时候，她也正好肩着锄头上工来了。她乌黑的剪发头上包着雪白的毛巾，一身洗灰的蓝制服，膝盖上打着补丁。很白很细的脸庞被烈日烤晒得有点发红，像秋天的苹果经了第一次霜。一双眼睛总是像清晨草叶上的露珠儿一般晶莹闪亮。在大自然中，她就像一棵玉兰，纯洁美丽而又质朴端庄。

她来到他面前，看见他满脸黑汗，就把自己包头的白毛巾摸下来递给他。

他嘿嘿地傻笑着，说：“我有。”便掏出自己的那块肮脏的小手帕。

她笑着喊：“呀！你那点手帕叫汗水能冲到小河里去！给！”毛巾扔到了他的头上。

他踌躇地拿这雪白的毛巾去擦自己黑汗滚淌的脸。一股芬芳的香皂味直冲鼻子。不知为什么，他觉得西红柿好像就是这种味道。其实，他也知道西红柿根本不是这种味道！

他擦完汗，看看被汗水弄脏了的毛巾，很不好意思还给她。

她从他手里夺了过来，往锄把上一缠，说：

“你看你！又是这样！毛巾拿到地里就是为了揩汗的，又不是给土地爷供奉的！脏了我不会洗？”

说完这些话后，她就照例从另外一块手帕里拿出一些吃的来——有时是白馍，有时是玉米团子——递给他，略带责备地说：

“你也不吃一口东西，就上山去了。你呀……”她莞尔一笑，迈着轻盈的步子拐进了菜园。

他看着她的背影没入黄瓜架后面的时候，才开始吃干粮。他吃完干粮，背起那小山一样的青草捆子，撒开腿向饲养室跑去。

这时候，村子里照例升起了一缕缕蓝色的炊烟；密集的枣林深处也开始飘散出饭菜的香味。川道上的玉米地里，晃动着一排排包白头巾的脑袋。刚锄过的玉米苗儿，更绿，更水灵了。谁在垴畔山上翻麦地，一口好嗓音吆喝着牛，并且又唱起那令人心跳弹的信天游：“蓝格瓦瓦天上云追云，什么人留下个人想人……”

他在这劳动的交响乐里，一路上踏着轻快的步子，背着草进了饲养室的院子。接着他一手垫，一手铡，很快就把一捆子草铡碎；拿木杈把铡碎的草挑进草房里。然后，就把没出山的牲口牵到外边来，给它们刷洗身上的污垢。那个细心劲不亚于母亲给女儿梳头。

做完饲养室里这个时候该做的一切之后，他又提起镰刀，绳索往肩胛上一搭，急急忙忙上山去弄另一回草——割紫苜蓿。这回他跑得更欢了，因为无论如何要赶午饭前回来——等中午出山的牲口一回来，就是饲养室一天中最紧张繁忙的时候了。

他的生活过得越来越紧张了。白天拼命干活，晚上又要拼命看书。读政治经济学,演算高等数学。除过自修英语,又加了一门日语。

对于他的这种劲头，江风和马平是越来越反感了。有一次吃午饭，二流子马平竟攻击他鬼迷心窍——怕是想入党做官来着，逗得江风仰头大笑。

他气得真想过去把马平这个无赖狠揍一顿。这时候，正吃饭的苏莹却用筷头子指住马平，用开玩笑的口气说："马平，你这话恐怕不符合'无产阶级革命路线'吧？现在还轮上这种'只拉车不看路'的人入党做官吗？得先看路线哩，车拉不拉倒不要紧！如果路看错了，不是把车也拉着送给资本主义了吗？……"

马平嘻嘻笑了两声，没把这番话当一回事。江风的脸却像圪针条刷了一般,红一块,白一块,端着饭碗出了灶房门——正是这位"当代英雄"攻击杨启迪是"只拉车不看路"的人哩。

她为他出了一口恶气！

去感激她吗？没必要。杨启迪知道她不需要他的感激。即使江风和马平这样攻击一个她素不相识的人，她也会同样回敬他们的。

每当这种时候，他对她的爱情就被一种深深的尊敬所替代。这反倒使他更没勇气向她吐露心曲了。他怕这会成为一种粗俗——如果真是这样，就会伤害了他心灵中所塑造的那座美丽的雕像；同时也会毁掉安放这雕像的他自己的心灵。

这样想的时候，他自己就在心中渐渐平息了要急于向她表示爱情的强烈冲动，而把这热烈的冲动变成了一种深沉的感情。他的这种内心经历的过程像造山时期的地球一样，喷发出无数炽热的岩浆，最后激烈的喷发停止，出现了肃穆的高山和庄严的大海。他甚至觉得，这种说不出来或者不说出来的爱，要比那说出来的更美好！

四

这一天，苏莹去城里给蔬菜公司交菜，带回来了一位陌生的男青年。她给大家介绍说他是她父亲朋友的儿子，他们小学里的同学，现在山西农村里插队，因办点公事路过这里，她父亲托他顺道来看看她。

来客身材颀长又不失健壮；风度洒脱大方，而又很有内涵。初来乍到，第一眼给人的印象蛮好。

客人来的当天上午，苏莹叫杨启迪帮她在她旁边的一个空屋里搭了一个床铺。她解释说她的同学神经衰弱，和别人一块住，晚上睡不着。

杨启迪在帮她搭床的时候，自己也不知为什么冒出这样一句话："他明天就走吗？"

她抬起头很奇怪地看了他一眼，随后又笑了，说：

"不，要住一段时间。他说他对这里的风土人情很感兴趣，想好好体味体味。"

"他叫什么名字？"

"噢，我倒忘记给你说了，叫……张民。"不知为什么，她脸一下子红了。

就是这个张民的到来，猛然间把一切都改变了。过了不久，他就看出来，她和这个人的关系似乎要比一般的同学关系深。他们在一起既亲密又随便，简直如兄似妹！两个人长得都很漂亮。在他看来，这漂亮的特点都有些相近呢！他们的关系太不一般了，也许其他人看不出这一点，他看得出来！热恋的年轻人哪个不神经敏感？

他有时细细观察，觉得他们之间的关系亲密是亲密，但似乎又有点微妙：既不像是同学关系，也很难确定就一定是爱情关系了。不是爱情关系？但愿不是！是同学关系？可的确又比同学关系深！是亲戚？是表兄妹？扯淡！这是自己在无聊地安慰自己！人往往希望于自己不利的事实不存在，而最终发现不存在的往往是自己的希望！

他胡思乱想。他大伤脑筋……

新来的客人晚上睡得很迟，有时灯一直亮到天明。很奇怪，不知他是睡觉忘了关灯呢，还是在干其他什么事。

他看见苏莹对她的“同学”(他已在心里给这两个字打了引号)关怀备至，每天早上都在煤油炉上煎两个鸡蛋，端进那个神秘的小屋。白天，她有时带他到菜园里去帮着干活。有时他也自己扛着镢头和社员一起上山去劳动，和羊倌一起出山放羊；并且，头上还扎起了白毛巾，把自己打扮得和本地的庄稼人一样！

这一天中午，闷热得要命。杨启迪和往常一样去村后一个小河槽洗澡——这地方有个齐胸深的小水潭，四周崖岩很高，可以避人，村里的人夏天都爱在这儿洗澡。

他老远看见前面一棵大柳树下坐着张民，像是在看书；走近时，他才听见他是读英文版的安徒生的童话《丑小鸭》。朗读很流利，比他的水平高。如果他不抬头，他就不想和他打招呼。他和他很自然地有了别扭。

他却抬头了，并且笑着说：

“很对不起，小苏在下边洗澡，她让我在这儿堵堵人。您先在这儿坐一会，她大概很快就完了……”

啊！他们的关系已经到这种程度了！他感到头顶的太阳已经从天上掉下来，落在了他头上，脑袋都快要热爆了。

他只说了一句“我晚上再洗”，就转过身匆匆往回走。

他没有回宿舍。他下了公路，蹚过小河，爬上了村对面的山头，又来到了那棵老杜梨树下。他坐下来；接着，又站起。手使劲地抠着树皮，失神地望着远方起伏的山峦。烈日暴晒下的高原，火辣辣的，静悄悄的。热气从大地上蒸腾起来，在阳光下闪烁着变幻莫测的色彩。一种空旷和寂寞的感觉控制了他。他扭头朝村里望去，村庄沉浸在午睡之中。村道上跑过谁家的光屁股小孩，扬起了一溜白烟。他突然看见，苏莹和张民肩并肩从村后的小河边往回走着。她好像在梳头，和身边走着的张民说着什么。

他的两条腿像谁用棍子猛击了一下，感到绵软。他顺树干坐在了地上，双手捂住脸，指缝里淌出了几颗热辣辣的泪珠……

杨启迪一颗为爱情所燃烧的热腾腾的心，凉了。他断定她的爱是属于这个新来的客人的。他太幼稚了。他现在才冷静地认识到，他那前一段爱情的狂热仅仅是单方面的。他忘了一个起码的常识：爱是两个人的事！

他继而想到，他和张民的风度、气质都不能相比——他是“土包子”，而张民和苏莹一样，是“大城市型”的。他以前缺乏自知之明，竟然没有认真考虑这些差别。而他和苏莹的差别仅仅只是这些吗？她父母都是省厅局级干部，而他的父母却是普通的工人。虽然她父母亲现在“倒了霉”，被当做“走资派”打倒了，但他通过她深深了解她的父母亲，他们都是廉洁奉公的好干部，是打不倒的，他们是好人！但不是“好干部”就一定能和“好工人”的家庭结亲嘛！爱情可以说比政治更复杂！他悔恨自己以前没朝这方面多想，而没头没脑地爱别人，结果自己给自己制造了这个悲剧。

爱得很深，失去爱后的痛苦也就很深。他的日常生活尽管表面上还和以往一样，但所有的节拍都不谐调了。他割草割破了手指头；读外语时，有时会凝固在一个句子上，怎么也读不到下文去。他捶打自己的脑袋，抱怨自己太没出息了！

使他更为苦恼的是，苏莹对他的态度似乎并没有什么改变，还和以往一样令人温暖地对他微笑，帮他喂猪，甚至把他放在枕边的破衣服拿去缝好，又叠得整整齐齐放在原来的地方。

但他不能承受她的这一切了。他有自尊心。并且，从道德的角度去考虑，他不能为了自己的幸福而去干扰和破坏别人的幸福！

他开始有意回避她。偶尔不得已见了面，也只是平常地打个招呼。他看到她对他的这种态度是多么地惊讶。而他又对她的惊讶感到惊讶：天啊，你惊讶什么呢？

早晨割草回来，他不再在菜园边休息了，并且尽量使自己的眼睛不朝菜园里看。他一歇也不歇把草背回饲养室，然后自己回去拿干粮吃。有时，他也忘记了回去吃干粮，就又空着肚子上山去割第二回草。

这天，他一个人正在饲养室铡草，突然看见她从院子的豁口里进来了。他赶忙把脸扭到一边去，假装没看见，继续低头铡他的草。

包着干粮的花手帕伸到他面前来了。他不得不停住手，但没看她，说：

"我……吃过了。"

"你为什么这样呢！"她的声音有些沙哑，拿干粮的手也有点抖颤。

他抬起头来，猛地惊呆了：他看见她的脸抽搐着，眼睛里流转着晶莹的泪点！

她把干粮放在他旁边的石床上，扭转身很快地走了。

他呆呆地立了好一会，才打开石床上的花手帕。里边有三张白面烙饼（看来不是出自马平的手），两个煮熟的鸡蛋；一张白纸里包一撮细白的盐——这是就鸡蛋吃的。

他面对着这些东西，鼻根一酸：就是他不能从她那里获得爱情，可她也是一个多么好的同志啊！他怪自己这一段对她太冷淡了！他在心里对她说：他目前也许只能这样对待她了；也许过上一段时间，等他的心情完全平静，他就会和她恢复正常的同志关系的。

中午，他想把手帕还给她。走到她门前时，听见屋里她正和张民说话，他就又打消了进她屋子的想法，把手帕搭在了她门前的铁丝上。

他正准备走开，张民从屋子里出来倒洗脸水，很亲热地问他：

“吃饭了没？”

“吃了。”他回答，并转脸看了看他。一张热情洋溢的漂亮的脸；刚洗过的头发，在中午的阳光下乌黑发亮。他手提着脸盆，似乎还想和他说点什么。为了礼貌的原因，他觉得自己也应该再说点什么，比如问“你吃了没有”之类。但不知为什么身子却背转了，腿也开始往回迈动了——他感到这阵儿是身体在指挥思想！

他回去躺在床铺上，久久合不住眼。他不想思考张民，却偏偏要思考这个人。他虽和这个给他带来巨大痛苦的人没有直接说过什么话，但他的直觉告诉他，他比自己各方面都强！他杨启迪是一个理智健全的人，他不能因为他给他带来痛苦就不能以正常人的眼光来认识他。他感到他有各方面的修养，某种程度上很像苏莹，甚至比苏莹还老练成熟。他是个典型的知识分子，但质朴，没什么架子，很容易和普通人打成一片。他来这里时间并不长，就和全村的大人娃娃都熟悉了，老乡都管他叫“老张”。而自己比他也差不了几岁，可杨字前边还冠个“小”字！

他忽然很想知道，这个神秘的客人的政治倾向究竟怎样？他对当前社会发生的种种事情又是什么态度？自从一月八日敬爱的周总理逝世，四月五号天安门广场事件发生，祖国面临着一个多么严重的时刻呀！虽然人民好像暂时沉默了，但地火正在地下运行！可以毫不夸张地说，中国现在正处在两种命运决战的前夕！到处都有激烈的交战——就在他们这个小小的集体里，也是这样。而张民属于哪个阵营？在这些年月里，这一点比任何事情都重要。

五

这一天下午，灶房里只留下了张民、江风和他一块吃晚饭。

江风一边往嘴里扒饭，一边非常亲热、非常兴奋地对张民嚷嚷：

“哈，我今天又重学了《论对资产阶级的全面专政》这篇文章，实在深刻！那严密的逻辑，好比无缝钢管。有人想鸡蛋里挑骨头，我看白搭！”

这位“当代英雄”只冲着张民发宏论，不屑看他一眼。心比警犬还机灵的江风，早就嗅出了他深深地爱着苏莹的心思，现在正是利用张民来奚落他的机会哩。

谁知张民听他说完，咽了一口饭，略微思索了一下，说：

“不过，我觉得，马克思和列宁也从来没有认为自己的理论就都是无缝钢管……”

接着，张民非常熟悉地引证出列宁对有关的这些问题的大量论断，又把张春桥文章中对这些问题的观点抽出来进行了对比。虽然他没对张春桥的文章直接发表看法，结果这一对比，倒好像张春桥的文章是专门批判列宁的。

在江风和张民说话的时候，他虽不看这两个讨论问题的人，但耳朵一直在认真地听着。他在心里赞叹和佩服张民竟如此博学地把江风所说的“无缝钢管”弄成了一个到处是窟窿眼的“草筛子”！如果眼下这些话是苏莹对江风说的，他杨启迪就不光会在心里暗暗高兴，而肯定会高兴得笑出声来！

他忍不住瞥了江风一眼，看见他瘦长的脸阴沉了。

他刚要把目光从那张脸上移开的时候，只见江风又笑了。这次是冲他来的：

“启迪是我们组的政治经济学专家。小杨，你同意张民同志的这种观点吗？”

这个卑鄙的东西！这哪里是在讨论问题？他现在是准备挑起一场他和张民的心灵的决斗！而对一个嗜血的人来说，这种决斗远比肉体的决斗更血腥！

他明白江风此刻的意思——那意思是说：平时的话，你杨启迪大概比张民的观点还要右！可是今天不见得吧？他夺走了你的爱情，你现在不借题发泄一点什么吗？

江风看来断定他会进攻张民的，而且会恶毒进攻的。但他错了。一个正直的人是不会为了自己的恩怨而去诽谤真理的。他还没有低下到这种程度。而在眼下这年月里，对一个正直的人来说，还不仅仅止于这些——在一小撮民族败类践踏这个国家的时候，他应该有一种比个人的爱更深更高的爱——这就是对祖国的爱。在这一点上，他和张民又有了共同的爱，正如他们共同爱苏莹。那一种共同的爱给他带来了痛苦，而这一种共同的爱却给他带来了欣慰。

他瞅了一眼正在洗碗的张民。从背后看，那副宽肩膀真像他早年病死的哥哥。他继而想到他和他大哥小时候为吃一块糖而争执的情景。他很奇怪此时他怎会记起这些已故的人和事。

他扭头看看江风，他还微笑着看他，等着他张开嘴巴来，射出语言的毒弹，去击倒那个正在洗碗的人。

他的子弹射出来了，没飞向张民，直向江风本人射去：

“我不是什么政治经济学专家，但张春桥的文章还是能读懂的。是的，有些人的理论是比列宁‘高明’，一个在天上，一个在地下，但这‘高明’说不定哪一天会从天上掉下来，掉到世界上你所知道的地方！”

“你这是拿鲁迅骂国民党的话骂人！”江风尖锐地喊。

他没理他，把碗底上的一点残汤从门里泼出去，自己随后也出了门。至于张民用怎样惊喜的眼光看他，而江风的脸又如何灰丧，他都没看见。

他把饭碗放在宿舍里，不知为什么，情绪非常激动。看来傍晚书是读不进去了。他想破例在饭后散散步去。

他出了院门，下了公路，蹚过小河，爬上了村对面的山坡。

他没有到山顶的老杜梨树下去。他在半山坡上的一块草地上坐下来。青草的甜味和野花的芳香混合在一起扑鼻而来，令人陶醉。他折了一枝草茎噙在嘴角里，仰靠在草坡上，望着近处的村庄和远处的山峰。

太阳在西边那一列大山中沉落了，红艳艳的晚霞顿时布满了天空。很快，满天飞霞又都消失了。大地渐渐由透明的橘黄变成了一片混浊的暗灰。

暮色苍茫中，归宿的羊群和蹦着欢迎它们的吃奶羔子，热烈而亲切地呼应着。同时，孩子们也在村道上迎接收工回来的父母亲。人和牲畜用不同的语言抒发着团聚的喜悦。村子里弥漫着一种亲切愉快而又十分和谐的气氛。

他出神地看着这一切。身体躺在柔软的草地上，十分舒服，舒服得令人觉得自己的身体已经不存在，和整个大地融化在一起了。

凉爽的晚风吹散了村子上空浮动的炊烟。枣林墨绿的浓荫中，高低错落地闪烁起星星点点的灯火。母亲们开始拖音拉调地呼叫爱串门子的娃娃回家睡觉。一阵骚动后，村子里静了下来。谁家的狗百无聊赖地叫了几声。接着，又有一只糊涂的公鸡乱啼一阵。枣林深处闪烁的灯火渐渐地都熄灭了。村庄沉浸在一种神秘的静谧之中。同时，小河的喧哗声高涨了。

月亮升起来，在几片白云中飞快穿过——其实是云彩在飞。奶白色的月光，照出了庄稼和树木的浓绿，照出了新翻过的麦田的米黄颜色。高山峻岭肃立着,像是一些弯腰弓背的老人思索着什么……

一种对祖国大地以及和这大地息息相连的劳动和生活的爱，由这爱而激起的汹涌澎湃的热情，在杨启迪的胸膛里鼓荡起来。他想起很多古人和现代的人，想起无数没有在大地上留下姓名的战士，把自己的头颅和一腔血献给了这块土地。他们之中有的只在这个世界上存在过十几个年头，没穿过一件好衣服，没吃过一顿好饭，没有过甜蜜的两性生活，而把所有的爱情都献给了祖国。而他，不知疲倦地劳动，演习高等数学，学外语……所有这一切，不也都是要献给祖国的吗？他从小就立下那么坚定的志愿，要为祖国献出自己的一切，无愧地活着，在生活的道路上踩下自己坚实的脚印。可是现在，他怎能为了得不到一个人的爱而消沉下去呢？有什么可苦恼的？为什么一定要苏莹做自己的爱人？原来纯洁的同志关系不也很好吗！没有任何理由去妒忌张民。妒忌这种玩艺儿是最卑鄙的。振作起来吧，重新热烈地投入到生活中去吧，赶快把自己的失魂荡魄招回到自己的身体里来！

他的思绪像长河一样奔流。尽管思索的问题并不都很连贯，但结论很明确地得出来了。

他轻快地从草地上跳起来，伸了伸胳膊腿，嘴里哼起了“文化大革命”前他所喜爱的曲调“蓝蓝的天上白云飘”，一路小跑着下了山坡，过了河，上了公路。

他没有回宿舍去。他失眠了。他穿过寂静的村巷，来到饲养室。

槽头上一排牲口纷纷扬起头，发出各种亲昵的咴叫声热烈地欢迎他的到来。

他拿起草筛子，很快给它们添了一遍夜草。他又搂住那个调皮的小驴驹，用自己热烫烫的脸颊亲昵地摩擦它的毛茸茸的小脑袋；然后便拿起镰刀和绳索，扯开大步，踏着银灿灿的月光，向对面山坡上的苜蓿地走去。

他一上草地畔，就把上衣脱下来扔到一边，猫下腰，飞快地割起来。

月亮升高了。全村的公鸡亮开嗓门，激昂地开始了第一轮大合唱……

六

头天晚上很折腾了一些时候的他，现在呼呼地入睡了。多少日子来，他还没有睡过这样的午觉。

他不久就做起了噩梦，梦见他在打仗，炸弹爆炸，子弹呼啸，天崩地裂……

他惊醒了，猛地坐起来。窗户纸黑乎乎的，外面正在下着大暴雨。

他跳下床，打开门。风声，雨声，雷声，山洪声，立即灌进屋子来，震得他耳朵发麻。雨帘遮住了视线，大地上的一切都消失了。

他很快想起了他的那些牲口。这样大的暴雨，饲养室的顶棚会不会漏水？

他从墙上揭下一顶草帽扣在头上，冲出了门；刚出门，又把草帽扔回了屋子（啥事也不顶）。

他撒开腿，闭着眼睛，在走熟了的山路上跳跳蹦蹦地跑着。小路旁边通向菜园的水渠里，灌满了山上流下来的洪水，正滔滔地奔涌着。他正跑着，突然听见旁边地上有人叫他的名字。他吓了一大跳，赶忙弯下腰看，原来是苏莹——她正坐在水渠里，用自己的身体把水渠里的洪水遮挡到崖坎下去。水流冲击着她。她两只手揪着渠沿上的草丛。她喊："快到崖下把我的铁锨拿上来！真该死！我的铁锨掉下去了！"

他不管崖高低，一纵身跳下去。真险，脚片子离锨刃只差几寸远！他吐了一下舌头，赶忙把锨抓起，从前崖畔上爬上水渠，飞一般在渠岸上豁开一道口子，喊："你起来吧！"

她跟着水过来了，浑身上下全成了泥的，泥脸上一双黑眼睛汪着泪水，说：

"我来迟了！几畦子包心菜全完了，全叫黄汤灌了……你是去看饲养室的吧？你……快去吧！"

"你……回去换身干衣服。小心着凉！"他听见自己的声调有点哽。他很快转身向饲养室奔去。

他心急火燎地冲进饲养室的院子。他从石槽上翻进了棚圈，抹了一把脸，仰头看顶棚。糟糕！棚角漏水了！

他赶忙从牛马中挤出来，从顶棚角的一棵老椿树爬上了棚顶。密集的雨点在棚顶的青石板上溅起了一片白茫茫的水雾。

他找到了漏水的窟窿眼，可是愣住了：拿什么堵塞呢？他上来得太匆忙了，什么东西都没带！焦急慌忙中，他把自己的上衣脱下来，揉成一团，塞在了窟窿眼上！

可是，窟窿眼还没塞住。不过，只差一点了。他又把长裤脱下来，塞了进去。仔细看看，这下塞好了。

暴雨来得猛，收煞得也快。大暴雨很快变成了稀疏的细雨。雷声滚到了远方的天边。只有村子下边河道里的山洪声怒吼着。他抬头望望，远山还在雨雾迷蒙之中，近山已经露出了面目：庄稼和树木青翠碧绿；米黄色土地变成了一片褐色。对面苜蓿地畔上塌了一批土，露出的干土，像黄布上的一块白疵点。

就在这时候，他听见从河道里传来了一片嘈杂的人声，夹着一些尖锐的惊叫声、呐喊声，叫人毛骨悚然。

出什么事了？

他赶忙把锨搁进草房，拔腿向河道里跑去。

他远远地看见河畔上站了许多人，都朝河对岸扬着手，呼喊着什么。河道里，山洪像一条咆哮的泥龙向下游奔窜而去，波浪像起伏的丘陵；间或，有一棵连根带梢的大树，在波山浪谷中时隐时现。

河对面的小山沟里，山洪也在飞卷着往外奔涌，在沟口的崖岔上腾起来，在空中划了一道弧线，注入到了大河的洪波巨浪中。

他来到河畔上，一切都明白了。

他看见，在对岸大河与小河的汇流处，有一块小小的三角洲，那上面站着几只羊和一个人。两道河的水都在上涨着，眼看就要吞没了他们。而在他们的上边，却是悬崖峭壁！他继而看见，在三角洲上边的悬崖上，有一个土台子，上面竟然挤了一群羊！他猜测是那牧羊人把羊一只一只扛上去的。

他的猜测没错！他看见那人又扛起了一只羊，往土台子上送。

河水在继续上涨着。远远看起来，那个小三角洲已经不存在了。

“别管羊了！别管羊了！”

“赶快往上走嘛！哎哟哟……”

人们在紧张地向对岸呼喊着。但那人继续在往上扛羊。

杨启迪和大家一样紧张地注视着这令人窒息的一幕，对那个把集体财产看得比自己命还要紧的人，从心里升起一股敬意。他是谁呢？是高虎他爸？是海泉大伯？各生产队所有拦羊的人都是些老汉，而老汉哪有那么大的劲把一群羊一个个扛上那个土台子呢？

他打问周围的人，才知道：那是张民！

原来，张民好奇，想学拦羊，已经跟海泉大伯出了几次坡。今天是他央求让他一个人去试试的。

当他知道这是张民的时候，眼光赶忙在人群中搜寻起苏莹来了。

看见了！她正站在河边上，左手紧捏着，右手似乎是在掠那披散着的头发——实际上是把一绺头发抓在手中揪着。身子摇摇晃晃，稍微一斜，就要跌进河里。她旁边站着老支书。老汉下意识地两臂张开，像要去抱河对岸那个遇险的人。他身板僵硬，山羊胡子上挂着雨水珠！

江风突然来了，黄油布伞下的一张脸很着急的样子，说：“到处找你们找不见！今儿个下雨不能出工，咱几个利用这时间，一块学习‘七一’社论……”

“你看看河对面！”他很气愤地说。

江风没看，说：“我知道。张民这小子逞能哩！叫他再能！”

“你说这话都不嫌害臊！”

他真想给那瘦长脸唾一口，突然听见苏莹“啊”地尖叫了一声，接着所有的人都惊叫起来。

他赶忙朝对岸望去。小三角洲消失了。羊在土台子上面咩咩地叫唤着，张民已经不见了。

他的脊背一阵冰凉。但很快又看见，落水的张民正抓着崖上的一棵小榆树，拼命往土台子上爬。眼看要上去了，又沉了下去；又上来了，接着又沉下去了……显然他已经精疲力竭，已经没力气攀上这个离水面只有几尺高的土塄坎了！

现在已经看不见他的身子了，只有那棵小榆树还在猛烈摇晃，告诉人们他的两只手还抓着它！河这岸的人有的惊叫着，有的无意识地在河岸上狂奔。苏莹脸色煞白，拼命地盯着对岸，表现出了撕心裂胆的痛苦！也许用不了几分钟，那双渴望生命的手就会连根拔出那棵小榆树的根，而被洪波巨浪卷走！

他看着这一切，一个念头在脑子里闪电一般划过。他飞快地向河上游奔跑而去。他全身的肌肉紧紧地收缩在了一起，飞奔着的两条腿像腾云驾雾一般轻盈。他一边奔跑，一边用手背揩着脸颊上的热泪。在这一刹那间，他感到一种无可名状的激动！

他在河上游的一个小湾里，毫不犹豫地投身于狂涛巨浪之中。

曾经在中学里得过两项游泳冠军的他，在这劈头盖脑的洪水中，觉得自己像狂风中的一片树叶一样失去了自控能力。

但他没有一下子被击碎，他喝了几口黄泥糊子。鼻根一阵辣疼，但神志还清醒着。他意识到他的状况后，产生了搏斗的力量。他摸了一把泥脸，发现自己已经到了中水线上。

他一下子被抛上了浪尖，又一下子跌到了深渊。在这一抛一掷的间隙中，他好像感觉到身体和水面有一个极短暂的脱离。就在这闪电般快的间隙中，他比这间隙更快地调整自己的身体，使他能够到达目的地。此刻，一切对过去的记忆都消失了，所有的思想都被抽象到了一个短句里：救活他！

真幸运！他现在已经到对面大小河交汇的旋水湾里了。这样就好了，他不会再被弄到中水线上去。

现在，他唯一的困难是跟着旋水擦过张民身边的时候，抓住个什么东西，使自己停下来，然后才能把他托到土台子上去。

三次都失败了。他已经疲乏到了极点。第四次旋过来时，他就着水势，猛然间抓住一块岩石角，停下了。喜悦使他的身子一阵颤栗，竟然把右腿弄得痉挛了。他拼命使自己镇定下来，用劲在水里蹬直腿，几乎把腿上的血管都绷断了！

好不容易才恢复了正常。于是他一手抓着岩角，一手扶住那个垂死的人，使出全身的力气往上推。他觉得嘴里有一股血腥的咸味——大概是牙齿把嘴唇咬破了。

就在昏昏沉沉的张民终于被他推上土台子的时候，他自己却像一摊稀泥一样扑通一声落入了水中！

他在水里挣扎着，昏昏沉沉，随波逐流。

一个偶然的机会，旋水又把他带到了刚才落水的地方。他伸出两只手，勉强抓住了张民刚才抓过的那棵小榆树。但他和张民刚才一样，已经无力攀上那个土塄坎了。他把活的希望带给了他，却把死亡的危险抓在了自己的手里！

小河里的水首先落下了。大河里的主流猛烈地冲进了旋水湾。

水的冲击减弱了身体的力量，却又加重了身体的重量。小榆树的根终于被那渴望生命的手从泥土里拔了出来，接着，一个黄土丘似的浪头扑过来，人和树一起被那无情的洪水吞没了……

七

杨启迪没有死。他在洪水里漂荡了十几里路，在县城附近被捞河柴的社员搭救了。

他现在躺在县医院的病床上。

他没受什么伤。除感到身体有些虚弱外，并没有什么其他不好的感觉。

他仰靠在雪白的床铺上，像刚分娩过的产妇那般宁静。他感到自己很幸福——救活了一个人，自己也活着。

晨光染红了窗户纸。不久，一缕灿烂的阳光就从窗玻璃中射进来。他奋然地向空中伸开双臂，做了一个朗诵式的动作。真的，他真想作一首诗，赞美生命！

就在这时，房门开了，一缕阳光拥进来一个人。

啊，是苏莹！乌黑的剪发，白嫩的脸盘，一身洗得变灰了的蓝制服，肩胛上斜挂着那个用旧了的黄书包。他看见她的手无力地扶着门框，泪水在脸上刷刷地淌着。

“我什么事也没有！”他首先对她说。

“真……的？”她声音颤抖着问，向床边走来。

“张民怎样？”他问。

“不要紧。你受伤没有？”她的眼光急切地在他的脸上扫视着。

“没。你怎知道我在这里？”

她把挂包放在床边，继续看着他的脸，说：

“昨天晚上，我们顺水寻下来，直到天明，才问讯到你被救上来了。早上水还大，老支书和村里的人过不来，我一个人跑到水文站，央求人家把我从吊斗里送过来的……”

她说着，泪水又一次从眼睛里涌出来了。

他为了安慰她，笑着说：“你看我不是很好吗？龙王爷硬请我到水晶宫去，去还是不去？左思右想终究撂不下咱的土山沟！”

他的话把她逗乐了。

他又笑着说：“你刚进门时，我正准备做诗哩！多时没写诗，现在激情来了。”

他说到这里时，她突然“噢”了一声，急忙在黄挂包里翻搅起来。

她翻出了一个棕色布硬面的笔记本，对他说：

“这个送给你！本来昨天下午就要送你的，想不到发生了那么可怕的事！”

她把笔记本双手送到他面前。

他疑惑地看看她，接过了本子。

他翻开本子的硬皮，一行触目的大字跳进了眼帘：天安门广场诗抄。

他激动地翻着纸页。他曾看过几首传抄的天安门诗词，并且一个人在山沟里大声诵读过。想不到现在竟然得到这么厚厚的一本！

“我知道你一定喜欢的……”她望着兴奋的他，说。

他抬起头，激动地问：“哪来的？”

她诡秘地一笑，然后缓缓地叙说起始末来——

……清明节天安门事件的最后一个晚上，有一个青年从棍棒中逃出来。他在首都的一个研究所工作。在那如火如荼的几天里，他抄录下了大量的诗词。随后，他想把这些诗词刻在蜡版上，再偷偷地印出来。他怕万一这个本子被搜查去，他手里就再没有第二份了。但是，他们单位追查“反动诗词”追查得很紧，他不好进行他的工作。

于是他给在外省的父母亲写信，让他们给他打电报说他们病重，要他回家。电报很快就打来了。他请假回到父母那里，但照样不好进行这桩工作——因为他父母是“走资派”，家里被看管得很严。他于是就来到乡下他插队的妹妹那里，刻完了这些诗词……

他听她叙说完这些，身子剧烈地抖动着，问：“这个人现在在什么地方？”

她又诡秘地一笑，说：

“他昨天险些被水淹死，幸亏你冒生命危险救起了他！”

他吃惊地从床上跳起来，两只手发狂似的抓住了她的两条胳膊，但立刻又惊慌地放脱了。他喊着问：“这个人就是张民？张民是你哥？……”

她微笑着，点点头。

他眼睛直勾勾地望着她，感到心脏在一刹那间停止了跳动。喉咙里像拉风箱一样喘息着，脸色苍白得可怕。激动使他几乎休克。很久，他才喘过气来，无力地抬起头，问：

“那为什么，要隐瞒，你们的兄妹关系哩……”

她坐在了他的床边上，手轻轻地摩挲着雪白的床单，说：

“天安门事件后，我哥——噢，忘了告诉你了，他不叫张民，叫苏晶——写了一首赞颂天安门事件的诗，并且给我抄寄了一份。我喜欢极了，每天晚上都要看一遍。看完后就压在枕头底下。那天我准备拿给你看，可是突然不见了。我好急呀。上天入地地寻，怎么也寻不见。几天后我到城里给蔬菜公司交菜，碰见县知青办主任老刘。他悄悄告诉我，原来诗稿被江风偷去交给县知青办了。你看这个臭流氓，竟然翻我的床铺！他并且打听到诗歌作者苏晶就是我哥，一再叫县知青办查我和我哥的问题呢！老刘说他们把事情压了，叫我不要声张，并且要我以后多提防着点江风。我本来想把这事告诉你，怕你火爆性子再闹出什么事来，也就没给你说……你看江风这东西瞎不瞎！最近听说他那个‘跟得紧’的老子把他推荐给一位省革委会的副主任当秘书！他老子本人也升成省革委会常委了。十年前，还只是省委组织部的一个干事哩！”

“卑鄙的东西！”他听她叙说着，拳头捣着床铺，愤怒地咒骂着。

苏莹的脸上又浮上了那惯有的微笑，望着他，说：“为了防备江风，我和我哥就闹着玩儿演了这么一场戏！前一段晚上，我哥熬夜就是刻那些诗词呢。前天夜里刚刻完，他就把笔记本当作礼物送给了我。我想你喜欢写诗，就把这送你……”

“你们刻诗为什么瞒着我呢？张民，不，苏晶不了解我，难道你也不信任我吗？”他很不高兴地打断了她的话。

“不，”她解释说，“我哥一来，我就想告诉你，让你也帮着刻——你的字写得好；可我哥不让，他说怕以后出了事连累你……再说，自我哥来后，你……一直不理人……你说！你最近为啥对我……那样哩？……”她嗔怒地望了他一眼，脸通红。

他望着她，心中熄灭了多时的爱情之火，猛然间又熊熊地燃烧起来了。他嘴唇子颤抖着，不知该说什么，笨拙又重新统治了他。

她突然抬起头来，脸上挂着灿烂的笑容，问：“你真的……爱我吗？”

“什么？”

“你听清楚了……”

在他还没有反应过来的时候，她已经把自己的两只手默默地放在了他的手里。

他的两只手颤抖着，紧紧地握住了她的手，两串晶莹的泪珠在脸颊上欢快地流淌下来……

一九七九年四月至五月于西安

*原载《延河》1979年第10期。

惊心动魄的一幕

（一九六七年纪事）

金盆打了，分量还在。

——中国民间格言

一

一九六七年，西北黄土高原这个山区县份和全中国任何地方一样，“文化大革命”的暴风雨摇撼着整个社会。

城镇里一切可以利用的墙壁都贴满了大字报、大标语、声明、勒令、通令、通缉令以及“红都来电”和“中央首长讲话”；铅印的或油印的传单像雪片一样在街头巷尾飘飞。墨汁、纸张、糨糊如同粮食和菜蔬，成了人们每天生活的必需品。邮路中断，班车停开，商店关门……

有些家庭分裂了；有的父子决裂了。同志可能变为仇敌，冤家说不定成了战友。过去的光荣很可能成为今天的耻辱；今天引以骄傲的，也许正是过去那些不光彩的事。看吧！许多过去有权力和有影响的人物，正戴着纸糊的高帽子，手里敲打着破铁桶或者烂马勺，嘴里嘟囔着自己的“罪行”，正一溜一串地游街哩；而另外一些普通的群众，正站在权力的讲坛上大声演说着，号召着，命令着……

乡村里，有的人离开了自己耕种的土地，也被吸引到了革命最激烈的地方——城镇。这些人有的是专门去闹革命的，有的是乘机去做黑市生意的；有的既闹革命，也做黑市生意。那些企图反对这些外流“革命家”和生意人的队干部，不分青红皂白，纷纷被城里来的“点火队”宣布为“假洋鬼子”，一律靠边站了。

社会变得一反常态。可是时令却一如既往：寒露前后，秋风飒飒地吹落了第一批枯黄的树叶。山头上，川道里，一层薄薄的秋庄稼不几天就收割完毕；那斑斑驳驳的大地躺在浅蓝色的天幕下，猛一看，好像瘦了许多……

城市在动荡中……

乡村在动荡中……

全国的运动看来很不平衡。当上海的“一月风暴”刮到这个县的时候，已经到了十月。

本来早已瘫痪了的各级党组织和行政组织，被本县两大派对立的群众组织“红色造反总司令部”（红总）和“红色造反总指挥部”（红指）所属各系统、各单位的战斗队，不费吹灰之力，一天之内就你抢我争地夺了权：把那些权力的象征——钢的或木的，大的或小的图章拿来一封存就行了。然后各自宣布无产阶级革命派夺权胜利，分别召开庆祝大会，锣鼓声震天动地，鞭炮的灰白硝烟弥漫了整个县城的上空……

无产阶级自己建立的政权又在无产阶级革命的旗号下被砸烂了。这当然是史无前例的，同时也叫人不可思议！

失去了阶级的统一意志，权力马上出现了真空。现在，一切都处于无政府状态中。

谁是真正的革命派？谁将统辖全县的十三万人口呢？

街道上挤得水泄不通。两派人搅混在一起，唾沫星子乱飞，没明没黑地辩论着：证明自己革命，对方反革命。到处都是讲坛，到处都在进行着唇枪舌战。城市像一个巨大的蜂窝，嗡嗡声整天不断。各处论战的双方都在引经据典，马、恩、列、斯、毛主席、鲁迅的话被整段整段地引用背诵；这些神圣而庄严的经典也可能立刻又被淹没在一片讽刺、挖苦和辱骂声中。一旦嘴巴这武器不得力了的时候，就开始扛肩胛，动拳头，直打得鼻子口里血直淌！真理和谬误混杂在一起，舌头和拳头交替着使用，华丽的词藻和骂娘的粗话都能博得欢呼……

而在另外一些地方，比如红总总部所在地人委和红指指挥部所在地县委，总司令、总指挥分别和他们的常委们以及对方骂作"狗头军师"或"黑高参"的智囊人物们，也各自正在没明没黑地开会，以便策划下一步的行动。在他们各自的会议上，拍桌子、掼板凳、摔茶杯，争辩、论战、好说、臭骂……刺耳的声浪把会议室的玻璃窗震得嗞嗞价响！

两地大门口和围墙周围，站着和走着一些立眉竖眼的人。这些人手里提着棍棒，腰里别着刀子，像御林军守卫着皇宫，神色庄严而骄横。这是两派首脑部门直属的组织，跨行业组成，打人、抄家、给"走资派"上刑都由他们管。红总叫"孙大圣"战斗队；红指叫"千钧棒"战斗队。这些人一般白天睡觉，晚上活动……

而这时，两派所有的这些活动都无不围绕着他——县委书记马延雄而进行。

可是，他现在在哪里呢？

二

他在县监狱里。

监狱坐落在县城南边的城墙根里边，是一排用巨大的石头砌成的窑洞。石头与石头之间浇灌着水泥，显得浑然一体。监狱后边的城墙不知是哪个朝代为军事防御而修建的——因为这里离内蒙古只有几百里路程，本县县志记载着历史上游牧民族的数次进攻和浩劫。城墙有的地方已经塌陷残缺，上面长满了茂密的蒿草和苦艾。南北两道城墙顺着一座叫牙峰山的山势，蜿蜒向山顶伸展而去，最后交叉在那里，形成一个夹角。这个夹角里面，就是本县的政治文化中心，也是全县主要的物资集散地。夹角的底边是一条流量不大的河流，绕过县城，在南边一百多华里处，流入了咆哮的黄河。

监狱四围的高墙同样是用巨大的石头砌成的，石头与石头之间也浇灌着水泥。墙外有一座哨楼；哨楼高出围墙，在上面可以俯视整个监狱的院坝。现在，那上面站着一些穿“红卫”服的人，手里提着棍棒，替换了原来持枪值勤的解放军。

由于形势紧张，本县所有的在押犯人都在一个月前被解押走了。随即，红总便控制了这个地方，将县委书记马延雄押在这里。

他现在住在这座监狱最中间的一孔窑洞里。

深秋的阳光透过窗上铁栅栏的空隙，在土地上印下一些长方形的亮块。他，过去的县委书记，今天的“死不改悔的走资派”，正背抄着胳膊，在这亮光和暗影织成的图案上来回走动。

他走着，脚步是匆忙的，像他平时在乡村的山路上一样，似乎有许多急事要他赶紧去办。

这样走着，他有时竟忘了折转身，便一头撞在了石头墙上。这时，他猛地抬起头来，一双眯缝着的眼睛长久而迷惑地望着这墙壁，好像是在梦中被惊醒一样。随后，那两片没有血色的嘴唇便剧烈地哆嗦起来，想要说什么——不，是想要喊什么，但什么也说不出来，什么也喊不出来。

他这样站了许久，轻轻地叹一口气，然后退回到炕边，拉起那件破棉袄裹住干瘦的身板，坐在了炉台上。

他从这破棉袄的一个破洞里，取出一张折叠成小方块的纸片和半截铅笔来。然后小心地展开这纸片，拿那半截铅笔在上面勾画起来。

地上的阳光移到了他那多时没剃没洗、像毡片子一样的头发上了；又从这毡片子一样的头发上移到墙壁上了……而他连动也不曾动一下。那张瘦削的、像白蜡一样的脸久久地对着那张小纸片在出神。

这是一张油印的本县地图。

他所有的书籍和笔记本都被抄收了，只藏下了这张小小的地图。它是他生活的伴侣，是他精神的依托。

当他打开这张地图时，全县的山川河流便一起拥到了他的眼前。那标着村庄山寨的小黑点，在他的眼里也立刻都变成了具体的村庄和山寨：这个村是怎个模样，谁家的窑洞挨着谁家的窑洞；大队饲养室在哪里，机房在哪里……他都能清晰地看得见。一张张亲切的面孔同时也都向他拥来，公社书记，大队书记，生产队长，都向他围拢过来了。他和他们谈心；和他们谋划坝在什么地方打，水库在什么地方修；他拿他的短烟锅和他们的旱烟锅对火，一边互相吹、吸，一边翻起眼皮瞧着对方的眼睛……

多少日子了，当他渴望田野的时候，他就在这张小小的纸片上闻到了泥土的气息和庄稼的味道；当他思念那些弯腰驼背的农民朋友时，他就在这张小小的纸片上看见了他们的音容笑貌。啊，这亲爱的地图！

他出生在这块土地上。十岁失去双亲后，就在这土地上给地主拦羊了。后来，他和庄稼人一齐起来打倒了他们的东家，从此便开始了漫长的革命生涯。他从乡文书、乡长、区游击队指导员、区长，一直到走上县委书记的岗位，永远处于紧张的战斗生活的风暴中。

可是，他从来也没有离开过这块土地。这是祖国的一块宝地。他爱它，并不仅仅因为他出生在这里。在过去火热的战斗岁月里，多少革命的领袖人物都曾经在这块土地上生活过。现在的十五个公社中，毛主席、周总理在抗日战争和解放战争的转战时期，就先后走过十二个公社的地方。二十多年来，他发誓要把这个地方的工作做好，以不负这块光荣的土地。在战争年代与和平建设的岁月里，他在这块土地上流过不知多少汗水，也流过血：身上有三个枪疤，一块刀伤；而右脚上的那个小指头是前年修水电站时被大石头锋利的棱边剁掉的。他承认他犯过不少的错误，他想起这些错误就痛心疾首！尤其是在今天，他不愿意多想自己曾做过什么好事，他经常想自己那些做错了的事，并时时刻刻想用汗水、鲜血，甚至生命来弥补这些错误给革命造成的损失。但是，现在他一切都被剥夺了：他既没有为革命创造功绩的权利，也没有弥补自己错误的机遇。他被宣布为“三反分子”、“死不改悔的走资本主义道路的当权派”。

“你是不是反党呢？是不是反革命呢？”他在心灵里为自己设立“党的监察委员会”来不断审查自己。

“不，我没有反党！我把党像母亲一样看待，我怎能反她呢？我有错误，但我二十多年来都是跟党一心一意闹革命的呀！”他向心中的那个“党的监察委员会”喃喃地念叨着。他不灰心。他相信党不会丢弃他的，他跟党二十多年了。他相信有一天，党会对他说：你是党的好同志，你继续为党努力工作吧！

每当这时，希望的光芒便照亮了他的心灵。他想：为了将来，不管眼下情况如何困难，都要千方百计地工作。将来还要建设呀！还要修水库呀！还要好好办农业呀！现在农民的生活还很苦，他发誓在他闭上眼睛前，要看见全县农民碗里的黑疙瘩换成黄疙瘩（玉米面馍）和白疙瘩（白面馍）。

每天，除过挨打和被审讯，所有的时间，他都用来在这张县民政局油印的地图上做未来的规划，从全县农、林、牧、副、渔的布局，一直到中草药的种植。有时候，遇到了难题，他就在这囚室的土地上心急火燎地踱步，直到头碰墙壁为止……

有了坚强的信念和明确的目标，人就能变得冷静。此刻，说实话，他留恋过去火热的战斗生活，同时寄希望于将来，但也决不准备回避现实！此刻，别人因为是造反派而感到骄傲，而他，因为自己是共产党员而感到光荣。让他们说他死不改悔、顽固不化吧！顽固不化就顽固不化，他要顽固不化到底；他准备为这付出代价，哪怕是生命的代价！

此刻，你看他坐在炉台上，披着那件破烂的棉袄，半截铅笔在那张揉皱的地图上指点着，勾画着，嘴里喃喃地念叨着，就像他以往坐在办公室里工作一样，紧张而又安详。

突然，外面监狱大门上的铁锁“吭啷”一声，使他从沉思中惊醒。他很快将地图和铅笔塞进棉袄的破洞里，然后站起来活动了一下胳膊腿，神色坦然，像做完了一件事，又准备去做另外一件事。

三

门开了。囚室里先后进来了两个人。

先进来的四十多岁，胖、高、黑，一部络腮胡子从两鬓角一直延伸到衣领里边。他大脑袋上的头发毛楂楂的，像团起来的刺猬。眼睛不知喝了酒还是熬了夜，红得要淌出血来。整个形象使人马上想到神庙里的凶煞。他叫金国龙，是“孙大圣”的队长。“文化大革命”前，他曾是县百货公司的采购员，因贪污和盗窃商品物资被判刑五年，前年才刑满释放。当年他的案子是马延雄一手抓的。不用说，前犯人对现犯人的仇恨是刻骨的。

后进来的那个只有二十岁左右，长相和金国龙正好相反：瘦、矮、白。俩人在一起，就好像凶煞旁边立着个庙童。这小子很漂亮的一双大眼睛里却有两股凶狠的光。残酷的表情似乎和他的长相很不协调，但这种生理的美和神态的丑硬是统一在这张脸上了。他叫周小全，县高中六七级学生，运动初期造反，被工作组打成了“反革命”。以后批资反路线，他就拿造反当营生了，天不怕，地不怕，红总专门把他选出来当了“孙大圣”的副队长。中学的工作组是县委派出的，由此他认为县委书记比反革命还反革命！

红总让这两个来看管马延雄，是再合适不过的了。他们对他不会心慈手软的。

这两个人每天都要来审问和折磨他。今天又例行地来了。这种审问有时根本没有内容，也不一定每次都是他们的总司令和政委指示的。他们纯粹是为了折磨他。像抽烟和喝酒一样，打人成了他们的嗜好和癖性。

“走！咱们再去拾掇拾掇那个老家伙去！”金国龙每天都要这样招呼一声他的“副统帅”，口气像是饭后招呼一个人和他一同去散步。

现在，这两个一高一矮的凶神恶煞站在马延雄面前，龇牙咧嘴地看着他。

金国龙歪着他的刺猬脑袋，开言道：“呔！你这个老东西！坏东西！前几天我倒忘了给你说啦，你晓得不？老子当年坐禁闭正好也就在这个号舍里！哈哈哈……”他笑得肚皮一拱一拱的，“这真是三十年河东三十年河西呀……”那个“呀”的颤音很快变成了咬牙切齿。笑容一敛，他换上一脸杀气，肥大的右手一把揪住马延雄的领口，狠劲摇扯着这个瘦弱的身躯，嚎叫开了：“你给老子平反！平反！平不平？”随即就狠劲地打了马延雄几个耳光。

“平不平反？”金国龙继续吼叫。

马延雄喘息着，眼光掠过金国龙的刺猬头，透过铁窗的空隙，望着窗外那一小块高远的蓝天和蓝天上浮动着的白云片儿，缓缓地说：“这话，你问过不知多少次了。我也回答过不知多少次了。如果你认为有必要，我可以再告诉你一次：从我的嘴里永远不会说出给你平反的话。你犯罪是事实，党和政府判你的刑没有判错。”

金国龙鬓角的血管像两条蚯蚓在急骤地蠕动着，红眼睛瞪得像两盏灯笼：“你们这是什么党？什么政府？”

“共产党！人民政府！”

拳头打在了他的胸脯上、两腋下！

这时候，“庙童”上来把凶煞推开来点，两手叉腰站在马延雄面前了。他牙齿咬着嘴唇，凶狠的脸扭弄得皱纹巴巴的。他的声音慢、低、狠，吐出来的字像扔出来的石头：“那么，你这个党和政府，为什么把我这个革命造反派打成反革命呢？说！”

马延雄抬起头来，两道温和的目光落在这张年轻而蛮横的脸上。他恨不起来这张脸。尽管他把他打得皮开肉绽，他从内心里不记恨他。他和他的儿子一般大小！他诚恳地说：“小全，我个人不能代表党，也不能代表人民的政府，我是为党和人民工作的一个普通人。可是我没把党和人民交给我的工作做好，把你打成反革命是完全错误的。把你们这些小将打成了反革命，我对党和人民犯了罪。你什么时候叫我检查，我就什么时候检查……”

这时候，突然传来一声连一声的打鼾声。周小全吃了一惊，赶忙转头向炕上看去：只见金国龙四肢大展，已经舒服地躺在土炕上睡着了。这是一个真正的魔鬼！

“老金！老金！”周小全走过去，一只手在金国龙肥囊囊的胸脯上狠狠揉搓了几下。

金国龙停止了打鼾，睁开两只红眼，打了一个长长的哈欠，坐起来了。

周小全讥讽地说：“哈呀，这倒像是回到你家里了！老金，你在这土炕上睡了五年还没睡够吗？”

“放你妈的屁！”睡了一两分钟的金国龙精神却来了，咚地跳下炕，两条胳膊向空中一举，伸了个懒腰，一身的骨关节发出咯巴巴的响声；然后扭过头，瞪了一眼站在地上的马延雄。

这个挨打的人脸上被手掌掼下的红印子已经退了，又恢复了蜡白，一绺毡片一样的头发紧贴在额前。

“走吧。听见你打鼾，我也瞌睡了。”周小全对金国龙说。

“走？”金国龙对周小全瞪起血红的眼睛，“今儿个就这样便宜他呀？”他扭转刺猬脑袋，两只手几下就把马延雄的上衣扯扒下来。

任何一个人，如果他还有点心肝的话，看见这个脊背都会难过的：这瘦弱的脊背，从肩胛到勒裤带的地方，已经没有一块正常的皮肉了。有的地方结着干痂，干痂的四周流着黏黄的脓液；有的地方一片乌青，像冻紫茄子的颜色一样。那些红色的斑痕是不久前留下的，破裂的地方正渗着血。肩窝和下腰部有两个地方的肌肉萎缩成坑状——这是四七年胡宗南匪兵留下的枪伤；大腿上也还有这样一个坑和一个刀痕。

金国龙对周小全头一摆，然后自己先跨出了门槛。周小全莫名其妙地跟他出去了。

不一会儿，金国龙从外边的院坝里抱回来一块几十斤重的石炭，然后狠劲地把这块毛楂楂的石炭压在了马延雄千疮百痍的脊背上。

马延雄惨叫一声，趴倒在地上。

似乎有一丝人性的光影在周小全蛮性的脸上闪过。他看了看石炭压着的马延雄，犹豫了一下，对金国龙说：“这样会把他弄死的，是不是……”

“你他妈的在走资派面前卖好？段司令还说你小子造反精神强哩，强个屁！”金国龙呵斥着周小全，吼叫道：“走！”

两个人啪地关上房门，扬长而去。

四

囚室里渐渐昏暗下来了。

那血一般的残阳此刻大概正在西边的群山中沉落。

秋风带着入肤的冷意，吹过高墙，吹过铁窗，吹醒了这个苦难的人。

没有血色的脸，没有血色的嘴唇，紧贴着泥土地。只有在他出气的时候，才能感到些微颤动，才能感到那黑色的石炭下压着一个活着的生命。

他咬紧牙关，想爬起来，想掀掉他背上的重负。但，他又一次昏过去了。苍白的嘴唇上留下两颗殷红的血珠。

夜色笼罩了山川大地。没有灯光的囚室里传出了一声声悲惨的呻吟……

快来救救这个人吧！他也许再活不了几个小时了。而这个人是不应该这样死掉的——他在留锁锁头的时候就参加了我们的队伍。他为祖国的解放和人民的幸福劳作了二十多年；他身上有敌人留下的枪伤、刀伤。革命能离开这样的人吗？

可是，谁来救他呢？

在这里，所有的党组织都被夺了权。政府更不存在了。法律呢？法律像垃圾一样被倒在了城壕沟里！现在，一切都由造反派说了算，造反派又由造反派头头说了算。他们现在既是立法的议会，又是执权的政府。这是些胆大而激烈的人物，革命的暴风雨刚席卷过社会，他们就露出了头角，站在这场革命的前列冲冲杀杀。他们的性格特点如果能打比方的话，可以这样说：要盖一座房子，他们也许都是些笨蛋；如果要拆一座房子，他们会比谁都拆得又烂又迅速！在以后的历史中，他们之中的有些人，经过反复，或迟或早终将勇敢地背叛了自己最初的信仰，成了很成熟、很有头脑的公民。但他们之中的另外一部分人，在眼前和以后的历史中，给这个国家造成了巨大的破坏和灾难。这是些民族的罪人！

……黑夜笼罩着大地。悲惨的呻吟继续在这凉飕飕的秋风中颤抖着。谁能听得见这声音呢？

突然，囚室的门哗地被掀开了。一道眩目的手电光首先照在了黑色的石炭上，然后又移到了那张垂死的、白蜡一样的脸上了。只听见“啊呀”一声惊叫,一个人很快进了房门,啪啪地打着了打火机，点亮了炉台上的煤油灯。

灯光显出了这个人的面貌：高个，大背头；脸白净而透红。上身不穿外套，白衬衣上套着驼色的毛背心。粗看像三十刚出头，细看额上头纹很深，够四十来岁了。

这人很快把那块石炭从马延雄身上抱起来，扔到了墙角里；然后蹲下看了看这个脊背，脸吓得煞白。他站起来，两下把炕上的铺盖打开；然后用两条很长的胳膊把这个奄奄一息的人抱在炕上，摸索着给他穿上上衣，让他半靠在被子上。

现在他张开嘴一迭声喊着：“老马！老马！老马……”

这个“救命菩萨”是谁呢？

他是县委副书记李维光。

这真叫人奇怪！当全县大大小小的当权派都在戴着纸帽子，挂着黑牌子，敲着破铜烂铁游街的时候，这位县委的副书记怎能轻而易举地来到这个黑暗的囚室呢？而且看来，他的精神和身体都没受什么损伤。

不要奇怪。李书记也是个造反派，是县委常委里的造反派。他在去年就“杀”出了县常委，向红总表了态，站在造反派行列里了。

红总所编的《马延雄三反言行（之一)》和《马延雄——货真价实的走资派》两份材料的内容，大部分都是由他提供的。

那么，他现在来干什么呢？而且竟仁慈地把这个“货真价实的走资派”从死亡中救出来了？

这个谜还得由李维光本人来解开。

上面说了，当李维光把马延雄抱在炕上后，便一迭声地叫开了“老马”。

他这样叫了好一阵，马延雄慢慢睁开了眼睛。当他看见站在身边的竟是李维光时，我们可以想象他是如何的吃惊了。但脊背上刀犁一般的疼痛使他不能集中精力思索更多的问题。他又痛苦地闭上了眼睛，喘息着，从那两片没有血色的嘴唇里吐出来几个礼貌性的字：“维光，你来了……”

“来了！是我来了！”李维光连忙接应。似乎马延雄的痛苦表情也感染了他，他脸上的表情也蒙上了一层痛苦，眉头皱成一个疙瘩，像是对马延雄，也像是自言自语说：“他妈的，‘孙大圣’这些龟孙子把人打成这个样子了！”（他敢骂造反派！）接着他又补充说：“要斗思想嘛！怎能斗身体哩？”

“维光……你来干什么来了……”马延雄仍然闭着眼睛，喘息着问。

李维光躬下身子，脸几乎凑到马延雄脸上，说开了：“啊呀，老马！这对你来说，可真是个特大喜讯！你听我说，你千万不要因为高兴而激动得太厉害了。你身体不好。你听我给你慢慢说。”

他眉头中间的疙瘩散开了，右手上去摸了摸头发，说：“自从夺权以后，红总总部接连开了两天两夜常委会。忙得连屙尿的空都没！他们让我也参加了。你大概不知道，地区红总这一派的人已经把军分区大量的武器弹药夺取了，已经把地区红指那一派的人赶出了城。地区红总指示各县这一派的人很快筹备成立革命委员会。这两天红总的常委会集中就讨论这事呢。尽管有分歧，但最后还是统一了意见：决定让你站出来亮相表态，以革命干部的身份进三结合的革命委员会哩！其他都没麻烦了，县武装部胡政委已经公开表态支持红总了。现在是三缺一。这事也不复杂，只要你公开表个态支持红总就行了。书面也行，口头也行……”

马延雄闭着眼睛听着。现在，思考压住了疼痛。从脸上可以看出来，他是认真听李维光说话的。李维光看见，他的话还没说完，马延雄的脸上就露出了一丝笑容。

啊，他大概真的为这“特大喜讯”而激动了！是嘛，从此再不受这苦情了，他能不高兴？

李维光说完后这样想着，正想说“你别太激动了”时，马延雄已经睁开眼睛，仍然带着笑意，喘息着说：“维光，你不是早已经站出来亮了相吗？怎还‘三缺一’呢？”

“我？”李维光像针在身体的某个部位扎了一下，不自在地避开马延雄的目光，说，“人家红总看上个咱？咱算个老几？人家看上你了！只要你站到红总一边，全县的农民就都站到红总一边了。将来这县革委会总不能光领导红总的那些人吧？全县十三万人口，就有十二万多农民哩！现时农民大部分还没观点哩，但都是保你的！这样一来，他红指还能不垮？咱算个啥？咱不想捞什么稻草！只指望你将来大权重握时不扣掐咱就行了……”

马延雄听着这些话，渐渐明白了李维光今天来的用意，也明白了红总破天荒叫他“站出来”的目的。他脸上的表情严肃起来。他强忍着疼痛，把上身竖高了一些，问：“维光，你是自己要来的，还是红总的领导人派你来的？”

“当然是红总常委会委托我来通知你的！段国斌司令和侯玉坤政委亲自给我安顿的，要不我怎能进了这院子的门呢？……你到底是怎个态度？我好给头头们回话！”李维光追问。

马延雄回答说:“你回话去吧。你告诉国斌和玉坤,我不能这样做!”

“为什么?”

“我是共产党员,不是小孩!我要对全县的人民群众负责。红总、红指都是革命群众组织,也肯定都有一些坏人。不论怎样,两派大多数的群众都是好的。我不能因我自己的行为造成任何一方群众受到损害。你用你所支持的群众组织的观点来看待问题,这当然是你的自由;但我要用共产党员的观点来看问题,这也是我的原则。我不准备对任何群众组织表态,我只给党表态。我更不会站在任何群众组织的一边,去反对另外的群众组织;我只站在党的立场,反对任何违背党的原则的行为!”

马延雄几乎是一口气说完这些话,然后垂下头大口大口地喘息。苍白的脸上,汗珠一串跟着一串滚落下来,滴在了瘦弱的胸脯上。

他最后抬起头,对木然呆立在炕边的李维光说:“就这,你回话去吧!”

他闭上眼睛,头无力地歪靠在了被卷上。

“不必回话了!我们都来了!”门外传来一声苍老的话音。

接着,有两个人一前一后从门外走进来。

五

这两个人正是红总的段司令、侯政委。

段司令一进门就开口道:“你们二位的对话我们都听清楚啦!”

声音是洪亮而有力的。刚才门外那个苍老的声音显然是侯玉坤发出的了。

马延雄睁开眼看看他们,说:“国斌,玉坤,你们来了……”

说完就又喘息起来。喘息中带着细微的哨音。

李维光先是对这两个人的突然到来吃了一惊，随即咧开嘴明显讨好地笑了笑，问：“你们俩早就来了？从哪里来的？”

“来处来的！”段司令叱咤风云地回答。他不看李维光，一眼盯着仰靠在被卷上的那张蜡白的脸。这脸安详而平静，但也坚毅而神秘！段司令紧闭着嘴巴，眼光死死地看着这张脸，像是在看一件自己看不明白的东西，显得严重而吃力。

段国斌身材不高，但扎实得像一台碾场的碌碡。黄头发，黄胡须，黄眼珠。同样很黄的脸上靠左鬓角的地方，有拇指大一小块鲜红的痣。

这个人前不久还仅仅是县电影站的放映员，一年多就出息得成了本县最重要的人物之一。他可以拯救生命，也可以扼杀生命。他有资格制定法令，也有权力废除法令；可以叫原来堂堂的县委副书记变成自己的二等马弁！

侯玉坤背靠窗台抽着纸烟。他三十多岁，但容貌显得很苍老；说话像六七十岁的人一样，低缓，无力。头发脱落得稀稀拉拉，瘦身板风能吹倒。脸色永远是疲倦的，像熬了很长时间夜或者睡了很长时间觉。除非愤怒了，一般说话都很软绵。

可是，俗话很对：人不可貌相。这个人的内心是一个风暴的世界；那干瘪的胸膛里经常汹涌着激浪。他是原县委秘书。一九六六年下半年，正当段司令他们苦于找不到“三反分子”马延雄的“罪行”时，他在县委机关举起了造反大旗，把县常委会的记录像炮弹一样源源不断运送到了造反前线。他并且做工作让县委副书记李维光“杀”出了县常委会，向红总表态亮了相。他还很快帮助段司令把分散的同派观点的人统一起来，成立了“红色造反总司令部”。社会的大动荡既产生帅才，同时也就产生谋士。如果说段国斌是一把锋利的刀，侯玉坤就是使这把刀的强手。

红总“解放”马延雄这一“战略性”举动，就是侯玉坤谋划的。

他在那两天两夜争吵的常委会上反复地说服“鹰派”：“咱造反派如今夺了党组织的权，就成了执政党哩！能闹着玩吗？执政党要执政，就要争取民心哩！这道理国民党都解开哩，咱革命造反派反倒成了些糊脑松？明说哩，马延雄农民拥护嘛！咱就把他往出抬！争取民心，压垮黑指，咱们掌权，此乃一举三得，一箭三雕！等咱的政权稳了，再把他扔掉还不行吗？”

“鹰派”们被他的雄辩折服了，一致同意了他的方案。会一结束，他就把李维光打发来。李维光一走，他又把段国斌拉来站在囚室门外，听里边李维光和马延雄的谈话……

此刻，他背靠着窗台漫不经心地抽着烟，只见他悠然地吸进去，又悠然地吐出来；然后脖子略微向前一伸，把吐出来的烟重新又吞进嘴里。最后，才通过两道鼻孔慢慢地让它们飘散出来。

段司令现在把目光从马延雄的脸上移开了。他两手揣在裤兜里，在这个小小的房间里急速地来回踱起了步。踱了一会，脚步又停在马延雄躺着的炕边，黄眼睛盯着他蜡白的脸，用洪亮而有力的嗓门说：“马延雄！你到底向我们造反派表态不表态？你说嘛！你听见了没有？‘孙大圣’把你的耳朵也打塌了？咹？”

马延雄睁开眼睛，望着那一双黄眼睛说：“国斌，该说的我都给维光说了，你们也都听见了。我这人正如你们所说的，顽固不化。这些你们也都知道。另外，我还想不通哩！昨天，你们还说我是死不改悔的走资派，怎么今天我又成了个‘革命领导干部’呢？”然后他嘲弄地补充说：“你们成立革委会需要干部，维光不是个现成的人才吗？”

他说完，眯缝着眼睛又看了看窗前抽烟的侯玉坤，就把自己的目光移向了窑顶。窑顶上，一只黑色的甲虫正在慢悠悠地爬着。

李维光坐不住了，咳嗽一声，走出了房门。门外黑暗中又传来一声很用劲的咳吐声，脚步就渐渐远去了。

段国斌躁了，手从裤袋里抽出来，两条胳膊狠狠交叉放在胸前，眼珠子一瞪：“老实告诉你！在我们造反派需要的时候，我们可以把你打倒，同样，在我们造反派需要的时候，就要叫你当‘革命领导干部’，非当不行！”

马延雄不说话了。他再能说什么呢？他眯缝着的眼睛继续望着窑顶。那只甲虫不知什么时候已经飞掉了。

这时候，侯玉坤苍老的声音开腔了：“老段啊，你看你！老马已经成了咱们自己人了，你怎还一吹胡子二瞪眼呢？往后，不，很快就要一块在革委会里工作嘛！咱革命造反精神强，老马有经验。咱们的革命造反精神和老马的经验搭配在一起，又有人武部胡政委支持，这个三结合，肯定能把咱县的革命搞好哩！叫黑指在一边干瞪眼吧……”他说着，痰在气管里响着，一边慢悠悠地走到马延雄身边，躬下干瘦的身子，故作吃惊地说：“啊呀！老马瘦成这个样子了？”

他扭过头来，像自己临时决定的样子对段国斌说：“老段！我看叫老马今晚上就回家吧！咱先不和他谈叙站出来的事了。先叫老马回家养几天身子，到医院看看病，罢了咱再说。你看行不行？”

段司令立刻说：“可以！”然后又带着施舍者的神气看了一眼马延雄，补充说：“你可别忘了革命造反派的恩情！”

侯玉坤又关切地躬下身子问：“老马，要不要派人把你送送？”

“……”

看再没有什么回答了，两人便互相递了个眼色，一前一后出了房门，走了……

马延雄挣扎着坐起来，摸索着穿上自己的破棉袄，用枯瘦的手按了按那个装地图和铅笔的破洞。

这时候，只听见外面的大铁门哗啦一声响，有一个尖细的嗓子喊叫说：“马延雄，快往出走！”

他呻吟着下了炕，靠在墙壁上喘了几口气，然后便一步步挪出了囚室。

他挪过了院坝，来到监狱的大铁门前。

他把自己火辣辣的头靠在冰凉的铁门框上，歇了好久，然后才又一步步挪出了监狱的大门。没有什么人监视，看来这是真的放他出去了。

旷野中第一口清冷的空气灌入了他的胸腔，使他感到一阵阵令人陶醉的眩晕。

现在，他站在监狱的外边了。他衣服褴褛，蓬头垢面，像一个流浪汉。明亮的月光映照出了他的脸庞，惨白得没有一点血色。

他眯缝着眼睛，贪婪地瞭望着远方群山的剪影，顺着古城墙下边的一条小路，蹒跚着向家中走去……

六

深秋的夜晚，除了个把秋虫的聒噪声，天地间一片死气沉沉。远处的山冈黑幢幢地屹立着，月光照出的半面山坡，收获过庄稼的土地显得很荒凉。城市是寂静的，但潜伏着危险。这时间，“孙大圣”和“千钧棒”们说不定在每一个角落里活动着。黑夜是属于他们的。

马延雄顺着城墙下的小路，步履蹒跚地走着。好在这地方荒凉，又是夜晚，所以没有什么人，他的精神暂时不那么紧张了。城墙上和小路边长得正茂的苦艾散发出浓烈的味道，直往他鼻孔里钻。

他在这秋草丛生的小路上走着，高一脚，低一脚，踉踉跄跄。脊背像背着一捆圪针，疼得万箭钻心。路啊路！你将通向何方？

对他这样一个为党奋斗了二十多年的人来说，党的命运、国家的命运、革命事业的前途，永远在他个人命运之上。目前社会的现实状况使他不寒而栗：天啊！怎么人民和人民打起来了？群众批他、斗他，他想得通，共产党员嘛，怕群众批评还行？可是，怎么坏人也起来斗上好人了？好人打好人，坏人打好人，这成了什么社会了！这样下去怎么行呢？

他有经验：党的历史上任何一次群众运动都会出现些不正常的现象，但到最后总是能纠正的。这次运动实在是太过火了，但他相信最后也一定能纠正的。他对党对毛主席的感情和信赖，是几十年革命斗争的血汗凝结成的，是不可动摇的。他个人挨打也罢，受气也罢，只要对党有好处，他也心甘情愿。

他，一个共产党员，一个党的县委书记，在这场史无前例的运动的不正常情况下，在这些流血的日子里，应该怎么办呢？他想：一个共产党员最基本的党性原则还不就是为大多数人民群众谋利益，保护人民群众，勇于为人民群众献身吗？他现在也完全应该这样做。当然，他知道他是当前全县矛盾的焦点，一切灾祸都可能由他身上引起。他个人又对现在任何事态的发展无能为力，他只有挨打和被批斗的份儿。但是，他在内心中要求自己：要在这最复杂、最困难的时候，尽他的一切可能保护人民群众，他不能胡说、胡表态、胡应承，不能为了自己的安危考虑，而造成人民群众的不幸。就是这个原则。他这样想着，走着；走着，想着。已经快到城墙的豁口了。出这豁口就到了城外，再下个坡，就是他的家。家啊！现在成了个什么样子呢？他三个月没有回家了。那三口人现在怎么样了呢？

正在他这样想的时候，路边的草丛里突然率率地钻出一个人来，一下子扑在他怀里，抱住他哇一声哭了！

这是一个女孩子的哭声，凄切而又可怜。他感觉到那个小小的脑袋在他的怀里痉挛地颤抖着！

啊，在月夜的朦胧中，他认出，这是他的女儿！是他的小梅！

他伸出两条枯瘦的胳膊，一把把孩子抱起来，他自己跟着又摔倒了。一颗石子正垫在脊背的伤痂上，痛得他几乎大声喊出来。

他咬着牙坐起来，头上沁出了一层冷汗。

孩子还在他怀里。她已经顾不上哭了，两只小手在他身上摸索着，一双惊慌的泪眼望着他，嘴里呢喃着："爸爸！爸爸！跌痛了没？跌痛了没？……"

他垂下头，把自己苍白的额头贴在孩子的额头上，亲昵地摩擦着。

半天，他才说："不要紧，不要紧……小梅，告诉爸爸，你怎么一个人这时候跑到这儿来了？"

孩子啜泣着，小嘴唇发着颤，说："妈妈的胃病又犯了，打发我到中学做饭的刘伯伯那里寻几颗止痛片。返回来时，我看见城墙根下过来一个人，我吓了一跳，还当是个讨饭的呢！后来才认出是爸爸……爸爸呀！"孩子又一次呜呜地哭起来。

两颗泪珠从他眯缝着的眼睛里涌出来，从白蜡一样的脸颊上淌下来，滴在了孩子的小脸蛋上。

一阵呜咽从他胸脯里升起，哽在了喉眼上。他不能放出声来！他又把这呜咽咽回到肚子里去了。他枯瘦的手抚摸着孩子的头，问："妈妈在家吗？哥哥在家吗？"

"妈妈在哩，病了，一直在炕上躺着。哥哥不在了，说划清界线哩，给人家造反派提糨糊桶哩……那天你游街，他还喊打倒你哩！可罢了，我见他藏到城壕沟里放开声嚎哩……"

马延雄鼻子一酸，带着颤音问："……那……谁给你们……闹粮闹柴……哩……"

"粮站不给咱家卖粮了，炭也只剩了一点点，我们一天才吃一顿饭，也吃不下咯……我也不敢到学校里去，也不敢到街上去，人家娃娃们打我，说我是狗崽子……"

她小小的肩头剧烈地耸动着，泪水像断了线的珠子在那张小脸上滚淌。在那大动乱的十年中，有一批孩子就是这样长大的。他们和父母共同承受着巨大的社会压力，在担心和惊怕中度过童年。

马延雄的心像刀绞一般痛楚。他想说几句安慰孩子的话，但他又能说什么呢？他枯瘦的手只是神经质地轻轻揪着她小脑袋上的羊角辫，嘴里喃喃地说："别哭了。小梅，别哭了。爸爸不是回来了吗？"

"咣！咣咣咣……"

一阵敲击金属的响声，突然从城墙的豁口里传过来。

悲痛的父女俩一惊：只见豁口里走出来一个高大的人，光头，驼背，嘴里机械地重复着一句话："我是三反分子高正祥，我是三反分子高正祥……"

"老高！"马延雄忍不住脱口喊出了声。

高大的驼背人猛地站住了。他迟疑了一下，跑过来了。

他站在马延雄的面前，把手里的铜马勺和拨火棍扔在了地下。

月光下，两个人互相扶抱在一起，久久说不出话来。

他们一同坐在路边的草地上。

马延雄打发小梅先回家去。他把自己的破棉袄放在一边，一只手轻轻搭在高正祥厚实的肩背上。

高正祥是这个县的县长。

他和马延雄从小在一起揽工，又一起起来闹革命。四七年打游击，马延雄是区游击队指导员，他是队长。以后他们又多年一起工作，既是老战友，又是亲密的弟兄。

老高是个直筒子，有时候在红总或者红指批斗他的会上，如果不符合事实，他就自己为自己辩护，甚至顶撞批斗他的人。为此，他挨了不少打。好在他身体结实，还没被打垮。

造反派们也抓不出他什么大问题，就任意扣了一顶"三反分子"的帽子，强迫他每天"自我游斗"，时间从每天早上六点开始，一直到晚上下一点结束。他每天就这样重复着那句"自报家门"的话，从满天星星走到星星满天……

"延雄，党……大概不要咱们了……"高正祥紧挨马延雄坐着，痛苦地开口说。

他说了这一句话，半天合不住发颤的嘴唇，铜铃般的大眼睛里泪光点点。这是一个感情激荡的年代，谁没有溢流过这感情的液汁呢?

他等待着马延雄回答。他相信他比他想得更远更深一些。

“老高，千万不要这样想。”马延雄吃力地拔起一棵苦艾，把那带泥土的根举在鼻前贪婪地吸吮着。

“党最终不会丢弃我们这些人的。到任何时候都应该坚决相信这一点。咱们应该自觉地把眼前的这一切，都看成是党对咱们的考验。”

马延雄把手里的苦艾倒过来，脸偎着它冰凉的枝叶，继续缓缓地说：

“咱们这一批人，在民主革命时期经过大的考验。历史证明，咱们经受住了。社会主义革命时期能不能经受得住考验呢？”他眯缝着眼睛望着他的老战友，“十几年来有过一些考验。但这‘文化大革命’也许是一次根本的考验，考验我们能不能把社会主义革命坚持到底……”

高正祥沉思着这些话，呆呆地说：“问题可能应该这样考虑，可是我咋也想不通：为什么有人不工作，没人斗，咱们拼命工作，却挨斗。拼命工作的人都成了反革命，不工作的人倒成了没问题的人……你看，咱们不知流了多少汗修起来的水电站，现在也成了‘黑水电站’了。他们就在明晃晃的电灯下说这电站是‘黑的’。真不要脸！为修这水电站，你把一个脚指头都叫石头剁掉了……而李维光屁都不干，现在却成了‘革命领导干部’了……再说吧，那些坏家伙为了把你打倒，红口白牙，全不顾事实，颠倒黑白哩！”高正祥一边说着，一边用拳头狠狠地捶着路边的草地。

马延雄丢掉手中的苦艾，亲切而严肃地看着高正祥，语重心长地对他说：“正祥，问题也不能光从一方面来看。十几年来，我们的确搞了许多蠢事，也的确积了不少问题。许多做法都伤害了群众的利益。党的干部身上也滋长了严重的官僚主义，有的甚至完全成了群众的老爷，群众心里有气嘛！就拿咱们县来说吧，搞了十几年社会主义，结果许多群众至今还少吃没穿！难道我们就没有责任？因此我们要正确对待群众，也要正确对待自己。要不，群众不打，我们也要垮台！只要我们时刻从群众的利益出发去考虑问题，大多数群众最终是会谅解我们的。当然，少数坏人乱扣帽子，我反感。不知你怎样，我是在心里有意无意给这些人记着账哩。但是，不能把这些人和群众的批判混在一起来看。老高，任何时候，都不要让不正常的情绪搅乱了正常的思考……”

高正祥睁圆眼睛望着马延雄苍白的脸：这个瘦弱的人，他的胸怀是多么宽广啊！

他把自己出过力的大手放在马延雄的膝盖上，轻轻地摩挲着。他的农民似的脸淳朴地对着马延雄，说：“延雄，我理解你这些话了，我们应该多检查自己的错误。不管我们自己受了多大的委屈，都不能失掉共产党员的觉悟。你的话很对，我们应该自觉地把眼前的一切看成是党对我们的考验。就是有些人把我们当反革命看待，自己也应该把自己当成共产党员来看，是不是这？……唉！不是你今晚这一番开导，说不定我明天就跳崖了。挨打受气不要紧，思想痛苦比什么都折磨人！”

马延雄把自己枯瘦的手压在高正祥的手上，满怀感情地说：“正祥，不要灰心，要撑下去！”

两个人从草地上站了起来。

月光下，他拾起了他的破棉袄，他拿起了他的马勺和拨火棍。

他们微笑着，无言地互道着珍重，情绪甚至有点激昂，不像是两个被批斗的“走资派”，倒像他们当年离开游击队的露营地，分头去执行任务……

七

马延雄的家在南城墙外土坡下的两孔土窑洞里。

这是一个地道的农民式的家庭：地下靠墙的一排瓷瓮，是盛水和腌酸菜的；窑掌一溜泥纸浆捶成的小瓮，是装米面的。墙上挂着割庄稼的镰刀和背庄稼的绳索；门后立着挖土的镢头和担粪的扁担。

不大的土炕上铺着半旧的炕席；炕席上面铺几条绵羊毛擀的毡。

马延雄光着上身趴在毡上，他老伴红汞水伴着泪水，正给他擦拭着脊背。小梅在旁边举着煤油灯。

煤油灯照出的这张中年妇女的脸，和她正擦拭的那个脊背一样，看了令人难受。这张脸反映的是一颗受伤的心灵。

她一边轻轻擦拭着，一边哭着，说着："……你长年不顾家，革命哩，闹共产主义哩，结果闹成个反革命了……你参加革命时，公家连一双鞋都不发，我在家里种地给你供粮，说是为了咱们的革命……为了革命，咱们什么样的苦都吃过，从没有过一点点的怨言。这而今就落了这么个下场……成了……反革命了……"

她说不下去了，扯过棉被给他盖上，头扭到一边，两手蒙住脸放开声哭了。

马延雄从枕头上撑起一条胳膊，抬起头，眯缝着眼睛，望着大放悲声的老伴，叫着她的名字说："玉兰，你相信我是反革命？"

哭声戛然而止。

她的两只手从脸上垂下来了。那痛苦万状的脸陡然间变得非常激动。她几乎是对他嚷着说："不！你当娃娃时就跟毛主席闹革命，你没做过坏事，你没给咱家拿过公家的一根针，你不要怕！就是党的政策变了，说你不能革命了，那咱就回家去，回家去当农民！咱本来就是农民……"

马延雄望着这张激动的脸，一种十分深厚的爱从心头升腾起来。

他重新躺下，觉得浑身舒坦，脊背似乎也疼得不那么厉害了。

外面充满了惊涛骇浪，家照旧是温暖的。他想：他今晚要舒舒服服睡一觉了。这是多么难得的幸福啊！他已经多少天没睡过一个安稳觉了……

“笃笃笃！”

一阵轻微的敲门声打断了他的美好愿望。这令人心惊的敲门声又把他带到不安稳的世界中来了。

“是‘孙大圣’？是‘千钧棒’？……”他心中惊骇地想。

小梅哭了。这可怜的孩子，一点细微的响声在她听起来都像炸弹一样可怕，都可能是大难临头。

他老伴用发颤的声音问：“谁呀？请进来……”

“你们睡下没？”一个似乎很陌生的声音在门外问。

“没……”

门开了。进来了一个四十多岁的人，高大个，串脸胡，粗眉毛，一身家织布衣服，扎一根老蓝布腰带，头上包着一块很脏的羊肚子手巾。

这人站在屋当中，一眼瞅着炕上睡着的马延雄，肩膀上扛着的一个很沉的口袋滑落下来，咚地掉在了地上。一张粗糙的脸因吃惊而剧烈抽搐了。

马延雄也撑起胳膊，抬头望着来人。

两个人几乎同时叫起来：

“老马！”

“秉奎！”

这个黑胡巴碴的庄稼人和县长高正祥一样，对马延雄来说，像弟兄一样亲。他是离县城最远的双庙公社（而今改名叫“红卫公社”）柳滩大队的党支部书记。那里是全县最穷的地方，也是他长期蹲点的地方。六七年的时光里，他在那里洒了多少汗水呀。一个兔子不拉屎的地方变成了全县的农业先进典型——当然，现在已经是他的“黑典型”了。

柳秉奎双手怎么也压不住，马延雄硬是挣扎着坐起来了。他吩咐老伴和小梅：“小梅，给你柳叔叔拿烟。玉兰，赶紧给老柳做饭。”

他亲切地望着柳秉奎，说：“秉奎！你忙得从不进县城，也没来过我家。你快说，你是怎来的？”

柳秉奎坐在炕沿上，接过小梅递上的一根纸烟，在煤油灯上吸着，说：“咱那里传说城里有一伙子坏东西把你关到禁闭室里了，消息闭塞，前几天才听说的。全村人都急得滚油浇心哩！大家都要来城里看你哩！我想这如今兵荒马乱的，怕大家出了事，叫我劝说住了，我就代表他们来城里看你了。我想就是见不上你，把你家里的人看看也好。你看，”他指了指掉在地下的那个口袋说，“我还给你背了一口袋白面。听说那伙子坏东西把你们家的粮食都停了，真是作孽哟！”

说到这里，他突然从炕沿上溜下来，三步并作两步奔到锅台边，双手挡住准备做饭的玉兰，嘴里连连说：“好大嫂哩，不要做了，你随便拿点干粮我吃两口就行了。黑天半夜的，千万不要动烟火，这如今风声紧！”

马延雄、玉兰怎说他都不让做。

玉兰只好从窑掌的箱盖上取来一个榆条编的小筐，迟疑着放到柳秉奎面前说：“他大叔，干粮不好，你……将就着吃点吧！”

柳秉奎从筐里拾起一个焦黑的麸皮馍，举在灯前一看，两道粗眉毛拧在了一起，张开的嘴半天说不出话来。他心里说：老马啊！那几年你常说，要把我们农民碗里的黑疙瘩换成黄疙瘩、白疙瘩，如今把黑疙瘩换到你碗里来了！

马延雄一直在亲切地看着柳秉奎。他往他身边挪了挪，问：“柳滩烂包了没？”

“没！”柳秉奎咬了一口黑馍，一边吃，一边说，“就黑三小子一个跑到城里来了。你大概见了吧？你蹲点时整治了他的投机倒把，他是跑到城里报复你来了。另外还捎带着搞黑市生意哩！除这小子，咱队上所有的人都上山劳动着哩。他谁也不要想把我们搅乱。大家心里清亮着哩：城里人不生产能吃上饭，农民不劳动就要喝西北风！”

“旁的村怎样？”

“有烂包了的。但据我知道，大部分农民还都在土地上哩。”

“好！”马延雄脸上露出了宽慰的笑容，把身子又往柳秉奎身边挪了挪，眯缝着眼睛，激动地说，“秉奎，就要这样干。十六条里也有抓革命、促生产这一条。任何时候，都不敢把生产放松了。尤其是眼下，如果农民也不种地了，那咱们这个国家就完了……村子前砭上那个水库修起了没？”

“上个月就修起了，还放了七万尾鱼苗哩！”

“啊……”马延雄轻轻叫了一声，抬起头痴呆呆地望着窗户，好像看见了远方那一库碧波荡漾的绿水。

他嘴里喃喃地念叨着：“什么时候我能去看看就好了……”

柳秉奎已经吃完了馍，他一展脖子喝了一大碗温开水，抹了一把黑胡楂子脸，眼睛闪闪发光看定马延雄，说：“干脆！我说老马，你悄悄跟我走，到咱柳滩去，他谁也不要想找见你！”

“走得迟了！”门外突然传来一个人的声音，把柳秉奎的话打断了。

门掀开了，进来一个戴眼镜的人。

八

就像一盆子水泼熄了一堆火，满窑里霎时死气沉沉。

戴眼镜的人一进来，傲然地在窑里扫视一圈，然后对惊呆了的柳秉奎说：“你出去吧，我们有事要谈。”又转身关切地对炕上的马延雄说：“晚上才把你放出来的？”

马延雄对他点点头，转脸对就要走出门的柳秉奎说：“秉奎！你回去给大家说，我不要紧，叫乡亲们别操心……”

柳秉奎一步一回头，沉重地说：“你……多保重！”

他恋恋不舍地跨出了门槛。

戴眼镜的人现在坐在炕边上了。

玉兰和小梅惊慌地给他冲茶、递烟；他两手连连摆动，一一拒绝了。

他先是轻淡地对马延雄说：“关于黑总决定放你的消息，我们的‘内线’中午就把情报送到了总指挥部……”

他把眼镜取下，掏出手绢揩了揩镜片，又重新戴上，语气激昂了：“这是黑总一个十分恶毒的计划！他们企图利用你来压倒我们。嘿嘿，狗头军师侯玉坤想得是美。但是，难道我们就是吃干饭的？我们要让他们的阴谋彻底破产！”他的右手在空中狠狠一挥，几乎把炕上的煤油灯扇灭，好像“阴谋”在这一击之下就“彻底破产”了。

这个前县委宣传部干事、现在的红色造反总指挥部的总指挥高顺，从炕沿上下来站到了地上，像做报告似的给马延雄讲起了本县两派当前的形势。

“当前，”他把这两个字先搁到一边，伸手从炕上拿起刚才拒绝了的纸烟，用打火机点着，喷了一口，才又说，“我县革命与反革命的形势发生了很大的变化。地区黑老总最近抢了军分区的武器弹药，准备在全区向我红指进攻。估计不久，有一部分武器弹药就会运送到咱们县的黑总手里。在这一形势下，黑总的‘狗头军师’侯玉坤策划了一个恶毒阴谋。一方面，他们企图用武力打垮我英雄的红指；另一方面，准备‘解放’你来争取农民，也是要孤立和压垮我英雄的红指。用战略眼光看，他们总的目的是要一派成立县革命委员会，一派掌权。针对这一形势，我们也要用革命的两手来粉碎他们的反革命两手！我们革命的两手是什么呢？这就是：第一，我们在目前的不利形势下，为了保存革命的实力，决定把总指挥部机关和我们所有的骨干力量转移到石门公社去。那里山势险要，易守不易攻。在万一情况下，也有退路：东渡黄河，到山西省去。第二，我们要把你也带上。我们也要解放你，是货真价实的解放。希望你和我们团结在一起，战斗在一起，胜利在一起！就是这些。什么时候行动呢？就在今天晚上，就在现在！”

高顺演说完，把烟屁股轻轻一丢，两手交叉着放在肚子上，眼睛透过近视镜片，看着马延雄。

玉兰和女儿已经在灶火旮旯里大声哭开了。

从高顺的突然出现，马延雄就感到没有什么好兆头。现在他听了这个自信而又自负的总指挥的话，感到一切比预料到的还要坏。

当两派批斗他的时候，为了显示各自的造反精神比对方强，他们比赛着看谁把他批得更狠，斗得更凶。而现在他们为了抢着掌权，又争先恐后地比赛着看谁把他“解放”得更“彻底”。而这种“解放”对他来说，比斗他、打他更可怕！把他斗死、打死，死的是他一个人；而眼下这状况再发展下去，谁知道有多少人要遭殃呀！他想到将要出现的群众互相残杀的局面，心头不禁一阵颤抖。

他对高顺说：“高顺同志！你们两派之间的事我不能说什么，但你们把我带走是不合适的。你们批我，斗我，我都接受。但我不能跟你们去，这样一定会加深两派群众组织的矛盾。我是靠边的当权派……”

“那么，你准备像李维光一样，给黑总表态呀？当这个反革命组织的黑后台老板呀？”高顺咄咄逼人地问。

“高顺同志，请你相信我，我不会让我自己的行为伤害了你们这方面的革命群众。同样，我也不能站到你们这一边，伤害了那一方面的革命群众……”

“算了，算了！”高总指挥不耐烦地摆摆手，“你说什么也不顶事了。为了你，我们的‘千钧棒’已经把南城墙控制了。兵贵神速。我们的第一批人马已经出发了。我是专门留下奉陪你的。快收拾一下起身吧！黑总那面对我们的计划已经有所察觉，晚了会出大问题。快点！今天你好走也得走，歪走也得走！”

小梅跳上炕，扑在爸爸的怀里，大声嚎啕，嘴里一股劲喊：“爸爸！爸爸！我不让你走，不让你走！……”

马延雄嘴唇哆嗦着说：“高顺同志！不能这样啊，这样不行啊，这样会产生严重的后果！……”

高顺扶了扶眼镜，朝门外喊：“来人！”

七八个“千钧棒”的勇士破门而入，并且还抬进来了一副担架。

高顺指着担架说：“我们知道你走不动，特意为你准备了这东西。怎么样？对你够意思了吧？快走！”

马延雄还想说什么，只见高顺手一挥，四五个“千钧棒”已经奔到炕上来了。他们有的抱腿，有的扯胳膊，把马延雄生扯硬拉抬下炕，放进担架，拿军用皮带把他和担架捆在一起，然后抬起就跑……

玉兰一头晕倒在灶火旮旯里了！小梅哭着追到门边，又哭着跑回来扑在了妈妈的身上……

就这样，马延雄从狼窝里出来，又落进了虎穴。他曾有过一个小小的愿望：就是能安安稳稳睡一个晚上的觉，但他连这么一点点的权利和资格都没有！

九

三天以后。

秋雨刷刷地下着。细密的雨丝在天地间织起一张灰蒙蒙的幔帐。地平线消失了。褐黑色的云朵依傍着山冈，天很低，视野也只有极狭小的一圈……

县城在一片紧张而恐怖的气氛中度过白天和黑夜。“孙大圣”们手里提着从体委库房里拿出来的垒球棒，腰里别着从县机械厂拿来的三棱子刮刀，在街巷里巡逻，在城门洞口盘查行人。

街道房檐下的墙壁上，刷满了赫然的大标语：“血洗石门！全歼黑指！活捉马延雄！”

一张故弄玄虚的“通缉令”立即从县印刷所飞出来了，在省城和全省大大小小的城市里、交通要道口上张贴，上面盖着“红色造反总司令部”碗口大的印章——

通缉令

我县死不改悔的走资派、三反分子、原县委书记马延雄，于一九六七年十月二十三日夜晚二时左右畏罪潜逃。希各地无产阶级革命造反派大力协助，以使我们尽快捉拿罪犯归案。

该犯特征：身材瘦小，脸苍白。身上有三处旧枪伤和一处刀伤。

罪犯潜逃时，上身穿旧黑咔叽中式夹袄，白粗布衬衣；下身穿发白的旧劳动布裤子，膝盖处和屁股后面都补有大补丁。脚穿本地农村的“实遍纳”鞋和一双驼色绒线袜。

各地如有捉拿到此犯者，请立即通知我部解押。捉拿时如遇罪犯负隅顽抗，可以立即就地处决！

此令！

公元一九六七年十月二十四日

二十七日早晨，红总在县人委礼堂召开全体大会，传达“中央首长重要讲话”。

从昨天晚上半夜里开始大起来的雨，一直没有小下来。黎明以后，县城笼罩在一片水雾中。

街道上，朦胧的雨雾里走过一队队的人影；哗哗的脚步声和令人心惊肉跳的口号声在风雨中传荡着。

为了壮威，每次开会，红总都要将所属各系统的“战斗兵团”统统集合到河边的体育场，然后再一队跟着一队，喊着口号，穿过本城的主要街道，才进入会场——半山坡上的人委大礼堂。

今天雨大，侯政委企图说服段司令是否免了这个老规程。但段司令咆哮着反对：“今天的会议不同寻常，别说是下雨，就是下刀子也要按老规程办！”

现在，一队又一队的人马，像一根绳子一样，不断头地从体育场往人委礼堂的门里伸去。

能容纳一千人左右的礼堂建造得早，除了后来新修的舞台，几乎没有什么水泥材料。墙壁是用青砖砌起的；顶部由一些粗大的木料用大铁马横接起的巨大三脚架来支撑。十五个大三脚架等距离间隔排列。没有天花板。从座椅上仰头看，屋穹上巨大的木料横七竖八扭接在一起，像一些正在厮打着的巨人的胳膊腿，而且好像眼看就要塌到你的头顶上来。总之，这座建筑物所有构成的线条都给人一种粗鲁的感觉。

礼堂两壁的窗户，玻璃不知什么时候就被打得七零八碎，潮湿的风呼呼地对流着。舞台在礼堂的西头。台上唯一的一道紫红幕布扯在两边，露出了后台墙壁上两派歪七竖八用各种颜色涂写的各种大标语。如果从礼堂东头的门里进来，整个舞台活像古戏里一个龇牙咧嘴面目狰狞的大花脸。

再没有比这个建筑物更能和这个会议相协调的了。在这个构造粗鲁的建筑物里，将要开一个同样粗鲁的会议。

当红总的大队人马进来以后，各战斗队之间立刻就互相拉歌、唱歌了。喊声和唱声混成一片巨大的声响，简直分不清哪是唱，哪是喊。

正当这巨大而杂乱的交响进行到高潮的时候，一阵像钢铁互相撞击似的喊声，从礼堂门外传来了。这声音压倒了礼堂里的所有喊声、唱声，甚至使这些声音渐渐停息了。满礼堂人竖耳静听：妈呀！是“孙大圣”来了！

现在，“孙大圣”的队伍进了东门。

阅兵式的步伐伴着震天动地的口号，骄傲地穿过礼堂中间的走道，向台前挺进！因为是内部会议，他们没带垒球棒和刮刀。但每个人脸上的杀气和这支队伍的蛮横劲，比拿着武器更叫人望而生畏。

这四十来个“特种兵”，坐在台下最前边为他们专门准备的两排“特座”上了。

他们的屁股刚一挨板凳，队长金国龙就张开毛楂楂的嘴巴向他的这支队伍命令：

“全体起立！唱林副统帅语录歌！一、二，唱！”

“在需要牺牲的时候，

要敢于牺牲。

（喊：完蛋就完蛋！）

上战场，

枪声一响，

老子今天就死在战场上了！

（喊：完蛋就完蛋！完蛋就完蛋！）”

唱完后，金国龙吼了一声：“坐下！”两排人就像按了一下电钮，刷地落座了。

这时，大家看见侯玉坤迈着老态龙钟的步子，从台角幕布后面慢慢踱出来了。他一边走，一边吐出一口烟来，然后脖子向前一伸，又把吐出来的烟吞回去。

现在他两道鼻孔里飘散着烟雾，站在了空旷的舞台前，两条瘦胳膊抬起扇了几扇。

等全场完全静下来，他苍老的声音开言道：“革命造反派的战友们！同志们！开会前，我首先报告大家一个好消息：地区红总，今天派来了三位革命造反派战友，来出席我们这个会议。”他拿纸烟的右手向台角幕后边招了招，三个陌生的彪形大汉就走到台前，脚跟一并，举手向全礼堂致敬——姿势像篮球场上犯规的运动员一样。礼堂里响起吼雷一般的掌声。

接着，和刚才“林副统帅语录歌”完全不同调子的歌声在全礼堂亲切柔和地响起来：

“革命战友你们好，

革命战友你们好，

向你们学习，

向你们致敬，

学习你们的造反精神……”

那三个人一边招手致意，一边倒退着回到了幕后边。

侯玉坤又习惯性地抬起两条瘦胳膊上下扇了两扇，说：“革命造反派的战友们！同志们！现在，请我们的总司令段国斌同志，给大家传达中央首长的重要讲话精神！”

掌声中，侯玉坤转身往幕后走，威风凛凛的段国斌来到了台前。

段国斌两手揣在裤子口袋里，黄眼珠子把大礼堂里的一片脑袋扫视了一遍；又从这一片脑袋扫视到穹顶横七竖八的梁架上，最后才把目光又落到台下的一片脸上。

他挺硬站着，像倒栽起来的一台碌碡。全身不动，只有嘴巴动开了：

“战友们！目前，‘文化大革命’的形势有了根本的转折！据红都来电说，不久前，'文化大革命'的英勇旗手、我们敬爱的江青同志，在一次讲话中，号召我们造反派要文攻武卫。

"文攻武卫，这个精神说出了我们造反派的心里话！江青同志真是和我们造反派心连心！

"恩格斯说：'革命就是一部分人用枪杆、刺刀、大炮，即用非常权威的手段强迫另一部分人接受自己的意志。'"他背诵完这段恩格斯语录，扭转头向台角幕后面喊：

"老侯！老侯！这段语录在恩格斯的哪一篇文章里？"

幕后传来侯玉坤苍老的声音："在《论权威》里面……"

"对！在《论权威》里面！"段国斌兴奋地叫道，接着又说，"我们伟大的导师、伟大的领袖、伟大的统帅、伟大的舵手，我们心中最红最最红的红太阳毛主席也谆谆教导我们说：'枪杆子里面出政权。'所以，文攻武卫这个口号完全符合马克思列宁主义、毛泽东思想！根据这个精神，为了适应变化的形势，我红总要立即转入战时状况。从现在起，所有的战斗兵团，所有的工作都要进入军事道路。总司令部已经把机构重新弄成了四个部：武卫部、后勤部、宣传部、组织部。会议尾巴上，侯政委将宣布各部的成员和正副部长的任命。"

现在，他脸上严峻的神态换上了欢欣鼓舞的表情，精神振奋地提高了嗓门：

"同志们！战友们！现在，我们的形势是一片大好，越来越好！大家知道，黑指已经在二十三号晚上狼狈逃窜，钻进石门公社了。他们的内部现在江河下日、分离崩析！"

当他一连说错两个成语之后，台下传来一片哄笑声。段司令以为是他的精彩演说鼓舞了大家，立刻又加添说："而且是暮穷日途！"

哄笑声此起彼伏，快把礼堂顶子给掀了。

段司令更来劲了。他两只手从裤子口袋里掏出来，粗而短的腿有力地跨前一步，两条胳膊在胸前不协调地一上一下扇着，嘴里学着电影里列宁的语调说："安静一点，战友们！安静一点，战友们！……"等哄笑声停下来，他像开头一样，眼珠子从会场扫视到屋顶，又从屋顶落到会场。脸上的表情从欢欣鼓舞又变成严峻的了。他开口说："虽然黑指快要灭亡了，但是他们一定要垂死挣扎的！另外，据我情报人员侦察，三反分子、死不改悔的走资派马延雄已经公开表态支持了黑指，现在正在石门公社为黑指坐镇指挥，准备向我英雄的红总反扑，梦想恢复他失去的天堂。'凡是反动的东西，你不打，他就不倒'，战友们，今天这个会议就是血洗石门，活捉马延雄的誓师会！我们要紧急行动起来，准备武装斗争！"说到这儿，他声嘶力竭，唾沫星飞溅，"地区红总今天来了三位战友，他们说马上就给我们运送大批武器弹药来。'枪杆子里面出政权'嘛！我们要用武力解放石门，在全县建立革命政权！我们一定要把三反分子马延雄活捉回来！因为他是我们斗争的大方向，他一跑，就等于我们的大方向跑了。我们一定要把他捉回来，把我们的大方向捉回来，要把他最后推到革命的断头台上，扔进历史的垃圾堆里！……全体起立！跟我呼口号！"

全礼堂的人哗地站了起来。

段司令振臂高呼："文攻武卫！"

"文攻武卫！"全礼堂呼应。

段："全歼黑指！"

众："全歼黑指！"

段："活捉马延雄！"

众："活捉马延雄！活捉马延雄！……"

口号声震天动地，会场的爆炸气氛达到了高潮。

当大家喊完"活捉马延雄"，正准备接应段司令的下一句口号时，突然发生了意外情况：只见段司令刚才举起的拳头还在空中举着不动，刚才张开的嘴也还大张着，眼痴瞪，脸煞白，直挺挺地僵在了那里——这是一种只有发了猛病的人才有的现象。

全场人都愣了，望着他们痴呆了的司令，不知他在这一刹那间发生了什么事。

是心脏病犯了？是胃溃疡穿了孔？

侯玉坤急忙从台角里跑出来，刚走几步，得，也僵了。

天啊！这是怎么啦？

渐渐地，大家才从台上这两个僵立着的人脸上看出，似乎是大家的身后发生什么了不得的大事了。

于是，肃静中，一大片向西的脸纷纷转过来向东看：啊？这是多么令人不可思议的事啊！

全场人都目瞪口呆地看见：他们刚刚呼喊着要“活捉”的马延雄，现在就站在礼堂的门口！

他站在礼堂门口，穿着正如“通缉令”所描述的那一身衣服，只是浑身透湿，糊着黄泥糊子。两只脚是两个泥疙瘩，看不清到底穿没穿鞋。蜡白的脸上带着倦意，一绺湿淋淋的头发零乱地挂在额前，右边耳朵下的一个地方，似乎还带着一片擦伤的痕迹。

他从哪儿来？他怎么能在这样的时刻，站到了这样的地方？

啊！这个世界上什么样的事都能发生！

现在，且让我们先搁下这个鸦雀无声的会场，逆着马延雄的脚印往回走，看他是怎样一步一步走到这个门口的……

十

……夜，黑沉沉的。雨，淅淅沥沥。

马延雄垂着头，在灯前的土地上来回走着。墙壁上他高大的投影晃荡摇曳。

他走着，脚步是匆忙的，像他平时在乡村的山路上一样，似乎有许多急事要他赶紧去办。

他一头撞在门板上了！他猛抬起头来，一双眯缝着的眼睛长久而迷惑地望着这门，望着门缝外边的那一把大铁锁，那两片没有血色的嘴唇便剧烈地抖索起来……

这已经不是在县监狱里，而是在石门公社的兽医站了。

宝贵的自由他只享受了几小时就又失去了。他甚至没有能好好看几眼他亲爱的玉兰，也没来得及向她问问儿子的情况——可怜的孩子！为了有他这个爸爸，现在正在白眼和辱骂声中提着糨糊桶子……

可是，比这更大的痛苦是：他不知道全县的形势将会怎样发展。作为一家之长，他只为三个人负责；作为县委书记，他要对全县十三万人民负责。

可是，现在他又能做些什么呢？

眼下，两派就像两扇疯狂转着的石磨，他像这两扇石磨中间的一颗豆子。如果能使这两扇磨不咬在一起磨擦，他这个“豆子”就是粉身碎骨，磨成面，他也心甘情愿，乐而为之。可是，他这颗小小的豆子能隔开这两扇磨吗？能使他们不贴在一起互相磨擦吗？

答案是肯定的：这是一个社会性的动乱潮流，他个人改变不了这个局面。

那么，这样看来，他是不是不应该做这一颗“豆子”呢？是不是应该从这两扇磨中间蹦出去呢？

答案也是肯定的：他不能“蹦”出去！他可以蹦出去，但不能蹦出去！他是共产党员，是党的县委书记，他不能离开这暴风骤雨，去为自己寻找避风的港湾。也不能像李维光那样，为了给自己找一顶保护伞，不惜卖身投靠，使两派群众的矛盾冲突加深。

那么，他应该怎么办呢？

他头顶在门板上，从门缝里惆怅地望着黑漆漆的雨夜。

没有哪个上级领导能够给他直接指示什么。省委、地委和县委一样被砸烂，被夺了权。他听不见广播，看不上报纸，党中央对目前运动的所有精神他都不能知道。他只能靠自己共产党员的觉悟来判断眼前的一切。他已经到了这样的时候：没有上级，也没有下级，他是一个单兵在作战！

这处境，这状况，眼前也不是他马延雄一个人，千千万万的人都处在这样的境地中：一切要靠自己来领导自己，指挥自己。这是一场肉体的考验，更是一场灵魂的考验。是纯真的还是卑鄙的？是崇高的还是低下的？是为党和人民勇于牺牲还是为个人的利益而投机取巧？两条路只能走一条，每个人都必须选择。

严酷的现实要每一个人把自己的心灵都赤裸裸地袒露在它面前。

门外面飘着轻风细雨，马延雄的内心里却掀起了狂飚激浪……

现在，他从门板上抬起了头，额上冒着热气，苍白的脸上汗渍渍的。

他来到油灯前，用袖子揩了揩脸，坐在炕沿上。灯光映出紧张思考而发过烧的脸颊，苍白中带着一点淡红色。

他这样坐了一会，突然像记起了什么，两只手神经质地在身上乱摸。

摸了半天，手无力地垂下了，破棉袄没有带来！地图、铅笔，这两件宝贵的东西不在他身边了！

他失望地长叹了一口气。

叹息之余，他似乎听见门缝里传来一个很细微的声音。在这个封闭的世界里，任何一点响动都能牵动他的神经。他刚开始以为是蚊子发出的响声，但一想现在已是深秋，哪来的蚊子呢？

他又侧耳细听，这下听清楚了：天啊！这竟是一个人的声音！

谁？他的心一缩。没听见院外开大门的声音，怎么会有人出现在他的窑门口呢?

他紧张地走到门后，从门缝里往外看：只见一个黑糊糊的身影半蹲在门前。

为了看清那人的脸，他也在门后半蹲下来。当他眯缝着的眼睛和门外黑暗中一双闪闪发光的眼睛对在一起的时候，惊诧得几乎使他跌倒在地上。啊，是柳秉奎?

这人正是柳秉奎。

他怎能像天兵一样降在这个地方呢?

秉奎现在正轻轻往上抬着门。乘这个当儿,我们先来交代几笔——

马延雄被红指拉走后，柳秉奎第二天在县城的街道上像一个丢了钱财的人，前街跑到后街，又从后街跑到前街。

县城一片杀气腾腾，红总正积极准备攻打石门。一场恶战眼看就要爆发，重新陷入囹圄的老马性命难保!

他满头大汗在街道上颠了一天，不知自己该怎么办！他又怕他们村的黑三碰上他。要是叫这个投机倒把分子看见，叫来一群“孙大圣”把他踩不死才怪哩!

他赶忙进了街角的公共厕所，在那里想了半天，最后才拿定了主意。

他先拿自己随身带的一点钱，在城边一个村里冒雨买了几担干柴担到马延雄家里；又把他家大小水瓮全部担满。二十五日，他又到北边一个小镇上找一个有名的老中医，给病重的马延雄的老伴抓了一服中药。

二十六日，乘没人时，柳秉奎在街角上揭了一张“通缉令”塞到怀里，便急急忙忙冒雨向石门赶来了。

他要营救马延雄！残酷的现实在几天之内把这个农民变得像“绿林好汉”一样。

到了石门公社，天还没黑。周围山头上到处都有红指挖工事的人。看来他们也准备硬打了。老马凶多吉少！

在一个山洞里挨到天黑，这个光明磊落的共产党员像贼一样溜到了公社下面的兽医站附近——他半路上打听说老马关在这里。

大门上有人站岗。

他从前墙根溜到后墙根，攀着一棵老榆树上了墙头。他把老蓝布腰带解下，拴在老榆树的一个枝杈上，把自己吊到兽医站的院子里了。刚一落地，他就连滚带爬来到了这个门前……

现在，秉奎已经把一扇门轴轻轻从轴凹里抬出来了。

他从抬开的门旮旯里轻轻挤进来，又轻轻将门抬进轴凹里。

他用两只庄稼人粗壮的胳膊搂住了马延雄的瘦肩膀，紧张地看着他，激动的泪水汪满了他的眼睛……

他把马延雄拉到灶火旮旯里，从怀里掏出那张“通缉令”。

灯光照不到这里，马延雄几乎是把通缉令蒙在自己的眼睛上看。看完后，他出神地思考起来。

柳秉奎把自己胡子巴碴的嘴紧贴在马延雄的耳朵上，急促地说：“老马！红总为了捉住你，马上就要进攻石门了。红指也正在山上挖工事哩。情况非常紧张，赶快跟我往外跑！跑出去到咱柳滩去。你知道咱村后崖沟的半山崖上，有四七年老百姓躲胡宗南的崖窑，你藏在那里边，我们给你送吃喝，保险他那个瞎熊也找不见你。快走啊，老马！”

马延雄抬起头望着他说：“秉奎，你先别紧张。你告诉我，这几天城里再有没有人遭殃？”

“没听说什么。我就听说红指把你拉走后，红总把县上大大小小的领导干部都关了禁闭，怕红指再来抢哩。噢，我在来石门的路上碰见党校的老杨来着，就是党校的杨培民校长，我上过党校，认得他。”

“老杨？”马延雄的一只手一把抓住柳秉奎的胳膊，使劲摇着问，

“他怎啦？快给我说！”

心急如火的柳秉奎只好咽了一口唾沫，喘着气悄声说：“老杨昨夜晚被一个看守监狱的红卫兵学生偷偷放出来了！那红卫兵的父亲就是这石门公社一个大队的书记，困难时期他上过几回党校，交不起伙食费，都是老杨给垫的。他念老杨的恩情，因此，到城里硬逼着儿子偷偷把老杨放了。他准备亲自护送老杨过黄河，从山西转路把老杨往关中老家送。我在路上碰见他们了。哎呀，你可不知道，老杨已经瘦成一把干柴了，眼镜片和眼镜腿都用胶布粘着，病得连路都走不动了，一路上都是那个农民拿胳膊架着。老杨听说我来寻你，泪珠子直淌，嘱咐我无论如何要把你救出来。说把你救出来后，千方百计送到他们关中去……”

马延雄长长出了一口气，手在脸上痛快地抹了一把，激动地对柳秉奎说：“秉奎，你带来了坏消息，也带来了好消息。你听过老杨的党课吗？听过？老杨的马列主义理论水平不光咱们县再没有第二个，就是全地区也是数一数二的。可他一直多病，是全县中层干部里身体最差的一个，我一直担心他经不住折磨，这下可就好了！”

门外的铁锁被风吹得咣当一声，柳秉奎打了个冷战，两只手紧张地捉住马延雄的一只手，使劲摇着说：“好老马哩，咱赶快走吧，再不敢耽搁时间了！”

马延雄一只手的指关节顶在鬓角里狠狠拧了几下，突然扭过头轻声问：“能出得去吗？”

“能！”柳秉奎铁一样的下巴朝门外扬了扬，说，“咱翻墙过，我的腰带还在榆树上拴着哩！”他的两只眼睛闪闪发光。

马延雄指关节顶在鬓角里，又出神地思考起来。

柳秉奎两眼盯着他，右手狠狠地拧着自己腿上的肌肉，紧张使他的身体像一台发动了的拖拉机，急剧地颤抖着。

马延雄突然转过苍白的脸，向柳秉奎坚决地做了个走的手势。

柳秉奎粗壮的身子顿时伶俐得像一个运动员，呼地蹿到了门口。

他趴在门缝里向外看了看，然后麻利而不出声地把门轴从轴凹里抬出来。

现在，他们来到院子的墙根底下了。柳秉奎两条粗硬的胳膊将瘦小的马延雄一把抱起，一举手把他放到了墙头，他自己也揪着腰带上来了。

他从树上解下腰带，两把缠在腰里，顺树干先溜到了墙外。他又在墙外举起胳膊，把马延雄轻轻接了下来。

两个人影很快就消失在雨夜里……

十一

夜黑。路滑。雨紧。

两个人摸索着跋涉，谁也不敢说话。好在马延雄对这些地方很熟，他走在前面，拉扯着路生的柳秉奎，上坡下沟，跌跌爬爬，已经穿过了好几个村庄。

马延雄在黑暗中一边走，一边急促地喘息着。他们从路边摸下去，来到一个大石崖下。他们紧挨着坐下了。这里既避雨又避人，好地方！

石崖下边的小河涨水了。细细听起来，雨夜是一首动人的乐曲：轻柔的风雨声使人想起二胡的鸣奏，叮咚的小河水叫人觉得像三弦在弹拨。

柳秉奎紧挨马延雄坐着，兴奋的情绪使他非常想抽一袋烟，但不敢划火柴。他掏出布烟袋凑到鼻子前，狠狠闻了几下。他打了一个喷嚏，摸了一把毛楂楂的脸，揉了揉鼻子，带着笑音说：“老马！赶天明咱就能走到寺河村。那村里有我个姐姐，明天白天咱就在那儿住上一天，天黑再起身。赶后天天不明准能到柳滩。”

他又将布烟袋凑到鼻子前闻着，一伸脖子准备再痛快地打个喷嚏——但没有能打出来，因为他听见马延雄说：“秉奎，你回家去吧，我准备回县城。”

柳秉奎吃惊地叫了：“啊呀，好老马哩！你怎敢进城去？城里能藏得住吗？还是藏在柳滩保险！”

马延雄平静地说：“秉奎，到城里我也不藏。我直接找红总去。”

“啊？……”像一股冷风灌进了柳秉奎的腔子里。他的胡楂嘴在黑暗中大张着，说不出话来。

半天，他才惊恐地发出一连串的问话：“为什么？老马，你疯了？你寻着往虎口里走吗？你这是为的什么？你怎么突然变成了这样？你原来不是要跟我到柳滩去的吗？”

马延雄尽量压着自己的情绪，仍然语气平静地说：“秉奎，我这不是现在才决定的；在兽医站的窑洞里就决定了，就是为了这我才跑出来的。当时时间紧迫，没办法给你说明……”

憨厚的秉奎这一下子才明白了过来，他在黑暗中大叫着说：“老马！这可万万使不得啊！人家正要捉你哩，你怎能寻上门叫人家捉呢？”柳秉奎急得站起来，又蹲在了马延雄的对面，两只手放在他的膝盖上，胡楂子脸快要凑到他的脸上了。

马延雄伸出两只瘦弱的手，在黑暗中摸索着捉住了柳秉奎的两条粗胳膊，情绪激动地说：

“秉奎！你的心情我完全理解。你是我的好兄弟！我永远忘不了你的一片深情厚意。我愿意和你这样的人同生死，共患难！你叫我藏在柳滩的崖窑里，这样的确安全，可是不能这样做。我是党员，是县委书记，在这样大的群众运动中，在这样复杂混乱的局面下，我能为了保全自己离开前线吗？打个比方说，你们村里有两个人打架，秉奎，作为大队书记，你能为了自己安然就躲开，就不去劝架捉架吗？不能吧！你必须要冒着准备挨两个人的拳头去劝，去捉。尽管两个人都因为有了你而没把对方打美气，可能当时都怨恨你。但也许过了很久再回想起来，他们会从心里感谢你的……当然，我现在面对的不是两个人打架，而是两群人。两个人打架好捉，这群架难捉。捉这架得准备脱皮掉肉，甚至掉脑袋！两个人打架往往是因为私事；天啊！这两群人打架他们竟然说是为了革命！这牵扯着千千万万人的性命呢！秉奎，你说这架该不该捉？……”

柳秉奎一屁股坐在了地上。他头倒勾着，半天抬不起来。他再能说什么呢？黑暗中，眼泪在他胡子巴茬的脸上流淌，吧嗒吧嗒地滴在了脚下的石板上。三天前，他还在柳滩的河湾里打坝。听说县委书记被人关了禁闭，他掼下镢头，背上粮食来城里“探监”。三天以后的现在，他蹲在这个黑暗的石崖下痛哭流涕。他像一个不会游泳的人看见亲人落了水，根本没考虑自己的生死，就跳下了水，毫不畏惧地去救人，竟然也创造了奇迹，竟然也胜利了。可是这胜利的火花刚在他眼前一闪，就又要熄灭了。他抬起老泪纵横的脸问书记：

“老马，你自投到红总的门上，就能把这架捉开吗？”

“唉！这也难说。”马延雄捋着头发上的水说，“但我不回去，这架肯定要打，马上就要打。我回去以后，红总的矛头就会对准我，红指眼下还没力量主动去进攻红总，所以架不一定就在眼前打起来。拖一段时间，说不定党中央就会把武斗制止住的。”

“那如果你不回城里去，红总知道你不在石门公社了，还去打吗？”柳秉奎似乎抓住了什么希望。

马延雄在黑暗中苦笑了，说：“如果我不回城，他们没见我，就相信我不在石门了吗？”

柳秉奎彻底绝望了。他重新低下头，两只手狠狠地揪着自己大腿上的肌肉！

马延雄慢慢站起来，黑暗中立了好久，终于开口说:“秉奎……咱们……就……分手吧……你不要再送我了。你不知道，前边就是大店寺，过了大店寺就上了公路，万一碰上红总的人就不好了。你在石崖下等到天明，从万家山公社那里抄小路回去吧，千万不要再跟我一块走了。我不怕，我专门去寻他们哩。可他们抓住你，一看你和我在一起，肯定要整治你的。我已经连累了你，不能再连累你了……”

“不！”柳秉奎两只手紧抓住马延雄瘦弱的肩头摇撼着，“不！我一定要和你一块到城里去！”

“秉奎，不要这样。我理解你的心情，可你万万不能去！万一你有个什么闪失，我就对不起大嫂，也对不起柳滩一村人了！赶快回去吧，好好把工作抓起来。叫大家不要担心我，就说我不要紧。要相信红总大多数群众是通情达理的……再说，说不定这次红总看我主动投上门来，也不会怎样整治我呢！”

最后这句话既是对柳秉奎的安慰，也是他自己的一线希冀。

柳秉奎放开他的肩头，双臂无力地垂下了。

他们上了石畔。

雨大起来了。整个大地响彻了一片雨点的敲击声。脚底下绵囊囊的，踏下去，像踩在了棉花包上。

三岔路口，俩人相对而立。四只手摸索着握在一起，摇了好久好久。

“快转路回家去吧……”

马延雄说完，坚决地把手从柳秉奎的手里抽出，一侧身便消失在黑暗中。滂沱大雨里，那扑踏扑踏的脚步声渐渐远去了……

柳秉奎站在大雨地里，双手蒙住脸，孩子一般抽泣了！

雨下得正紧……

黑漆漆的大地是沉静的，又是嘈杂的，没有其他声息，只有雨打大地。空气里混合着一股土腥味和植物的腐霉味。地里的水已经饱和了，雨不能再渗进去，就在地面上随意漫流着。

马延雄顶着风雨走。

路不知道在哪里，每一脚踏下去，就好像要踏入万丈深渊。

衣服湿透了，越走越沉；鞋一层层裹满了泥浆，重得抬不起脚来。

咕咚一声，他仰面栽倒在水洼里了！

他呻吟着，半天爬不起来。饥饿、疲劳、寒冷、伤痛，使他本来就垮了的身体极度虚弱。他简直再没有力气往前走了。

他趴倒在泥水里，任哗哗的大雨无情地浇泼着。

他趴着，枕着自己的泥胳膊，很自然地想起了四七年艰难困苦的游击队生活：那时候，也经常在这样的雨夜里行军，但身边总有高正祥或者其他人和他在一起。在泥泞滑溜的雨夜里行军跋涉，想着不久就能在老乡家里换一身干衣服，圪蹴在热炕头上喝热乎乎的米汤，心里总是很甜蜜的，不觉得有什么苦。那时候，他也正年富力强，绝不至于像现在这样掼倒了就起不来……唉，时间过得真快！一转眼就二十年了……

他又挣扎着往起爬，全身的力气都集中在胳膊上，牙咬得咯嘣嘣响。

他终于站起来了。

他站着喘了一会儿气，准备迈步走。可是，脚在泥浆里怎么也拔不出来。他咬住牙往外拔，身子不由得晃荡了几下，又一次栽倒在水洼里。

他伏在泥水里，意识一阵阵失去控制，又被脊背上刀割般的疼痛拉回来……

“啊，有一点吃的就好了……”他喃喃地对自己说。他下意识地抬起头，在黑暗中紧张地搜索起来，似乎面前真有什么可吃的东西。

的确！他似乎发现前面不远处，隐隐约约有一片密匝匝的庄稼。啊！那说不定是晚玉米呢？如果能啃几穗生嫩玉米，该多好！这样，他也许会重新有力气的，也就会重新走向前的。

他咽了一口唾沫，两只手抠着泥地往前爬。他身体犁着泥水往前爬。

爬到一块玉米地边，他摸索着扯下一穗玉米，手颤抖着剥去皮，不管嫩不嫩，就塞到嘴里啃了一口：真甜！可是，他刚嚼了一下，两个腮帮子和牙床就猛地一紧缩，疼得嚼不动了！好久，口腔才松弛下来。他大口大口地啃起来了。

俗话说：吃一颗黑豆爬一架山。他啃了几穗生嫩玉米，身子明显感觉硬朗起来。吃完了，他像孩子吸吮了母亲的乳汁，两只手亲昵地抚摸着土地，两大滴饱含着感情的热泪和雨水一起淌在了大地母亲的胸脯上……

现在他又启程了，顶着哗哗的风雨，高一脚，低一脚，踉踉跄跄向县城走去。他想：天明后一定能走到城里的。到城里去！眼前他只考虑这个目标。城里将给他带来什么，他现在甚至连想都没想。

雨啊，停一停吧！看他向前走一步够多困难啊！他饥饿，他劳累，他寒冷，他脊背上的伤像刀犁一般疼……

雨啊，再下大些吧！把他拦挡住，不要叫他再往前走了。要知道，他往前走一步，就向苦难靠近了一步！

雨继续哗哗地下着，他继续踉踉跄跄向前走着；跌倒了，再爬起来，再向前走……

十二

现在他来到大店寺的村头了。

他不敢从村子中央的道路上穿过。他准备绕到村子下边的河湾里，然后从村子的另一头再拐到架子车路上去。

正在他摸索着要下河滩的时候，冷不丁从黑暗中冲出一个人来，一把抱住他，大喊一声："马……"后面的话却再也没说出来。

马延雄对这突如其来的情况大吃一惊！接着他便感到有两只索索颤抖的手在他的脊背上摩挲着；紧接着把头贴向他怀里，无声的抽泣立即剧烈地震动了他瘦弱的胸脯。啊，这是谁呢？是秉奎又转回来了？但这不可能！秉奎这一带路生，摸不到这里！

"你是谁呀？"马延雄在黑暗中摸着贴在他胸前的那颗水淋淋的大脑袋，问。

那人从黑暗中抬起头来，喊叫着说："老马！我是刘家坪的刘蛮牛呀！你记不得了？那年你来我们村时，我三十八岁还光棍一条，是你给我说的媒，才和虎山那个寡妇成了亲。如今已经有了两男一女。这如今听说城里一些坏蛋要往死里整治你，我们庄稼人都急得眼里滴血哩！老马，你不要怕！你有我们庄稼人哩！谁敢叫你有个一长二短，我们就和他狗日的拼命！"

马延雄想起来了——他记得刘家坪这个一顿吃半升米的莽汉，当年找不下媳妇，急得在他面前像娃娃一样哭哩……蛮牛他现在黑天半夜来这里干什么呢？

他正想问问，蛮牛却说开了。他告诉马延雄说：今天下午，大店寺的支书刘海山跑到各村来说，他护送县党校杨校长回关中老家，可老杨走到半路上死活不走了，叫刘海山回来串联老百姓，让大家赶快到石门去救你。老杨说城里的红总马上要进攻石门，你的性命肯定保不住。刘海山还对大家说，他和老杨在半路上碰见一个姓柳的人，说那人会飞檐走壁，已经单身匹马去救你了，叫大家赶快行动。大家一听说要救你，一下子就聚起了一千多人，现在都集合在大店寺村后的山神庙里。刘海山他们正在村子里绑担架，准备把你抢出来后，和老杨一起抬着过黄河哩！蛮牛说，他刚才是下村来看侦察情况的人回来了没，想不到却意外碰上了老马；他说他听走路就知道是老马……

站在黑暗中的马延雄听蛮牛这么一说，疲劳、饥饿全都消失了，他的精神立即处在一种非常紧张的状态之中。

他在黑暗中忧虑而沉痛地想：情况更复杂、更严重了！在这个紧火时刻，这么多老百姓聚在一起怎么了得呢？红指要是知道他跑了，又知道这里有这么多人，一定以为他在这里，肯定要打过来的；或者老百姓不知道他出来了，先跑到石门去抢人，那也要打起来的！这要死多少人哩！现在最好的办法就是赶快叫这些老百姓趁天黑各回各家去！

他准备亲自去山神庙让大家赶快散开。可又一想，如果这些人见了他，硬要把他抬着过黄河可怎办？要说服他们肯定得费许多口舌，这样又会耽搁他回城的时间；要是他不能及时赶到城里，那红总和红指又可能很快打起来，这也要死许多人的。天啊，这可该怎办呢？

他急中生智，侧过头对旁边的刘蛮牛说："蛮牛，你现在赶快到山神庙去，对乡亲们说，我已经安全脱险了，叫大家趁天黑赶快各回各家去！快！"

蛮牛站着没动。他发愁地说："老马，大家要不见到你，谁也不会相信你安全出来了。最好你能和大家见见面，眼见为实，大家也就歇了心。你不知道，大家为了救你，都是从几十里外赶来的，有的连饭也没吃一口，还有些上了岁数的老年人都跑来了。"

马延雄急躁地抹了一把脸上的雨水，心情痛苦而又焦灼：蛮牛说的是实情话，看来非他亲自去不行了。两派在抢他，农民们也来抢他了。农民抢他，他不惧怕，说心里话，他自己何尝不想马上就扑向这千千万万的亲人们中间去呢？但眼下如果不马上采取措施，石门公社这些农民为了他一个人的生命将要付出多少血的代价！事情决不能再迟疑了！如果这些无辜的老百姓为了他而受到什么伤害，他就是粉身碎骨也赎不回自己的罪过！

他再不说什么，立即让刘蛮牛带路，急匆匆向村后的山神庙赶去。

在大店寺村后面的山神庙内外，浑身透湿的老百姓们，黑压压挤了一大片。小小的庙窑里只能站少数人，大部分人都站在黑暗的野场地里淋着雨。庄稼汉们除了单衣就是棉衣，不像城里人在换季的时候有个毛衣、绒衣套在里边。眼下当然还不到穿棉衣的时候，他们穿着一身单衣薄裳，站在冷风冷雨中索索发抖。但他们谁也不离开这里，而且还有人继续赶来。他们把各自村子里的“造反派”和有可能走漏风声的人，不管是自己的户族还是亲戚，统统都锁到大队部或者仓库房里，然后从各种只有他们才熟悉的神秘小道上摸黑向这里奔来了。他们带着毛主席的语录本，带着庄稼人的良心来了。他们不准备打人，但得防备挨打。防备挨打的“武器”就是他们经常不离手的劳动工具或家庭用具——有的拿着镢头，有的握着铁锨，有的操着斧头，有的扛着磨棍。老年人扛不动大家具，就拿着棒槌、擀面杖、杀猪刀子。他们知道将要做的事情有危险，心噗噗地跳着，但他们并不准备退却。要是单个人，他们本来大部分都是胆小怕事的；可现在这么一群人合在一起，他们认为他们什么事也能干成功。再说，这是去解救亲爱的马书记呀！他们在风雨萧瑟的黑暗中心神不安地等待着，只要侦察情况的人一回来，他们就会像决了堤坝的水一样向石门公社的兽医站拥去！

这座小小的山神庙，不知什么年代就断了香火。“文化大革命”开始时，大店寺村里的老百姓怕惹麻烦，没等城里破“四旧”的红卫兵来，他们自己就把里边的泥神像砸了个稀巴烂，连墙皮都剥了个一干二净。现在，农民们站的地上，到处都扔着涂过颜料的墙皮和泥神像的断臂残腿。庙里的房梁上挂一盏不知谁从饲养室提来的马灯，远处看不见亮光，只模糊地照出庙窑内的场地和庙门口的一角。

当马延雄突然出现在庙门台上的时候，人们一下子惊呆了。他们万万没想到他们摩拳擦掌准备要去解救的这个人，现在就站在面前。一阵短暂的寂静过后，人群立刻骚动了。人们争先恐后地拥向前来，喊着他的名字，一双双硬茧子手纷纷向亲爱的书记伸过来。能握手的就握手，握不上手的就在他身上摸着，争着问他是怎么跑出来的，受伤了没。窑门口射出来的灯光，映照出一双双泪光闪闪的眼睛。不知什么地方，有人已经哭出了声音。每个人顿时都像见到了自己死而复生的亲人，感情实在无法控制，但一时又不知如何表达。

人们争着要拉他的手，争着要和他说话。他们七嘴八舌叫书记的名字，也向书记报自己的名字，纷纷向书记提念起他曾为自己办过一件什么事，解决过什么问题。庄稼人最看重良心，他们连赶集在书记家里喝过一碗开水也念念不忘。挤不到前面去的人在后面喊叫着让大家静一静，叫马书记赶快给大家说说，这如今的世事为什么乱成了这样？什么时候世事才能太平下来？啊！他们认为马书记还是全县的最高领导人，他会知道一切的，也能回答一切的！

马延雄两只手同时握着纷纷伸来的手，嘴唇哆嗦着，不知道向亲爱的人们说些什么。一年多来，他一直生活在打骂屈辱之中，和农民群众是隔绝的。现在猛一下置身于这汪洋大海一般的深情里，感情再也控制不住，泪花子在那双眯缝着的眼睛里扑闪闪地旋转。他左顾右盼地接应四面八方的话，侧转身子的时候，微弱的马灯光照出他满脸斑斑的水迹——那是雨水还是泪水？

这时光，有一个老汉豁开人群，两只手颤巍巍地抓住了马延雄的胳膊，老泪纵横地喊着说："老马，你可是咱老百姓的父母官呀！我是堰子沟的张大，你还记得不？那年你在我们村下乡，正碰上我那个独苗儿得了急症，你跑了五里羊肠路，到公社给咱县医院打电话，叫来了救火（护）车，才把我娃的命保住了。有人看见你跑到公社时，累得吐了一口血！我旧社会生了九个娃娃，一个也没存住，这传宗接代的一条命根子是你救下的呀……命根！命根！你在哪里呢？快过来！”老汉转过身，大声呼叫着他的儿子。一个壮实的后生挤过来了，老汉把他往马延雄身边一拉，说：“快给咱恩人磕头谢恩！”说着父子俩一下子都跪在了马延雄的面前，慌得马延雄赶忙扑倒在泥水里扶他们起来。老汉一站起，便转身对黑压压的人群吼叫说：“乡亲们！现在有人存心要把马书记往死里整，咱得赶快把马书记藏到咱农村里去！不论他有多少错误，也不能让人把他整死，得允许他改。比如他前些年割咱的资本主义尾巴，把咱越割越穷，我看这就不对。可是咱得让他改嘛。这如今时兴什么军管，看来管不到老马头上了！那咱们就农管吧！”

“农管马书记！”不知谁在黑暗中大喊了一声，人们就当作了一句口号接过来，一千多人拳头举向夜空，一哇声吼道：“农管马书记！农管马书记！”

这炸雷一样的吼声一下子震醒了马延雄。他立刻意识到他刚才感情冲动，竟然忘记了他到这个山神庙干什么来了。他悔恨和责备自己把这一群人拖了这么长时间。如果事态就这样发展下去，等天一明，说不定红总、红指和农民三方面都会为了他而在这里火并，这后果将不堪设想！

万分的紧张使他出了一身冷汗。他等大家稍稍静下来，尽量放大声音对他看见的和看不见的人们说：

“好乡亲们！大家对我的一片深情，我马延雄至死忘不了。几十年来，我一直就和你们生活在一起，我离不开你们……”说到这里，他哽咽得停住了。他回味着方才那农民说的割尾巴越割越穷的话，心上一震，觉得这也许是自己从未听到过的一句真心话。他向前走了一步，抹了一把脸上的雨水和泪水，等呜咽声从喉咙里咽下去以后，才继续说：“这些年来，我给大家办的事太少了，许多乡亲们直到现在还少吃没穿的，我对不起乡亲们！可大家却这样关怀我，我心里有愧。我现在对你们没有任何要求，我只求你们赶快离开这里，各回各家去。你们知道，县上两派因为我正准备武斗，眼看就要打起来了。大家要是把我藏起来，这更会火上加油。你们也知道，县上两派群众组织中，都有你们的兄长和子弟，我们千万不能叫他们互相残杀流血呀！至于我，请你们放心，我知道我应该怎样做。我不会辜负父老乡亲们对我的信任。今黑夜我还有紧事要去办。我请求你们，我的好父老乡亲们，不要为我操心了，你们现在赶快回家去吧！千万再不要留在这里了……”

“你赶快跟我们走呀！……”

人们喊叫着，请求着，谁也不离开。有一些身强力壮的小伙子已经拥到庙门前边，争着要背他走了。

这时候，远处传来了第一声鸡叫。马延雄不禁浑身一颤。面对眼前的局面，他真不知如何是好。他突然想起刚才那个老汉和他儿子给他下跪的情景，急得扑通一声，也双膝跪在了泥水地里！黑暗中的人们一下子被县委书记这个举动惊得发呆，一个个在黑暗中大张着嘴巴，说不出话来。

马延雄跪在泥水斑斑的庙门台上，头发被雨水淋得一绺一绺披散在额前。他大动感情地对惊呆了的人们说：

“乡亲们呀，我央告你们，快走吧！如果乡亲们为了我有个一长二短，我马延雄还有什么脸活在世上？我的叔父们！兄弟们！你们要是不离开这里，我就给你们一直跪下去……”他已经泣不成声了！

人们呜咽着，纷纷离开了山神庙……

历史啊，请不要忘记：一九六七年，一个深秋的雨夜，在中国北部这块山地上发生了怎样令人心酸的事情！

……就这样，他告别了要保护他的人们，又向要捉拿他的人们走去。他冒着瓢泼大雨，走着，滚着，爬着，从黑夜走到黎明，从石门公社的大山深沟里向县城走来，向县人委这个大礼堂的门口走来……

十三

现在，他终于站在这礼堂的门口了。

一路上他苦挣苦扎，此刻，浑身大汗淋漓，热气在糊满泥水的衣服上蒸腾。远看起来，这坚毅的、冒着热气的躯体，就像火山爆发后抛出来的一块岩石。是的，这块燃烧着的岩石，咚一声落在这个礼堂的门口，把一个乱哄哄的世界震得鸦雀无声。

此刻，他站在这里安详而又宁静，脸上甚至带着一丝欣慰的笑容。他原来还担心天明时赶不到，现在他赶来了。他看到眼前这会场的阵势，知道箭已经搭在了弦上，但还没有射出去。他知道，只要他晚来一步，礼堂里这一群狂怒的人即刻就要拥向石门，一场群众相互残杀的悲剧马上就要发生。但现在由于他站在了这里，事态将向另一方面发展。眼下他成了唯一的靶子了，他怎能不为了这一点而庆幸呢？

就在会场沉静了一阵以后，第一个从痴呆中反应过来的是金国龙。

这个凶煞像一匹饿狼发现了猎获物，一丝狞笑在脸上一闪，接着便大撒腿奔过走道，向门口扑来。

他来到礼堂门口，从背后扯起马延雄的两条胳膊，一个“喷气式”，跑着把他往台子上推去！

金国龙像一根导火索，首先点燃了会场前面的“炸药”：“孙大圣”

们高呼起了“打倒马延雄”的口号；他们之中还跑出两个人来，帮助他们的队长把马延雄往台子上推；一边推，一边拳头像擂鼓一般捣着他受伤的脊背。

会场顿时喧哗得像一锅沸腾了的水！

公正一点说，坐在这里的大部分人对于传说马延雄竟然跑到石门公社为红指“坐镇指挥”，企图打垮他们，感到无比愤慨。如果他们在石门现场捉住这个“黑手”的话，他们都会起来，用各自的形式表示他们的愤慨的：心狠的会打，心软的会骂；就是自己不打不骂，也决不会反对别人打骂的！可是现在，不知有一种什么东西和这种情绪稍稍有些抵触，竟使他们不能一下子愤怒地跳起来，向这个仇人进攻。某种程度上，大部分人的脑子还来不及反应过来，又被前头那两排“炸药”的爆炸声震得头昏眼花，一个个瞪着大眼，张着大嘴，不知道该怎样表示。

段国斌几乎是和金国龙同时从痴呆状态中醒过来的。他正想点燃自己这根“导火索”来引起全场的爆炸，想不到金国龙已比他先一步呲呲冒烟了。他从内心里赞叹这个英雄的造反派！在金国龙把马延雄“喷气式”扭送上台来的这个过程中，段国斌脑子里很快闪过“应该把金国龙提拔成总司令部常委”这一念头，并且差点从嘴里嘟囔出来。

侯玉坤脸上的表情是复杂的。简单说来，就像一个睡得正香并且做着好梦的人，突然被窗外照射进来的一道强光给弄醒了：既顾不得回忆甜蜜的梦境，又一下不知该怎样诅咒这光芒。他这种状态一直保持到烟屁股烧到手指头为止。

金国龙带着抢头功的劲头，一眨眼工夫就勇猛地把马延雄“活捉”到段司令和侯政委面前了；以致这两个首脑甚至来不及避到幕后去，交换一下如何处置眼前这种状况的意见。

段、侯二人在众目注视下交流了一下眼光，一时也难猜出对方的主意。

段司令以“第一把手可以当机立断”的神态跨步走向台前，“批斗”这个主旋律已经在脑子里鸣奏了。

“革命造反派的战友们！”他声音洪大地首先发出了这个呼号，然后非常熟练地广播说，“现在，我们要把这个传达、誓师会，变成批斗会，狠批猛斗三反分子、死不改悔的走资派马延雄。要把他批深、批臭，打翻在地，再踏上一只脚，让他永世不得翻身！现在，先勒令三反分子马延雄交待他如何操纵黑指，企图向革命造反派反扑的罪恶阴谋！”

“说！”

“交待！”

前面那两排“大炮”怒吼了。

马延雄由于两条胳膊在背后被扯到最高度（再高一点大概就要折了），头几乎垂到了膝盖上，从台下看不见他的脸，只能看见一团湿淋淋的头发往地下嘀嗒着水珠。

侯玉坤走过来，瞪了一眼刚刚直起腰来的马延雄，苍老的声音慢吞吞地说：“交待吧！”

马延雄闭着眼睛喘了一会气。为了保持身体的平衡，他把两条腿叉开了一点。他苍白的脸对着台下的一大片脸，缓缓地说：“……同志们，我是来接受大家批判的。我没有指挥红指……”

“黑指！”金国龙在旁边张开毛楂楂的嘴，吼叫着打断了他的话。

马延雄停顿了一下，继续说：“……如果我要向同志们反扑，我为什么还专门来接受大家的批斗呢？我想同志们是……”

“探子！”

“间谍！”

前面那两排“大炮”的吼叫声立刻淹没了马延雄微弱的声音。

可是，令人奇怪的是，除了这两排“大炮”的吼叫声，全会场只零星地发出几声“爆炸”来应和这吼叫；而整个会场笼罩着另外一种庄严的肃静。

现在人们似乎逐渐地清楚了：他们所愤慨的这个人来到这个会场本身，具有一种非常崇高的性质。而这种感觉明显地征服了那愤慨的情绪，以致使他们觉得台上那个瘦弱的人，似乎对自己有一种强大的压迫感和一种很难抗拒的征服力。

这也就是弄醒侯玉坤做好梦的那一道光芒；这灼灼光华对他是刺眼的，但对大多数人来说却是耀眼的！

请相信，在这大动荡的岁月里，在这派性主宰一切的社会中，并不是每一个人都丧失了正常的理性和人性。恰恰相反，大多数人的理性和人性还是存在的。当崇高的和低下的同时展现在他们面前的时候，他们立即就能分辨出来，并且能很快将自己的感情交给理性去支配。

他们现在紧张而肃静地坐在这里，看着事态的发展。

这时候，在段国斌的指示下，六七个“孙大圣”已经把一群“走资派”和“牛鬼蛇神”押到会场来给马延雄“陪斗”了。为首的是县长高正祥；在他后面的是几个副县长；再后边是县法院院长，县公安局局长，文教局长，农工部长，宣传部长……共有十五六个人。他们头上戴着纸糊的高帽子，胸前挂着名字上打红 × 的黑牌子，被拳打脚踢拥到了台上，和马延雄并排站在一起。

段国斌解开外衣的纽扣，双手叉腰站在台子上，向整个会场讲话：

“造反派战友们！死不改悔的走资派马延雄态度十分顽固，拒不交待他操纵黑指向造反派反攻倒算的罪行！现在，我们对他要新账老账一齐算！有仇的报仇，有冤的伸冤，把三反分子交给大家，谁有什么说的，都可以上台来。”

人群中一阵骚动。只见这里那里挤出来那么几个人，前拥后挤扑上台来了——他们正是刚才发出“爆炸”声来应和“孙大圣”的那些人。

这里面有金国龙的同案犯、百货公司前门市部主任贺崇德，有城关小学因调戏女学生被开除党籍的教师许延年，有机械厂因贪污而下台的干部高建华，有柳滩大队的投机倒把分子黑三等，还有一位苍头老干部——前物资局长奕国泰。县委曾因他和投机倒把分子合伙倒贩国家物资，给过他撤职降薪的处分。

这些人加上金国龙和“孙大圣”的一些人，在台子上形成一个包围圈，把马延雄团团围定。他们前拥后挤，大声喊叫，大声质问，口里白沫子乱溅，手指头恨不能变成锥子，戳到他们共同的仇人脸上：

“给我回答！”

“给我交待！”

“给我平反！”

马延雄眯缝着眼睛，平静地扫视着眼前这一群人。任他们歇斯底里地叫喊，他嘴巴紧闭，不吐一字。等这些人叫喊得嗓子有些发哑的时候，他才平静地开口说：

“我可以回答你们的问题。但可以不可以让我到台前给群众去说呢？”

“让开,叫他去说！”前物资局长奕国泰口角里喷着白沫子嚷道。

包围圈很快张开了一个八字口，马延雄走到台前来，站定。

台下满场的人都用吃惊的眼光看见：此刻站在台前的他，胸脯高挺，头颅高扬——他的个子也并不低呢！

他苍白的脸上带着冰霜一样的冷峻，平时老爱眯缝着的眼睛也睁得滚圆滚圆，有魄力吃钢咬铁，这些有能力的领导人所具有的特点，此刻都出现在他身上了！

他情绪显得很激动，声音出奇的洪亮，说：

“同志们，你们大家造我的反，我满心眼里高兴。不管你们对我怎样看，你们的出发点，都是为了我们的革命事业，为了这个伟大的事业能在中国的土地上胜利进行下去。你们批我，斗我，真的，我从内心里高兴。高兴什么哩？高兴人民群众都关心国家大事，关心革命的前途和祖国的命运。我想，全国人民通过这次大革命都会提高自己的政治觉悟的。人民的觉悟提高了，不管今后道路多么曲折，我们伟大的革命事业就会胜利发展下去的。就因为这些，我对大家对我的批判，满心眼里高兴。我今天来到这里，仍然诚心接受大家对我再一次进行批判。不管你们怎样看待我，我都接受。但我也想对你们说，你们可以仇恨我，但你们所有的革命群众之间，不要互相仇恨，不要流血。我可以死，但你们不应该……"

"少卖狗皮膏药！"

"老实交待你的问题！"

台上的那一批人七嘴八舌叫喊起来。

"让他把话说完！"

"为啥不让人说话！"

台下也有人愤怒地叫喊起来了！

台上的人吃惊地看台下的人：妈呀！那么多愤怒的目光似乎不是对着"走资派"，而是对着他们的！这些战友们是怎么了？

马延雄向台上的那些人扫视了一下，又开始说了，洪亮而铁硬的声音在整个大厅回荡：

"但是，他们这些人和大家不一样！他们有的犯过严重的错误，有的我敢在这里大声说：是坏人！他们要翻案，叫我平反，这不是光对着我马延雄的，而是对人民和共产党反攻倒算！说句实话吧，他们就是把我的头割了，我也不会答应他们的！不会的！就是有人给他们翻案，历史也会重新审判他们！……"

"打这个三反分子狗日的！"

"打！"

“打！”

台上这群人发狂似的围了上来，拳头和脚乱飞。马延雄很快被打倒在地上了。打倒后他们还在继续争先恐后挤上前去踢；挤不上去的急得在圈外乱喊乱跳，飞脚甚至踢到了同伙的屁股上。

这时候，在旁边“陪斗”的高正祥，戏剧性地把他的纸帽子一把摘下，发疯似的甩到了这伙乱踢乱叫的人堆里。他怒目圆睁，声如洪钟地大声吼道：“土匪！国民党！王八羔子们！”

他高大的身躯站在这伙人面前，破口大骂，威风凛凛，简直成了这个舞台的主宰！

正在脚踢拳打马延雄的这伙人，被高正祥甩过来的纸帽子和他炸雷一般的声音吓了一大跳。他们一看这个“走资派”像吃了豹子胆，竟敢在这样的场合中如此嚣张，立刻放脱已被打倒的马延雄，纷纷围过来打他。这个高大的人很快就被踩在乱脚之下。

尊敬的高正祥同志！他是为了叫马延雄少挨点打，主动地引火烧身的。现在，他高大的身躯倒下了，鼻子口里流着血……

“不准打人！”

“不准打人！”

“什么造反派！土匪！”

“把打人凶手拉下来！”

…………

人群骚动了，愤怒的吼声雷一般响彻了整个大礼堂！

台子上那一群暴徒，在这雷一般的吼声中，先后畏缩地收回了自己的拳头和脚片子。他们的眼睛惊恐地看着台下的“战友”们：天啊！这是怎么啦？

在这吼声中，侯玉坤在台角的幕后边转圈圈。右手食指神经质地弹着烟灰，连吐出来的烟也不再重新吞进嘴里了，脸像死人一样难看。

段国斌几乎是跑着冲到台前，大声嘶叫：

“造反派战友们！严防阶级敌人破坏捣乱！严防阶级敌人破坏捣乱！‘孙大圣’的战士们请注意！请注意！请立即将捣乱会场的阶级敌人押出去！”

话音一落，台下前边的那些“孙大圣”们，立即向礼堂骚乱的地方奔赴而去。

“不用你们赶！我们自己走！”

一个比段国斌更大的声音从礼堂中间的座位上吼起来。

声音如此之大，竟使奔跑着的“孙大圣”们惊呆在走道上了。全礼堂的视线也都被这个大嗓门吸引了过去。

大家一看，原来是红总常委、“工交兵团”的造反派头头鲁常林。

高大的鲁常林高高站在椅子上，手里拿个小纸片，身体向四周转动着呼号：“声明！声明！工交兵团声明：鉴于红总坏人掌权，实行法西斯暴行，我工交兵团全体战士一致决定：从即日起，退出红色造反总司令部！”

他说完，从椅子上跳下来，蒲扇大的手一挥，礼堂中间哗地站起一片人来，纷纷来到走道上，很快排成二路纵队，唱着“谁是我们的敌人？谁是我们的朋友？”这首语录歌，哗哗地走出了会场。

“孙大圣”们立即在前面有节奏地反复喊：“滚，滚，滚，滚你妈的蛋……”并且也唱起了语录歌：“我们的同志在困难的时候，要看到成绩，要看到光明，要提高我们的勇气……”

可是，这一处，那一处，又纷纷传来了“声明！声明！”的呼号，一队队的人前拥后挤，唱着语录歌，纷纷退场了。一霎时，偌大的礼堂空出了三分之二的位子！

段国斌、侯玉坤站在台子上，茫然地望着这个土崩瓦解的局面，束手无策。

正在这时，从礼堂东门里跑进来一个年轻人，满头大汗，气喘吁吁，飞一样奔过走道，从台口扑上了舞台，把一张油印的传单塞到段国斌的手里。

段国斌和侯玉坤赶紧展开“侦察员”送来的这张传单，头挨头看起来。

看着看着，两张死灰一样的脸上渐渐露出了欢欣鼓舞的笑容……

十四

段国斌和侯玉坤看到了以下的文字：

告全县人民书

十月二十六日夜，三反分子、死不改悔的走资派马延雄潜逃回县城，向反革命组织黑总表态亮相，企图和这群牛鬼蛇神成立伪革命委员会。

对于三反分子马延雄这一罪恶行径，我红指全体无产阶级革命派表示极大的愤慨！我们决心彻底摧毁“马记”革委会，把三反分子马延雄押上历史的断头台。不获全胜，决不收兵！

近日，地区黑老总已经把大量武器弹药运送到我县黑总手里。为了保存革命实力，我英雄的红色造反总指挥部，已于近日东渡黄河，转移到山西境内养精蓄锐。一旦力量壮大，我们一定挥师西渡，光复全县！

打倒三反分子马延雄！

红指必胜！黑总必败！

红色造反总指挥部

一九六七年十月二十七日于石门

段国斌和侯玉坤看完这张油印传单，像贫血的人输了一管子血，浑身立刻又有了劲。退出去多半礼堂人算个屁！让“工交兵团”的叛徒们将来后悔去吧！县革命委员会将不会给他们半个席位的。

他俩一人拉着年轻探子的一条胳膊，把他拉到台后，叫他赶快详细说来。

年轻探子得意洋洋地报告说：

“今日临天明，黑指的人发现马延雄不在了，顿时乱作一团。马延雄这张牌一失掉，又加上咱们的武装强大，黑指好多人认为大势已去，纷纷跑出石门，到省城和外省投亲靠友去了。老保头子高顺众叛亲离，好不容易才挽留下二十来个‘铁杆’，印了这张传单，就跑到山西去了。”

年轻探子最后手舞足蹈地欢呼：

“黑指完蛋了！”

侯玉坤听完，嘴大张着喷出一口浓烟来，又狠狠一口吞进去，两股白烟箭一样从鼻子里射出来。他的瘦手在膝盖上一拍，叫道：“天助我也！”

段国斌早已扯大步走向前台，向礼堂里剩余下的“铁杆”们宣布了这个“特大喜讯”！

会场上又一次沸腾了。

“孙大圣”和台上的这一批人，本来已经有点灰，这下精神又大振起来！

金国龙和几个打手提来几桶水，泼在昏倒在地的马延雄和高正祥身上。

醒过来的这两个人，差不多都只剩了一口气。

高正祥身体结实些，被金国龙扯着衣领口从地上拉了起来。

马延雄呢？坐了几个月禁闭，身上伤痕累累，二十多个小时没吃饭，又在雨夜里挣扎了几十里路，现在已经奄奄一息了。

那些野蛮的手不可怜他，照样抓住领口提他站起来。他被扯起来，摇晃几下又摔倒了。

金国龙龇牙咧嘴走过来，狠狠踢了他一脚，又一把把他提起来，毛楂楂的嘴一努，两个“孙大圣”心领神会，过来一人架住他一条胳膊，强迫他站住。

段国斌这时从幕角里匆匆忙忙走出来，对金国龙说：

“国龙！你先主持着继续批斗，我和玉坤到后面化妆室商量个事！”

“你放心走你的！弟兄们便宜不了他！”金国龙咧开毛楂楂的嘴巴，狞笑着向总司令保证。

段司令亲昵地在他肥囊囊的胸脯上拍了一巴掌，拧转屁股走了。

过了一会儿，刚才送传单的那个“探子”从台后跑到台前，大声喊：“周小全！周小全！请到后台化妆室来！总司令和政委有请！”

他叫了好几遍，没有人应声。

奇怪！这个“孙大圣”的副队长哪儿去了呢？今天这样显示造反派脾气的场合怎不见他了呢？他不是和马延雄有刻骨的仇恨吗？

他到哪里去了？

十五

他在这里——会场后排角落中的一张椅子上。

在马延雄讲话时被一群人打倒后，坐在“特座”上的周小全就到台上给金国龙请了假，说他肚子痛得要命，要到后排上去休息。

现在，他靠着椅子，头仰天枕在椅背上，两眼紧闭，脸色苍白，豆大的汗珠在脸上淌个不停，沁湿了鬓角的一些头发。

看样子，他的肚子痛得真不轻。

其实，周小全肚子一点也不痛，脑子却痛得像要爆开一样！

当马延雄出现在礼堂门口的时候，周小全的精神像礼堂里所有的人一样，受到了强烈的震动。一刹那间，反映在他脑子里的观念是：这是一个伟大的敌人！

是的，这个人明知道这个场所是把他作为牺牲品的一个祭坛，他却勇敢地把自己的头颅献上来了！没有伟大心灵的人，能产生这样的行为吗？

当金国龙把马延雄“喷气式”扭到台子上的时候，他觉着马延雄简直是个英雄，而金国龙活像个小丑。他继而想到，他就是这个小丑手下的小小丑！

一种羞耻感使他低下了头。那就是说从路线上看马延雄是个“三反分子”，而从人格上看，他却是一个了不起的人。不管他今天来的目的如何，他能来到这个场合就表现了一种非凡的献身精神。

和这样一个敌人作斗争，自己也应该表现出一种非凡的精神来。可是，用的照样还是那野兽一样的拳头，狗一样的吠叫……

在批斗马延雄的过程中，他一直没抬头往台子上看。在马延雄讲话的时候，他感觉到他是二次世界大战后纽伦堡战胜国的代表，在进行胜利的审判；而自己却是被告席上的一员。他忍不住抬起头来，看看马延雄所攻击的他的这些战友们。他突然发现：金国龙、贺崇德、许延年、高建华、黑三，还有苍头的“革命领导干部”奕国泰这些战友们，怎么一个个长得这么难看？原来他们不是好像还有各自的仪表和风度吗？

他的心神开始烦乱了，头也有点眩晕起来。

他站起来到台上向金国龙请了“病假”，来到这张椅子上，闭起了自己的眼睛。

他躺在这里，感受着会场的暴风骤雨，内心里翻腾着惊涛骇浪……

他脑子里萦绕着马延雄刚才讲的话。

他感到他的话是诚心的。而细细想起来，他以前在每一次批斗会上讲的话似乎也都是诚心的。

从“讲话诚心”他又想到这个人的其他方面：身上的枪伤、刀伤，少一个趾头的脚，由于思考而发白的两鬓，由于劳累而瘦弱的身体……他这些是为了什么呢？为了反革命？逻辑上推理不下去。为了革命？可正是他派出的工作组，把自己打成了“反革命”！

想到这里，他的心脏突突地狂跳起来：我现在睡在这里假装肚子痛，竟然对斗争这个人发生了动摇，这是不是背叛了革命路线？

他惊慌地抬起了头。

可是，他抬起头吃惊地看见：到处都在宣读退出红总的声明；一个又一个的“战斗兵团”唱着语录歌,退出了这个乱哄哄的会场……

啊，看来大多数人的思想都发生动摇了！而这些人不是和自己一样喊了一年多“打倒三反分子马延雄”吗？他们现在怎么竟然和他一样发生了动摇？不，比他还严重，他们已经宣布退出红总了。

他怎么办呢？他也声明退出红总吗？

可是，他很快又想：我和他们毕竟不同，马延雄没把他们打成反革命，可把我打成反革命了。

那么，他是否现在应该走上台去，像他以前一样，和金国龙他们一起去“狠斗猛批”这个人呢？

他也没有勇气站起来。

“怎么办？怎么办？……”他嘴里呢喃着，拳头捶打着自己的脑袋，牙齿快要把嘴唇咬破，肚子也真的开始疼了，满头大汗，浑身大汗，大汗淋漓！这个二十来岁的年轻人正在进行一场非常严重的内心斗争。

在这大动荡的岁月里，人们就是这样不断地在肯定着自己和否定着自己，在灵魂的大搏斗中成长或者堕落。

周小全无力地软瘫在椅子上。他暂时不想思考什么了，他想安静地闭一会眼睛。

但不能，他一闭眼又想到马延雄。

他想：……是的，是马延雄派出的工作组把他打成了反革命。可是，是马延雄自己想出派工作组的主意吗？不是的，是上面叫派的！就是说，马延雄仅仅是个执行者，他当时也许认为他也是执行毛主席的革命路线哩，是革命哩。但以后上面又说是错了。那么，我现在说我是革命哩，捍卫毛主席的革命路线哩，就保证不会错吗？比如说：你为什么打他呢？在每次批斗会上，他不是诚心诚意向你做了检查吗？他错了，就检查，就改正。你错了呢？你有勇气检查和改正吗？他承认错误和今天来这个会场一样是勇敢的。是的，他是一个勇敢的人，敢于承认自己的错误，也敢于和自己认为的错误斗争。他不投机，从来没有为了自己的皮肉少受点罪，就向金国龙这样一些人承认他整他们整错了，没有承认过……

他转而又想到金国龙和台上的那些“战友”们。他面对他们今天的表现，第一次认真地想到了他们的历史——几乎每一个人都不光彩！而他，一个年轻人，就因为运动初期受了些委屈（而且很快就平了反），就和这样一些人混在一起“革命”吗？啊！周小全！你成了个什么东西！……

当一个人从这样一些角度去考虑问题时，事物还不会在他的面前渐渐地明晰起来吗？在这个短短的时间里，周小全好像摸索着穿过一个很长很黑的山洞，现在已经看见了一缕亮光，他来到洞口了！

“小全，你今天怎不在台子上冲锋陷阵，坐在这旮旯里干啥？”

一个声音在旁边怪亲切地说。

周小全的思路被打断了。他睁开眼一看，原来是县委副书记李维光——已经挨着他坐下了。

这位“革命领导干部”在造反派开大会的时候，总是积极列席的，今天不知有啥事，现在才来。

李维光的驼色的毛衣外边披着四个兜的黑咔叽棉袄，背头梳得很整齐，嘴里咬着个玉白色烟嘴，笑盈盈地看着周小全。

周小全敌意地瞪了他一眼，讥讽地说："我今天没冲锋陷阵，你今天怎也来迟了？一反常态！"

李维光从嘴里拔出烟嘴，仰头大笑了：

"哈哈，真是造反派的脾气！"他耸耸肩膀，把快要溜到背后的棉袄重新拉到肩上，轻松地说，"我忙着整理马延雄的第二批三反言行哩！刚毕。这批材料一出来，可是一颗氢弹！"

"这样看来，他真是个死不改悔的走资派了？"周小全反问了一句。

李维光噗地把烟嘴上的烟头吹掉，很激动地说："玉坤真是异想天开，企图叫这个人表态亮相，还说是要通过他争取农民，我当时就说没门！再说，革命造反派成立红色政权，还非得要农民支持不可吗？这又不是抗日战争搞统一战线哩！看看，现在事实怎样？"

周小全下巴朝台子上扬了扬，从牙缝里挤出来几个字："你看看这事实怎样？"

李维光抬起头来，看见台上那一批人正在乱叫乱嚷。两个打手分别拧着马延雄的两条胳膊。整个会场只有几十个人了，而且有些看来还是些马延雄的"同情分子"，大概是留下给金国龙他们"记账"的。

李维光脸色惨白，不敢再看了。他扭过头向周小全讪笑着说："这，真像是一幕戏。既是一幕悲剧，又是一幕喜剧，想不到马延雄眼看就要当县革委会的副主任，可还没当哩就又被打倒了……"

"打倒了你当嘛！你当了，这幕戏不是就更有意思了？"周小全恶意地对上话茬说。

"哈哈！你看你这后生说的！咱没那野心。咱只要能给你们造反派当好马前卒就行了。不过，他马延雄就能行吗？我看也未必！

他是个什么人？‘三反言行’一大堆；十几年又卖力地在咱县推行了一条什么路线？货真价实的资本主义路线！而且又死不认罪，就像你们造反派说的，真正是死不改悔的走资派！”他手中的玉白色烟嘴在周小全面前一挥，断然地说。

“那么作为一个人来看呢？”周小全突然问他。

“人？”李维光很迷惑地看定周小全。

“嗯！”周小全也看定他。

李维光现在才突然发现周小全眼里有两道凶狠的光芒。他认定这个造反派是嫌自己没把马延雄的坏处说全面，赶忙回答：“我看他不是个人！是个猪！比如今天，是自寻送死哩……”

啪！啪！啪！三记耳光像三道闪电，击在了李维光的脸上！

周小全转身穿过走道，从台子右侧的门里进去，绕过台子上那群乱喊乱叫的人，向化妆室走去。

李维光缩着脖颈，双手捂着自己的腮帮子，弄不清这究竟是怎么回事：天啊，这个世界全疯了！

十六

舞台化妆室里也不平静。

这个过去粉黛施面的地方现在很肮脏。地上铺着一层尘土，乱扔着一些瓜皮纸团。屋角里甚至有小便的痕迹，满房子一股尿臊气。白粉墙上糊着鼻涕，涂抹着一些污秽的骂人话。狭长的室内只有一盏 50 支光的电灯泡，光线很暗。镶在墙壁内的一排大镜子已被打得七零八碎，只剩下一两块完整一些的。一张三斗桌和几把椅子就摆在这两块完整的壁镜下，上面也蒙着一层尘土，印着几个屁股坐过的印子。

看完红指的《告全县人民书》，侯玉坤就把段国斌拉到这个“临时密室”中来了。

两个人一进来就开始了一场精彩的“对口词”——

侯玉坤：“国斌，你看这局势怎么办？”

段国斌：“怎么办？办着办！批！斗！”

侯玉坤：“我看应从长计议，还是按原方案进行为妙。如今黑指不打自垮，对马延雄更应想办法哄他、骗他，用怀柔政策降服他，叫他给咱表态亮相，以争取农民。咱们又有武装部胡政委的支持。此一来，全县的政权就唾手可得了。等政权一稳，咱再设法除灭他还不容易吗？”

段国斌：“你这个想法好倒是好，妙倒是妙，但实在是个美梦！我不会再听你的这些梦话了。实际证明，你在前几天出的那个计谋，不是放线钓鱼，而是放虎归山！马延雄险乎成了黑指手里的一张王牌！现在既然他自投罗网，我也是从长计议：不断头地批！不断头地斗！文攻武卫加上斗走资派，这就是‘文化大革命’的大方向，大方向对了，一切都对了。”

侯玉坤：“权，权，权，命相连！抓不了政权，大方向屁都不顶！”

段国斌：“有了大方向，老子就什么都会有了。”

侯玉坤：“你是井底的蛤蟆！”

段国斌：“你是吞象的毒蛇！”

侯玉坤：“你是个蠢猪！”

段国斌：“你是条癞狗！——你妈的！”

侯玉坤：“你妈的！”

段国斌：“呸！”

侯玉坤：“呸！”

红总两巨头摩拳擦掌，眼看就要在这个肮脏的化妆室里厮打起来了！

这些大革命新产生的许多“政治家”就是这样:“风雨同舟”地狠斗别人;“同舟”上也凶狠地互相斗争!

正在他两个准备首先实践一下“文攻武卫”的时候，化妆室的门突然打开了。

两个人先后落下架式，都扭过头去看:是周小全来了。

段国斌顾不上对付侯玉坤了，转身对周小全急促地说:“你钻到哪里去了？请了你几回都请不来！咱马上要实行军事化哩，你这个‘孙大圣’的副队长都这么松松垮垮还行？”他背抄起手，粗而短的腿在尘土地上飞快地走了两匝，又站定说:“据侦察员报告，黑指溃逃时，留下几个骨干准备组织狗屁‘留守兵团’。据信，这几个人目前还藏在石门公社附近。总司令部决定派你带一个‘孙大圣’小分队，立即前去搜查！本来想让国龙去，但国龙正主持批斗会，离不开。”

侯玉坤走过来，两只瘦手狠狠在空中一抓，捏成两个拳头，为段司令补充说:“速战速决！斩草除根！”

“对！”段司令赞赏地对侯政委点点头。

两巨头很快又并肩战斗了。

周小全右脚在地上神经质地踏着拍子，带着一丝矜持的笑意听这两个人下完命令。

现在他收起这矜持，俊气的面孔变得庄重而严肃。他决断地说:

“很遗憾。我不能去执行这个任务了。”

“为什么？”段司令瞪起黄眼珠子问。

周小全平静地说:“从现在起，我已决定离开你们。永远离开！”

“什么！”

段、侯二人同时吃惊地喊起来。

周小全笑了笑，继续平静地说:“运动初期，我起来造反，这我现在不后悔。但那以后我为了自己曾被打成反革命，犯了许多疯狂的错误，甚至犯了罪。我像做了一场噩梦，现在已经醒了。我决心要和这种可怕的生活告别！这是一。其二，我现在对眼前的一些做法产生了怀疑，比如武斗，还有其他……”

“你这是攻击敬爱的江青同志！”段国斌举起胳膊，手指头用劲地向天上指了指。

沉默。

“那你准备投靠黑指去？”侯玉坤的脸上露出恶毒的讥讽。

周小全斜视了他一眼：“你真可笑！”

段国斌逼上一步，问：“那么你准备到哪里去？”

周小全诚恳地说：“你大概不会相信我去参加黑指吧？至于我将要走的路在哪里，我也不知道。”

侯玉坤突然由恶毒的讥讽转为痛心疾首了。他苍老的声音发着颤：“啊呀呀，好我的小全哩！年轻人脑子太简单了，你怎能把自己光荣的造反历史给断送了？你知道不知道，这样一来，就给你的历史留下了污点？将来一翻档案……”

“请你别吓唬人了！”周小全打断了侯玉坤的话，“你知道，我是高中六七级学生，不是三岁的小孩子！”

侯玉坤阴险地笑笑，杀气腾腾地转过脸，对段国斌说道：

“把这小子逮捕起来，押到禁闭室去！”

段国斌没理侯玉坤。他带着大政治家的风度看定周小全，老半天才咬牙切齿地说：“我剥你的皮，要你的命，很容易，但这样你会嘲笑我段国斌气量狭小，没政治家风度。再说，我们终究也并肩战斗了一回，看在这个分上，只要你不是去投靠黑指，那么，你要滚就滚你妈的蛋吧！不过，在我们庆祝胜利的那一天，我不希望看见你来向我们摇你的狗尾巴！”

段司令说完，黄眼珠子鄙夷地看了一眼这个“叛徒”，扭转身急速地在尘土地上兜圈子。

侯玉坤丧气地盯着踱步的段国斌，对这个只有“政治家风度”而没有“政治家头脑”的总司令，竟然做出如此荒唐的决定吃惊不小。要知道，这个“铁杆”的叛变，将会给红总造成多么严重的影响啊！

周小全漂亮的脸上含着一种骄傲的微笑。他的大眼睛扫视了一下这两个人，轻松地说：“好，祝你们胜利。我走了！”

他敏捷地转过身，向门口走去。

他开了化妆室的门。一缕淡柔的光线衬出了他年轻健美的身段。

他走了，头也不回地走了！

重新昏暗下来的化妆室死一般的寂静。

段国斌和侯玉坤低着头，谁也不说话，谁也不看谁。一个急匆匆，一个慢腾腾，各自踱各自的步。

化妆室的门咣的一声又开了，像是谁用老锤砸开的！

接着，门外连滚带爬跌进来一个苍头老汉，嘴里连喊着：“国斌！玉坤！国斌！玉坤！……”

两个人慌忙迎上去，一看是奕国泰。他俩急着问：“怎啦？怎啦？怎啦？……”

这个受过处分的下台的前物资局长，气喘吁吁，惊慌失措地说：“金……国龙……把……马延雄……弄……”

段、侯二人小跑着出了化妆室，来到台子上。

现在，礼堂下面已经空无一人。只有台子上围着一圈人。

贺崇德、许延年、高建华、黑三这一帮打手早不知溜到哪里去了。

金国龙一个人正在舞台左边，脸背着这一圈人，专心致志地关一扇窗户：使劲关上了，又使劲拉开；再使劲往上关。嘴里还嘟囔着什么，好像这是一扇坏了的窗户，但又必须要关上；好像他是一个专门管关窗户的人，礼堂里发生的什么事他都不知道。

段国斌和侯玉坤豁开人群，走进了圈内。

马延雄蜷曲地侧躺在地上。湿衣裳完全成了泥片，上面印着各种式样的鞋底子印。他头的右边太阳穴附近有一道裂开的口子，血像泉涌一样冒着。这道伤口不像是刀子砍的，而是什么很钝的东西撞击的。

侯玉坤的眼睛透过人群缝隙，去看正在继续专心致志关那扇窗的金国龙。当他的目光从金国龙的头上一直扫瞄到脚上时，他看见金国龙右脚那只翻毛黄皮鞋的鞋头上，染渍着一片血。他明白了，这血，正是马延雄的……

十七

一九六七年十月二十八日凌晨五时，县委书记马延雄死在医院里。

消息在当天就传遍了全县。

暮色降临之前，上千农民呼喊着“捉拿凶手！为马书记报仇！”的口号，从四面八方拥进了县城。

红总顿时鸟兽般溃散了。段国斌、侯玉坤带着金国龙等二十来个“铁杆”，仓皇逃到了邻县。

第二天天不明，扛着镢头、举着铁锨的农民，继续从四面八方像潮水一样向县城拥来！

县人民武装部胡政委带着两个干事，站在街头一遍又一遍宣读关于不准农民进城武斗的通告，但没有一个人听这宣传——他们不是进城武斗，而是捉拿武斗致死人命的凶手！

与此同时，县人民武装部曹部长却率领县中队的战士加入了农民的洪流，和农民一起在街道上游行示威。

至此，本县驻军公开分裂了。

浩荡的西北风携带着乌黑的云彩，向东南方向滚滚而退。连绵几天的阴雨停了。

县城泥泞的大街小巷，很快就被千万双脚片子踏干。城市上空，扬起了满天的风尘。

雨后灿烂的阳光透过医院病房的玻璃窗，洒在马延雄平静的、瘦削的、苍白的脸上。他曾有过一个小小的愿望，能安安稳稳睡一个晚上的觉。现在，他永远睡着了。

眼下，全县没有因武斗而造成任何群众的死亡。但他死了！他用自己的死制止了一场大规模的群众武斗。这个党的忠诚战士，当年战争的炮火没有夺去他的生命，现在却在一场“文化大革命”中倒下了。

无数的庄稼人还在继续从四面八方向他的身边拥来。他们聚集在他的身边，为他的死悲痛、愤怒，同时又对发生在眼前的这一切感到多么的迷惘啊！

县医院从昨天晚上就已经被围得水泄不通。弯腰弓背的老百姓们，流着眼泪，从安放他遗体的窑洞前走过，透过玻璃窗户，向亲爱的县委书记做最后的告别。

城里的街道上，河边的体育场上，以及一切的空场地上，到处都挤满了人群。整个城市成了农民的世界。这里那里，到处都有人在讲说这个死去的人做过的好事。这些事早已众所周知，但讲的人仍然激昂慷慨，听的人仍然津津有味。不识字的庄稼人讲起他的事来，口才都像城里的自来水一样流畅。时不时有身强力壮的后生背着一些老年人从人堆里穿过，向医院奔去。这些老年人是从边远山寨，被儿子连夜背来看望死去的县委书记的。

有人提出要赶快为书记伸冤抱屈，可大家一时又不知道怎样才能出这口恶气。有些偏远地区来的老乡，建议赶快向地区的“中级法院”报案，法院不是管人命事的地方吗？而城周围的老乡马上告诉他们说，地区法院早砸烂了，听说中级法院的院长也被一群前科犯关了禁闭。

啊，这个世界已经无法无天了！

中午时分，全城的农民们突然传开了一个消息，说“红都”来了“电”,“电”上面说,“红都”已经知道他们的县委书记被人打死了，马上要派“直升飞机”来解决。不知哪个天真汉幻想的这个消息，立刻被所有天真的庄稼汉们当成了真事。于是，一张张紫红脸纷纷向雨后深秋的蓝天望去！

人们仰脖子直望了一个下午，那惨淡的太阳都快要跌入城西那一列大山的背后去了，可天上还连一只鸟也没有飞过来！

于是，在太阳落山前后，成千上万失望的人们就怀着悲痛的心情，为他们的县委书记举行了本县史无前例的葬礼。

当一些浑身糊着泥巴的庄稼人把棺木从县医院大门口抬出来的时候，全城立刻响彻了一片呜咽之声。棺木由一些当年和县委书记一起打过游击的老兵们抬着，沉重而缓慢地走过石板街道，成千上万的人紧撵在棺木后边。秋风萧瑟，黄叶飘落；秋风落叶里，有多少滚烫的泪水在挥洒！

人们抬着茶红色的杜梨棺木缓缓行进着。棺木盖上，按乡下古老的传统放了一只老公鸡；棺木前头，按城里现代的方式挽结着一个素白的花圈；花圈中间，嵌着不知哪个无名画家按照片临摹的他的一张炭笔肖像——肖像极为传神：他瘦削的脸颊上带着严峻而又慈祥的神色，一双微微眯缝着的眼睛，正厚爱地望着城市和远山，望着千千万万的人们！

在太阳西沉的时候，人们把他安葬在城东最高的一个山冈顶上。山野里，鲜花已经在前几天的风雨中凋谢了。人们就折了许多山梨树的枝叶堆放在他的墓前——风霜染红的叶片，在残阳夕照里血一般殷红，火一般耀眼！

马延雄同志永远离开了这个世界。对于他的死，对于发生在整个中国大地上这惊心动魄的一幕，历史终究会做出公正而严厉的评判——这是一定的！

一九七八年九月写于西安，一九八〇年五月改于北京

＊原载《当代》1980 年第 3 期。

匆匆过客

天还没有亮，我就急忙向汽车站赶去。

不知什么时候天阴了，灰暗的云层在头顶静静地凝聚着，空气里满含着潮湿。凭老经验，看来另一场大雪就要降临了——真的，快到汽车站的时候，觉得脸上似乎已经落了一颗冰凉的雪粒。我的心情沉重了。明天就是春节呀！要是再下一场雪，班车一停，回家过节就根本不可能了。我怀着不安的心情走进了车站候车室。

我的心立刻凉了。自以为今天来得早，实际上大概是来得最晚的一个。只见候车室里已经人头攒动,吵吵嚷嚷的,乱得像一个集市。

失望中，我赶忙把目光投向售票处。

在 802 次的售票口，我看见车次牌上用粉笔写着：增加一辆车。

一种难言的兴奋涌上心头。我笑了。我觉得我是面对着我的老伴和孩子们笑的。好！今天大概能回家去过春节了。

当我正要赶过去排队买票的时候，身边突然传来一个微弱而苍老的声音：

“哪位同志行行好，给我买一张去桃县的票吧……”

这声音是绝望的，似乎不是对着某一个确定的人，而是对所有在场的人发出的一种求援的呼唤。

同情心使我忍不住停住了脚步。只见我旁边的一张椅子上蜷曲着一位老人——正是他在反复喃喃地念叨着刚才我听见的那句话。他衣服虽不十分破烂，但蓬头垢面的，并且看来身体有病，使得面容十分苍老和衰败。不像是乞丐，因为我看见他手里捏着买车票的钱。是串乡说书的民间艺人吧？但又不见带着三弦。我想：总之，这大概是一个无力去排队买票的人。

当我认真朝他脸上看去的时候，我才认出这是一个盲人！

我顿时感到一种愤愤不平了。当然，我首先气愤这个汽车站——竟然不能解决这样一些完全应该解决的问题。但我更气愤这个候车室里的人。在这些人之中，竟然没有一个肯为这不幸的老人帮忙的！

这种庄严的思考当然首先感动了我自己。我想我应当帮助这个老人。

我瞅了一眼去桃县的售票口：正好！803次和802次的售票口紧挨着，并且车次牌上写着“增加两辆车”的字样。

我急急忙忙赶了过去。

我在两条队伍的末尾，犹豫了一下：先排哪个队呢？如果现在去给那个瞎眼老头排队买票，我自己的票十有八九买不上了；我将不得不垂头丧气地滚回单位。但如果我要是先给自己买票，那老头的票也把握不大了。

我内心里不觉隐隐升起了一股懊丧的情绪：呀！你自己仓促地为自己选择了一个难题。

很快，我又谴责自己的这种情绪了：是的，你的确没有为那个不幸的老人公开承诺什么，但你在心灵中不是把某种责任承担了吗？你刚才不是义愤别人不关怀那个老头吗？好！你自己关怀了，可又懊悔了。这像什么话！

但是，先买谁的票是个很快需要确定的问题，因为两个队伍后面都在继续增加排队买票的人。如果不很快做出决定，说不定两头都要误了。

我来不及多想，很快站到了802次的队伍后面。

一刹那间，我感到自己很羞愧。但同时也试图找了一些理由来为自己的良心解脱。我想，803次增加两趟车，而802次只增加一趟。这样看来，先买802次然后再买803次，更有希望两全其美。当然同时买两张票更好，但我又不会分身法！所以看来，事情这样做是合乎逻辑的。另外，我想我着实努力了，即使买不上803次的车票（谢天谢地不希望这样！）我在良心上也能过得去：在这众多的人里面，我虽然没有能解决瞎眼老头的实际问题，但我是唯一关怀过他，并且用行动为他做了努力的人。

出于这些聊以自慰的理由，我觉得自己好像心地踏实了一些。但与此同时，也隐隐感到后脑勺有点不自在。我似乎觉得那个老头的眼睛并不瞎；他正在后面那个角落里望着我……

我终于把一张802次的车票拿到手了！这张小小的硬纸片儿此刻给我带来的喜悦是无法形容的，它意味着我今天将回到亲人们的身边。

我带着这个充实的收获，站在803次的队伍后面。我很愉快：我自己得到了满足，并且开始为别人做一件崇高的事。

我当然是这个队伍的最后一名。前面站着一个高大的青年，头发乱蓬蓬的，像故意弄成那个样子的。他穿一条带条格的裤子，一双皮鞋的后跟闪着亮光，右脚在地板上有节奏地敲着锣鼓点。

时髦青年！不要看他的正面，光那后背就叫我反感。其实那后背也并没什么缺陷。的确，我现在已经对当今的年轻人有一种执拗的不信任感。我觉得，他们比我们这一代人来说，的确有许多长处，比如敏锐啦，爱思考啦，等等。但论道德啦，礼貌啦，同情心啦，哼，我敢说，未见得能比得上我们这些老头子！就拿眼前这个魁梧的小伙子来说吧，说不定他连一点教养都没有。我甚至奇怪他竟然能正经八百地站在这个队伍后面排队哩。嗯，他大概是看能买上票才这样哩；要是售票员喊一声“票快完了，后面的人不要排队了”，你再看他吧，他准会如狼似虎地扑过去。

就在这时，我又发现这队伍的旁边还站着一位青年妇女。她既像是在排队，又不在队里边；眼睛斜视着窗口，像是在思索什么，又像是在等待着什么，并且还装出若无其事的样子。我断定她也是一个随时准备浑水摸鱼的人。但愿我是错猜了她！她身边还站着一个四五岁的小姑娘，看来是她的孩子。

由于这一男一女两个年轻人站在前面，我有点丧气了。我深知道他们会在紧要的时候做出什么事来。

我怀着一种不安的心情随队伍移动。

倒霉的事终于出现了：当只留下我们三个人的时候，票已经剩最后一张了。我当然没买上。虽然我感到十分遗憾，但还是心安理得，因为这次我没买上票是正常的。

但我前面的那两个年轻人却像我所预料的那样，为那张票闹起来了。

当售票员宣布只剩一张票的时候，那青年妇女丢下孩子，猛地把手抢先伸进了售票口。等那个男青年反应过来的时候，票已经到了那个姑娘的手里。那男青年刚要找售票员算账，那小门却啪一声关了，小门板上“票已售完”四个字嘲弄似的对着他（当然也对着我）。

那个男青年马上把全部的愤怒转向了那个青年妇女。他两只拳头紧捏着，开始用很难听的话斥责她，并强硬地让她把那张票交出来；说如果不交出来的话，她今天无论如何走不成。

说实话，我这时候在感情上毫无保留地站在那个男青年的一边。这并不是说我倒喜欢起他来了。尽管我对当今的年轻人反感，但我更反感不讲道理的人。

我看见那青年妇女在男青年暴风雨一般的攻击下，眼帘低垂着，嘴唇微微在颤抖，却说不出一句话来。

大概是她自己也认识到做了一件不太光彩的事吧？我内心里对她厚着脸皮插队买票虽然是反感的，但这时候对她的这种认错的表现却产生了某种好感。而且，我看见那个小女孩正紧紧偎依在她那理短的妈妈怀里，一双眼睛望着那个可怕的“叔叔”，害怕得直哭。我很快把自己的同情心完全转到了这母女一边，反过来又对那个男青年咄咄逼人的态度生气了：你有理是有理，但在这妇幼面前逞好汉，不觉得害臊吗？

那个青年妇女牙咬着嘴唇，看来有点受不了，她不知嘟囔了一句什么。结果，那个男青年更愤怒了。他凶狠地斥责她，并且胳膊也开始在空中一抡一抡的。坏了！他看来恐怕要动武了！

正在这时，我看见那个小姑娘却很勇敢地站在了那个横眉竖眼的男青年面前，两条小胳膊像小鸟的翅膀一样张开，护着她那理短的妈妈，脸蛋上吊着两颗大泪珠，小嘴一张一张地说：

“叔叔，求求你，不要打妈妈！”

这小人儿的非凡举动使那个男青年像一架疯狂转动着的机器突然切断了电源；那张暴怒的、年轻人的脸渐渐地缓和了下来。他有点吃惊地盯着那个胖胖的小姑娘，皱了一下眉头。随后，竟然举起一只僵硬的手，在那小女孩的头上轻轻摩挲了一下，并且用一种极温柔的语调不连贯地说：“你……别怕！叔叔……不打人……”

说完这句话后，他不知所措地把头扭到一边去，沉默了。

我看着这突然出现的一幕真实的戏，非常吃惊。小伙子呀，原来在你那粗犷的胸膛后面，竟也有这么些美丽的闪光噢！

沉默了一会的小伙子转过头来了，他用一种诚恳的语调对那青年妇女说：

“同志，对不起。您不要生气。刚才，我，太过分了……”

那青年妇女先没说什么，只默默地把身边的孩子抱起来，然后教她说：“乖，说谢谢好叔叔。”

“谢谢好叔叔！”孩子的脸上仍然挂着两串亮晶晶的泪珠，把自己那只胖胖的右手举到了额前。

我看见那小伙子的腮帮子急速地嚅动了几下？泪花子在眼里直转。他突然从上衣口袋里摸出了一张车票，把它递到了青年妇女的面前。

他这举动使我茫然了：这是怎回事呢？

我看见那个女青年也茫然了，看看那个男青年，又看看那张票，迷惑地眨巴着眼睛。

“您不要奇怪，”他说，“我是买到了一张 803 次的车票。但这不是给自己买的。我第二次排队才准备给自己买一张，但让您买了。不过这不要紧，您带着孩子，在这里呆下去太不方便了。我不走了，但请您帮个忙，替我在路上照料照料那个人。”

“谁？”她问他。

他向后面的角落里努了努嘴：“那个瞎眼老头。”

“他是你什么人？”

他摇摇头：“不认识……”

当这幕生活的戏剧进行到这里的时候，我一下子被震惊得目瞪口呆！而在我还没有反应过来的时候，只见那青年妇女尖叫了一声，也拿出了自己的那张车票递到了男青年面前，惊喜地喊叫着说：“呀，这太巧了！我这张票也是给他买的呀！”

“他是你什么人?！”

她摇摇头：“不认识……”

一刹那间，他们谁也不说话了。他们静静地互相看着对方，两张纯洁的、年轻人的脸，像大理石雕塑一般美丽。

此刻，站在他们身边的我，像一个地地道道的老傻瓜；又像一个做错了事的小学生，羞愧地站在班主任的面前。我倒在旁边一张肮脏的破椅子上，脑袋嗡嗡直响。脖项里的那道纽扣像枣刺一般卡在喉眼骨上，连气都喘不过来了。

我现在听见男青年硬要叫那个青年妇女和瞎眼老头一块走。可是，那姑娘却说：

“同志，我根本不是去桃县的！我本来是要买 802 次车票的。但看见那个老头太可怜了，我觉得我有责任帮助他，就放弃了先给自己买票的打算。可我又看见 803 次的队排得很长，怕给老头买不上票，就厚着脸皮插到您前面了。我想现在您会相信我的，如果票要是再有的话，我是不会干这种事的。我长这么大……算了，说这些干啥呢？快要进站了，您赶快和那老头上车去吧！”

只见那个男青年神色庄严地从她手里接过车票，并掏出车票钱放到了青年妇女的手里；然后弯下腰，小心翼翼地在那个小女孩的脸蛋上亲了一下，便转身走了。

我猛地从那张破椅子上爬起来，迈着难以抑制的激动步伐，走到了那位青年妇女面前。我掏出了自己的车票，对她说：“你要 802 次的票吗？我有事不能走了，退票。”

她惊喜地一边掏钱，一边说：“真运气！太谢谢您啦！”

我接过钱，把帽檐往下拉了拉，默默地走过拥挤的人群，出了候车室。

外面已经变成一片银白的世界。飞舞着的雪花打着旋儿，纷纷扬扬地飘落着。街道上一片寂静。我踏上洁白的路面，匆匆向机关走去。

* 原载《山花》1980 年第 4 期。

青松与小红花

一

她现在是留在村里的唯一插队知青了。

这是一个不幸的人：二老双亡，无亲无故，孑然一身。1969 年冬末，当时和她一同来插队的有二十几个少男少女。在第二或第三个秋天，这些人就先后和大雁一齐飞走了。他们有的当了兵或工人；有的更幸运一些，上了大学。只有她走不了。她像一只被打断翅膀的雏雁，滞留在这里六年了。谁都知道，她不幸，是因为已故的父亲被宣布为“畏罪自杀”的“叛徒”——他人死了，却给她留下了一份吃不消的政治遗产。

但是在有些人看来，她的不幸主要还是怪她自己。在人们的感觉中，现在这时光像她这种处境的人，一般说来总是自卑的。为了自己能在这个社会上生存下去或者企求一点小小的发展，总是时时处处小心谨慎，没锋芒，没棱角，奔跑在领导的鞍前马后，随社会的大潮流任意飘泊……

但不幸的是，吴月琴没有这种认识。以上所说的那些“美德”她连一点也没有。相反，却表现出一股傲气。你看她吧，走路抬头挺胸的，眼睛总是锐敏地扫视前面的世界。嘴里时不时哼着一些叫人听不懂的外国歌，有时还像男孩子一样吹口哨哩。在别人对当前那些时髦的政治话题喋喋不休地谈论的时候，她总是一言不发，一双淡漠的黑眼睛瞪着，或者干脆把这双眼睛闭起来。总之，她和眼前的社会很不搭调。

她所在的生产队正好是公社所在地。村里的老百姓就是在厕所里见了公社干部，也总要满脸堆笑，用庄稼人那句向人致敬的话问：吃了没？吴月琴才不管这一套。她就是见了那个外号叫“黑煞神”的公社书记，也不主动去搭理。如果“黑煞神”冯国斌也不搭理她的话，她甚至连眼皮也不抬就从他的跟前走过去了。

她很孤独，但这只是对别人来说。在她自己的世界里，看来并不如此。白天晚上，只要她没睡着，嘴里总是哼哼唧唧在唱歌。唱的当然不是当时人们所听惯了的歌。怪腔怪调的，谁也听不懂。她自己是畅快的——人们这样认为。

但老百姓对她的这种畅快是鄙视的。的确，父亲去世是过了几年了，但她妈不是前几个月才死的吗？就是老人历史上有问题，但总是自己的亲人嘛！难道做儿女的就连一点点悲哀和痛苦的表示都没有，还能畅快地唱歌哩？实在是作孽！

但有一次，当吴月琴所在的三队队长运生说了一件关于她唱歌的事，大家才感到震惊了。运生告诉人们说，他有一天黄昏听见她在村后的一条荒沟里唱歌，唱着唱着，歌声猛然间变成号啕大哭了……

啊，原来是这样！村里的人终于明白一些她那古怪的脾性了。生活中谁没有过这样的体验呢，当巨大的痛苦压在人心上的时候，人有时的确不是用眼泪，而是用歌声来排解忧愁，这歌声是比眼泪更酸楚的！

由于吴月琴的这一切，她在公社是很出名的。甚至县上的干部也都知道南马河公社有“这么个女子”。再加上和她一块从省里来插队的知青差不多都走了，她几乎成了这个公社唯一操“外路口音”的人了，而且又是这么个人，还是个女的！

所有这一切，她必然被人注意和议论。她呢，装个听不见，照样我行我素。不久前她用粗劳动布自己裁缝了一条裤口稍微敞开的裤子，全公社当然又当作稀罕事立即议论开了。先是爱饶舌的公社文书杨立孝说这裤子叫什么“喇叭裤”，是“洋人”穿的。接着，老百姓就到处传说南马河学校的吴月琴穿了一条“吹鼓手裤”。这一来，逢公社遇集，好多人竟然跑到小学校来观看她的这“吹鼓手裤”，弄得她连课都上不下去。

她在大队的小学校里教书。就是极不喜欢她的人，也都说她书教得好。她会跳舞，会唱歌，尤其会画画。小提琴也拉得很好，还懂英语。她把一群乡山圪塄里的娃娃一个个调教得比县城里的娃娃都开化灵醒。村里的老乡不管对她有什么看法，都因这一点而喜欢她，爱她。她几天不在了，全村人就感到空朗朗的。

但对她反感的人也确实不少。这些人主要是一些吴月琴所戏称的“国营干部”。而在这些人里边,对她最反感的恐怕要数冯国斌了。

冯国斌得个“黑煞神”的外号，不仅因为他的脸长得黑而粗糙，那面部表情就是笑了也给人一种望而生畏的感觉；更主要的是这人脾性暴躁而古怪，动不动爱发火。他这人就是做错了什么事，也很少用书面或口头做检查，只是用行动来改正。他对普通老百姓的缺点是严厉的，但对上级的错误更不客气。就因为这一点，却赢得了普遍的尊敬。由于此公秉性耿直，那些想利用公职为自己谋点什么的干部，在他手下工作，寒心极了。这是过去年代培养起来的那种典型的共产党人：对党的事业忠贞不贰，但有些事情上又显得古板了一点。不用说，他对一切超越正常规范的行为都深恶痛绝。

他对吴月琴不光反感，而且有点敌视。这倒并不是因为她的出身。他知道她父母也许完全是被陷害的好人——“文化大革命”十来年这种事还少吗？他主要反感吴月琴本人。在他看来，这女孩子身上缺点太多，浑身有一股“资产阶级味”；而且行为又那么放浪，根本不懂人情世故。他甚至怀疑她是否有正常人的道德情操观念。

这一天，公社文书杨立孝告诉这位“黑煞神”说，他听人反映，吴月琴近来不光自己唱外国“黄色歌曲”，而且还教给娃娃们哩。

冯国斌一听就起火了，马上打发人去叫吴月琴。他要狠狠刮她一回！这还了得！

二

吴月琴听说公社书记叫她，感到很奇怪。她和冯国斌没有什么直接交往。原来和她一起的那些知识青年，为自己的事情经常和这位“黑煞神”厮磨，都和他混得很熟。她却从来没有找过他。她早从侧面就听说公社书记对她很反感。既然人家反感，又为什么要去找呢？不过，说句良心话，她倒不太反感这位公社书记。她虽不了解他本人，但她感觉老百姓不恨这个人。反正她想：老百姓不恨的人，她就不恨，管他对自己怎样看呢！

现在这位书记竟派人来叫她，有什么事呢？好事大概不会有。像她这种人还能希望什么好事！但她做错什么了吗？她也想不起来。不管怎样，她倒很想见识见识这位“黑煞神”，看他究竟有怎凶！他还能把她一口吃了吗？

她从村后的小学校往村前枣林中那一排公社的房子走去。

细蒙蒙的秋雨已经断断续续下了十多天，现在还正下着。天像灰漆刷过一般，阴得密实极了。田野里散发出一股刺鼻的沤霉味。远方苍茫黛绿的山峰间，飘浮着一块块轻柔的雾团，像诗意画一般叫人想入非非。村道被人的脚片子踩得乱糟糟的，难走极了。她没有打伞，也没戴草帽，眼睛盯着脚下，很小心地走着。

她的外表看来和她的性格不尽相同。一身自己裁剪的衣服，很妥帖地勾勒出了她那健美的身材。端庄而漂亮的脸；皮肤细白，红润。长长的眼睫毛护着一双水一般清澈的眼睛，看起来很单纯。头发用一根绿毛线随便在脑后一挽，结成蓬松的一团——现在这蓬松的黑发上沾着一些细小的雨水珠，像撒了一些碎银屑。在粗犷雄浑的高原大地上，她就像一朵开得很娇嫩的花——可以想象，她为了不使自己在霜雪风暴中枯萎，付出了什么样的代价！

吴月琴带着一身潮湿走进公社书记的房子。书记正端正而严肃地坐在办公桌后面，两条胳膊放在油漆剥落的办公桌上，浑身上下一副老农民的穿戴。他看来是专门等待和她谈话的，可是对她的到来竟一言不发。这使她站在地上窘迫了一会。她很快知道她遇到了一个脾气古怪的人。她也不说什么就坐在他对面的一张椅子上。她扭头去看墙上的一排关于本公社农业方面的表格，实际上是把脸对着这一摊数字，而不是看。她进来到现在虽然没认真地看一眼书记的脸，但感到那张脸是不友好的。整个屋子里弥漫着一种爆炸性的空气。

她实在感到奇怪！她做错了什么事要受到眼前这种对待呢？她觉得这是一种压迫，她不能忍受，她要反抗！但她不准备先开口，让桌子后面那个有权力的人先吼雷打闪吧！她不害怕这些。这十来年里，什么样的压迫和打击她没受过！

“你吃晚饭了没？”冯国斌终于开口了，但声音出奇的平静。这倒使吴月琴吃了一惊。不过，她听出来这显然是压抑了的一种暴音，就像炸雷前面的一道闪电。

“吃了。”她不在意地回答。

“你这个人太不像话了！”

冯国斌终于怒吼了。这突如其来的一击，使这位平时看起来什么也不惧怕的姑娘也不禁微微一颤。她的目光马上像针被磁铁吸着一般盯在了冯国斌的脸上。这下她看清了那张全县闻名的脸：黑乌乌的，就像一块粗糙的铁，此刻又被愤怒的拉力所扭歪，一道道皱纹看起来像裂纹一般。右边脸上有一个伤疤，刚好掠过眉梢和眼角斜劈下来，像一个触目的惊叹号。这大概是战争留下的纪念。

“我……怎啦？”她声音平静地问。此时此刻，这样不露声色的平静至少和冯国斌的怒吼同样有威力。那张铁板一样的脸好像也为这点而稍微震动了一下。

冯国斌不理睬她的发问，继续吼喊他的。

“我看你这个人是不可救药了！你，情愿走啥路哩！可你不能给我把那群娃娃也引到黑水沟里去！我看……”

“冯书记！我究竟怎啦？”吴月琴打断他的话，激动得眼睛圆睁，满脸通红。

“我看你算了，别教书了！回生产队劳动去！”冯国斌断然把头扭到一边去，拿起旱烟锅在烟袋里狠狠挖起来。

“我究竟怎啦嘛？您必须把话说明白！我可以不教书！但您必须说明白，我做错什么事啦？”

“你还装啥糊涂哩！你给娃娃们教了些啥外国人的酸歌？”冯国斌手里端着没点着火的烟锅，声色俱厉地问。

吴月琴一怔。马上，嘴角浮起了一丝嘲讽人的微笑。她说：

“您误会了。这不是外国歌！是我自己编的一首儿歌，只不过是用英语给孩子们教的罢了。我想这样可以一举两得：孩子们既可以学唱歌，也可以学英语……再说，歌词也不是酸的！为了说明这一点，我可以把歌词给您说一下。歌词是这样的：小红花，小红花，长在巍巍青松下，风来吹，雨来打，青松不弯腰，小红花也笑哈哈……您说说，这就是酸歌吗？”

冯国斌沉默了。显然杨立孝给他提供了假情况，害得他无端动了这一番肝火。他的沉默就是对对方的道歉。不过，他只沉默了一会——也就是说对刚才的事道歉完了以后，又很凶地说：“你自己唱外国酸歌这总是事实吧？”

吴月琴还是那副不在意的样子，说：

“我是爱唱一些外国歌，您所说的酸歌，我倒不知道怎个酸。我会的歌是有一些反映爱情生活的，不过我自己看不出来就是黄色的。有爱情内容的作品就是黄色的吗？现在样板戏里男的女的倒都是些光棍，不过我看这……”

“别说了！”冯国斌粗暴地打断她的话，表现出一种厌恶的神情，好像说：女娃娃家脸怎这么厚？爱情长爱情短的，都不嫌害臊！人家说你不正经，一点也不假！

吴月琴站起来了。她扯扯衣襟，挑战似的问：“冯书记，我还继续教书吗？”略停了一下，她也不知为什么非常动感情地又补充说：“还是让我教吧！您也许不知道，我现在离开这些孩子，说不定要发疯的……”

冯国斌手在黑脸上狠狠摸了一把，一言未发。他拧过身擦着一根火柴，点燃了那锅旱烟。

尽管接触很短暂，吴月琴已经摸着了这位“黑煞神”的脾气。他的这种沉默就是对她的问话的肯定答复。不知怎的，她竟然感激地瞥了一眼他生铁疙瘩般坚实的后背，便很快挪动脚步，出了房门。

外面的雨继续下着。村对面远远的山峦已经变成模糊的一片了——黄昏已经临近。

当她下了门台，穿过水迹斑斑的院子来到院门洞的时候，公社文书杨立孝正端着一老碗面条往嘴里扒着。他吃得满头大汗，热得光穿个白衬衫；蓝“凡立丁”裤兜里炫耀似的伸出一根拴钥匙的镀金链子，挂在裤带上，明闪闪的。他见她走过来了，很快把右手里的筷子塞到端碗的左手里，抬起胳膊分别摸了一下偏分头的两边，咧开嘴对她笑了笑，说：“冯书记训你的话我全听见了！唉，这个人嘛，就是这么个老古板！你也别计较。不过你以后也要注意哩！你不看如今正狠批崇洋媚外吗？”

吴月琴向来对这个人是反感的。他像《创业史》里的孙水嘴一样叫人恶心。她轻藐地一笑，指着这位文书的白衬衫说：“你在镜子里照照你自己吧！”

说完她便匆匆出了大门洞。

杨立孝莫名其妙地看了看自己的胸前，立即脸臊得通红。他那件白衬衫是进口化肥口袋改裁的，尽管不知洗了多少遍，上面还隐隐约约看见“日本产尿素”几个字。他尴尬地对她走去的背影喊：

“你不要笑话咱！咱这是延安作风！艰苦朴素……”

三

吴月琴踏着泥泞的村道往回走。秋雨轻轻拍打着大地。空气里飘散着呛人的柴烟味，已经到吃晚饭的时候了。

她没有回学校去，脚步离开了原来的道路，漫无目的地走着。

她发现自己又来到村后这条荒沟里了。她爱一个人在这里串游。一到这里，她就暂时和整个世界隔绝，这个世界是如此困扰着她啊！

她在这里喜怒哀乐，除大山和小草，谁也看不见。她在这里唱，哭，喊；然后再倾听大山对自己有什么回答，尽管得到的回答永远还是自己那发问的声音：一声又一声，远了，弱了，最后消失在苍茫的天地间……

几年前，她的父亲——省美术学院的副院长，被人从四层楼的隔离室推下去，然后宣布“畏罪自杀”。母亲在疾病和痛苦的折磨中也在前不久去世了。她在生活上和政治上都成了孤儿。前年考了一回大学，名列全地区第一，她高兴了一阵。但出了个张铁生，很快使她的生活又都恢复了原来的样子。祖国在受难，她也在受难。一颗孤苦伶仃的心又经常被社会的谗言恣意践踏……

看不见的雨丝轻柔地落在她的肩头，像有一只无形的手在厚爱地抚摸着她。夜幕垂落了，一切都隐匿在黑暗之中。雨浸泡了的青草散发出一股甜丝丝的味道，直往鼻子里钻。这里那里，归窝的鸟儿扑棱棱地扇动着翅膀。她在熟悉的路径上慢慢踱着步。什么也不怕；不怕狼，不怕鬼，不怕黑暗。她的遭遇已经够坏的了，她还怕什么更坏的遭遇吗？

她走着，在黑暗中惆怅地张望着。她总想看见点什么，但什么也看不见。她站住了，索性闭上眼睛。她最怕回忆过去，但过去的生活画面总是在这样的时候就出现在眼前：初春明丽的阳光那么和煦地照耀着绿茵茵的草地，她依偎在妈妈的怀中，脚搁在爸爸的膝盖上，在画夹的宣纸上写生——嫩黄的柳丝，碧澄的湖水，白得耀眼的塔尖……

雨渐渐大起来，并且起风了。黑暗中，风雨无情地抽打着她发烫的脸颊，湿透了的衣服冰凉地贴在身上，痛苦难耐。她对着黑洞洞的天地绝望地狂喊了一声：

“啊——”

“啊——啊——啊——”黑暗中的千山万壁久久地回应着她的呼号……

“小吴！”

背后突然有人在叫她。她的脊背骨一阵冰凉，下意识地猛转过身，紧张地问：“谁？”

“我……运生。你快回喀！天这么黑，又下雨……”

当她确实听清了这是队长的声音，全身才松弛下来了。

“给，把我的草帽戴上。”运生在黑暗中把草帽递了过来，又一次央求似的说，“快回喀……”

她接过草帽，无言地迈动了脚步。接着，她后面也响起了“扑踏扑踏”的脚步声。

这时候，她才突然感到这黑暗的荒沟恐怖极了，好像四面八方都埋伏着龇牙咧嘴的魔鬼在伺机向她扑来。但她觉得有一种力量在保护着她。这就是身后那“扑踏扑踏”的脚步声，它像避邪的战鼓那般有神威。她那顶草帽一直没往头上戴，紧紧地捏在手里；她觉得这不是草帽，而是运生交给她的一把护身的剑。

风雨越来越猛烈了，整个天地间就只有风雨这单调而复杂的声音。不久，渠渠沟沟里响起了淙淙的水声。村前河道里的涛声也陡然间涨高了。她一边跌跌撞撞地走着，一边问：“运生，你怎知道我在这里呢？”

运生在她不远的背后回答：“不光今天，你每次来这荒沟我都知道。我常就在那小土梁梁后面哩。我怕你寻短见……小吴！你可千万、千万不要往窄处想哇！今天我知道冯书记叫你去了。老冯是好人，脾气不好，你不要计较……”

一股热辣辣的激流登时涌上吴月琴的胸膛。她想，在这几年里，如果不是这个朴实的后生和他那善良的老妈妈亲骨肉般地关怀她，她的情况谁知还能坏到什么地步！她病了，他给她砍柴担水；他的老妈妈没明没黑守在她身边，熬药，喂汤……他为了使她有条件继续学习，跑上跑下说情，让她在队里教了书……

已经到村头了。吴月琴抹了一把脸上的雨水，也抹去了眼角的两颗泪珠。她站下等运生走近了，把草帽递给他。黑暗中她看不清他的脸，但感觉到了他那庄稼人亲切的气息。

运生接过草帽，说：“我妈还在你那里，我得去接。”

吴月琴用手抹了一把水淋淋的头发，和他肩并肩向学校走去。

运生妈正坐在她床边发呆，见他们回来了，一脸皱纹都笑展了，嘴唇子颤了几颤，想说什么话，结果什么也没说出来，只是手指了指炉台上的一沓白面烙饼和一碗冒着热气的米汤，说：“你快趁热吃，我们回去了。”

吴月琴从墙上摘下伞，又从枕头旁边摸出手电筒，交给运生。在运生接这两件东西的时候，她感激地望了他一眼。她觉得他可亲极了：黑油油的眉毛，紫红色的脸庞，匀称而茁壮的身躯，而更重要的是他有一颗那么美的心！

她把他们母子俩一直送到大门口。运生妈一边走，一边还在黑暗中安顿说：“你快回去趁热吃……”

吴月琴回到自己的宿舍，闩上门，一头扑在床上哭起来了，但这不是因为痛苦！

哭完后，她换了一套干衣服，在镜子前面认真地梳起头发来。多少年了，她才又一次发现自己年轻而且漂亮。

她吃完香喷喷的烙饼和米汤，从墙上摘下小提琴，神采飞扬地拉起来。琴声和窗外的风声雨声掺和在一起，使这沉静的夜晚变得热烈而激昂……

四

冯国斌在训完吴月琴不久就倒了霉。不知这公社谁以“革命群众”的名义给地委写了一封匿名信，告他抗拒地委的决定，竟然在南马河公社不学习“哈尔套经验”，不搞“社会主义大集”；说这公社的自由市场不但依然如故，而且更加变本加厉；资本主义活动现在到处泛滥。这封信断然下结论说，这个公社已经变成地地道道的“资本主义王国”了，而这个“王国”的“国王”就是冯国斌。

地委在接信的第二天就派出了工作组，没给县委打招呼就驾临南马河公社。正好当天南马河逢集，立即印证了匿名信所说的情况。工作组当即代表地委命令冯国斌停职检查，然后才把这个决定通知了县委。

“黑煞神”才不尿这一套哩！他的老脾气是错了也只在沉默中改正；何况他认为这事他并没有做错，凭什么要他在大会上做检查呢？

在工作组召集的全公社干部大会上，他既不检查，也不辩解；一言不发，只是一锅又一锅地抽他的旱烟。工作组对他实在没办法，只好回地委汇报去了。

停了他的职，他毫不在乎。饭量比以往更大了，睡觉照样鼾声如雷。他每天扛着工具，去参加南马河大队的劳动。对于公社的事，他一样也不少管，他还是这里的当家人！

就在这个当口，他又听说了关于吴月琴的一件事，还是杨立孝告诉他的。杨立孝告诉他说，吴月琴最近越来越不像话了，竟然和南马河三队的队长运生搞不正当关系；现在全公社到处都在风一股雨一股地议论，影响坏极了。

冯国斌听了这话感到非常震惊。本来，通过上次谈话，这个女孩子的形象在他的脑子里已经有所改变。尤其是她的那种不屈服的性格给他留下了蛮不错的印象。尽管他没明说，但他喜欢她的这一点。想不到现在又发生了这等歪事！

现在，他隐隐约约感觉到，他以前对这个女孩子关心不够。何止是关心不够！他实际上从来就没关心过她。他现在才认真地考虑到，生活在他所领导的土地上的这个女青年，遭遇和处境是多么不幸啊！她什么依靠也没有；有那么多的本事和特长，又哪里也去不了，多少年来就屈在这个乡山圪塄里。二十大几的人，根本没法考虑较满意的婚姻。如此险恶的遭遇和命运，难道不能逼得一个人堕落吗？他想，如果这个女孩子真的堕落了，实际上他也是有责任的。他以前是有可能帮助她一点什么的，但他没有这样做。想到他对一个不幸的人这样不关怀，他难受极了。所以尽管他自己目前的处境也不佳，但他还是准备和她谈一次话。这次他不准备叫她到公社来；他要亲自找上她的门去谈，这也包含了一种对不起她的意思。

这一天，他在南马河打坝工地上带着一身土腥味回来，匆匆扒了炊事员留下的一老碗红豆角角干米饭，脸也没擦一把，就向南马河小学走去了。

已经是掌灯时分了。秋夜晴朗的天空，星星一批跟着一批出现。他背抄着手，迈着因劳累而松松垮垮的脚步，一声不吭地走着。就是在村道上也能嗅见田野里成熟的秋庄稼的气息。这位“停职”的公社书记心里暗暗畅快，因为秋田要丰收了。为了这，那些弯腰弓背的老百姓，受了多少熬苦！而他呢，汗珠子也没少掉，而且还得用肩胛扛住多少政治压力啊！不管怎说，只要老百姓囤里有了粮，他受死受活也心甘情愿。他一路走，一路盘算：再一关就是顶住“高征购”了。应给国家交的粮食他一颗也不会少，但要挖农民饭碗里的粮，头打烂也弄不成！

“弄不成！”他想着，嘴里竟嘟囔着对夜空下的一片枣林嚷了一句。他根本忘了他现在是“停职干部”，说不定到时还要撤职的，要和人家吵还轮不上他呢！

到了小学门口的时候，他才记起他今晚上是干啥来了——他要对吴月琴做一次真心关怀她的谈话。他要对她说：要争气！不论在什么厄运中，都不要堕落！都要保持高风亮节！

他进了学校的院门，看见中间有唯一亮着灯火的窗户，便认定是吴月琴住的地方，因为本村的教师都在家里住。

当他走到院中央的时候，站住了，因为他听见屋里正有两个人拉话，声音很高，正是吴月琴和运生。

他的心一沉。他本想转身就走，但听见这两个人的谈话似乎说到了他自己，他就站下听他们谈些什么。

“……唉！准保又是杨立孝造的谣言！现在全公社都在议论咱两个哩。冯书记说不定也知道了。要不是他最近也枉受人家的整，肯定要把你叫到公社训一顿……”

这是运生的声音。

吴月琴马上开腔了：

“我不怕！他冯书记要是干涉人家的正当的恋爱，他就太不像话了！我想他不会的！至于杨立孝造谣咱长短，咱行得端，立得正，不怕半夜鬼敲门！……运生呀，你就说句话嘛！你看我现在无依无靠的，我再能指靠什么人来解救我呢？只有你和你妈是我最亲的亲人了。我不爱你别的，就爱你的好心肠。你就答应我吧！咱俩死死活活就在一块生活吧！我不会给你做针线，但我能吃下苦！我情愿跟你受苦受罪一辈子……”

院子里的冯国斌听到这些话，受到了极大的震动，他猛然感到，他以前并不了解这个女孩子！他想起他以前曾那么粗暴地对待过她，星光下羞愧地垂下毛楂楂的脑袋。

房子里的谈话又开始了。他克制住乱纷纷的心情，继续听下去。

运生的声音：

“小吴！你的一片好心我都领了。可是我不能这样嘛！我是个土包子老百姓，只念过三天两后晌的书。我的开展就在这土疙瘩林里呢。你是个知识人，你应该做更大的事，你不应该一辈子屈在咱南马河的乡山圪塄里！国家总有一天会叫你去办更适合你干的事！你要是和我结了婚，也就等于我把你害了。现在全公社都在传你和我的谣言，我和我妈急得哭了几回鼻子。前几天我们母子俩商量了一下，托我大舅在他们村给我介绍了个媳妇，昨天女方已经来了我家，我们已经订了婚了。我们还备办了一点酒菜，准备明天请公社和村里的一些人吃喝一下，把这事明了，也就等于堵那些造谣人的嘴……你受气已经受得太多了，怎能因为我再叫你受气哩……”

接下来就听见吴月琴失声痛哭了，像孩子那般没有任何节制地呜咽着……

冯国斌浑身的血直往头上涌来。他猛然感到一阵眩晕。他趺趺撞撞来到院当中的一棵老槐树下，把那黑苍苍的脸靠在冰凉粗糙的树干上。两颗如此年轻而纯真的心，感动得他鼻根一阵又一阵发酸。

屋里，吴月琴的哭声停止了，听见她呢呢喃喃地在说：“运生！你真好。你太好了，运生！我要像亲哥哥一样看待你，你妈就是我的亲妈妈，我就是她的亲闺女！也是你的亲妹妹……亲的……”

这时候，运生却哭开了，小伙子的哭声尽管有节制，但听出来那粗壮的男音一声声都是从肺腑里涌出来的。

冯国斌急骤地迈动着粗而短的双腿，走出小学校的院子。他脸上的肌肉绷得紧紧的，那道伤疤也变成紫红色。他的神态就像护犊的老牛那般愤怒。他觉得这社会有一些凶犯在坑害这些娃娃！他如果现在一伸出手就能抓住这些坏蛋的话，他马上就会用他那握过老镢头的手，把他们的脖子卡断！同时他也想到在这些娃娃受磨难的时候，他却没有帮扶他们一把，心像刀扎一般难受！

“他妈的！”他走到河湾里，对着月光下的大山狠狠地咒骂了一句。接着像一个神经失常的人，双手从路边举起一块老石头，“咚！”一声扔进了路下边的一个深水潭里。

他用袖口擦了擦溅在黑脸上的水珠子，扯开大步向公社走去。

冯国斌在自己的桌子上留了一张纸条子，门也没锁，就蹬上自行车向县城奔去。

两小时后，他出现在县委书记张华的办公室里。

县委书记正在铺床，看来准备要睡觉。冯国斌此刻的到来，显然使他吃了一惊。他愣了一下，很快笑着迎上去，叫道：

“哎呀！你这个家伙！黑天半夜像一头狗熊一样闯进来，把人吓一跳！怎搞的，忙得就连头发都顾不得理一下吗？”

冯国斌牙一龇，算是对这个玩笑的回答。他提起暖水瓶，在书记喝剩的半缸子茶里倒满水，端起来一仰脖子喝了个精光，嘴角上还沾了一片茶叶子。

张华端出糖盒递到他面前，他伸手抓了两块，笨拙地剥掉纸，把两块糖都扔进嘴里，一屁股坐在沙发上嚼起来。看来他十分疲倦，暂时不想开口说什么。

张华微笑着盯着他，坐在办公桌后面的圈椅里。县委书记个头高大，穿着一套松松垮垮的衣服。大背头黑油油的；开阔的前额在灯下闪着光泽。他神态安详，给人一种学者的风度。只有那张被太阳晒黑了的脸说明这是一个长期搞农村工作的人。

他亲热地盯了一会冯国斌，才开口说：“你大概是为停职的事来的吧？好一个‘黑煞神’！地委的通知十七个公社都不敢顶，你这个灰汉给顶住了！怎么，现在吃不消了吗？”书记从圈椅里站起来，点了一根纸烟，慢慢踱了两步，站定，表情很严肃地说：“其实，这根本没啥了不起！当然，地委发了文件，我不能再发个文件和他们唱对台戏，这是个组织原则问题。不过，我心里倒希望全县十八个公社书记都像你‘黑煞神’那样给顶住！啥弄法嘛！农民的胳膊腿已经绑得够死了，连赶集也要限制、干涉，简直是岂有此理！你不要紧张，我给地委已经撒了谎，说当时考虑你们那里情况特殊，是我点头让你们维持原状的，要停先停我的职！”

冯国斌的嘴巴停止了嚼动。他目光深沉地看了一眼县委书记，随后干脆把嘴里的糖块一下子咽了。他摸出旱烟锅点着，狠狠喷了一口，才说：

“我不是为自己的事来找你的。停职我不怕！最多把‘乌纱帽’抹了，老镢把大概夺不走！我今天主要是为吴月琴的事来找你的。”

张华好像没听过这个陌生的名字，想了一想，才说：“噢，就是你们公社那个调皮捣蛋的女知青吗？很有点名气。她又怎啦？”

冯国斌长出了一口气。

“我们都不了解她。这是个很优秀的青年。我佩服你，你的下级出了事，你就一下子关心到他的命运了。我缺乏的正是这点。粗手大脚的只顾工作，对同志，对同志的命运关心得太少了……关于吴月琴的详细情况我就不说了。今年的大学招生已经完毕，但地区师范学校的招生刚开始，你能不能给文教局写个条子，你不要去，我拿着去找他们，让他们无论如何照顾一下，把吴月琴推荐去。她多才多艺，品行端正，在我们的土圪塄里窝了六年……唉，我们现在就是这样糟践人才的！”

张华一直认真地听他说话。他从来没有听见这位“黑煞神”说话这么温情过。

县委书记也不再追问事情的原委。他略微思索了一下，很快拿起笔，写了一个便函递给冯国斌。

冯国斌拿起这页纸就起身，张华让他再坐一会他也不肯。书记深刻了解他的这位脾气古怪的下级，也不强留，便用一条胳膊亲热地搂着他的肩头，送他到大门口。一路上，书记问他是不是还有什么重要的话对他说。

冯国斌抬起头，严厉地盯着他看，说：

“最重要的是上地区给咱把‘高征购’顶住！上面那几位老爷头昏了，好像不是农民养的，把农民往死路上逼哩！”

他的很粗鲁的话引得县委书记仰头大笑了。书记用手捏了一下他的生铁疙瘩般的肩头，说：“看你呆头呆脑的，可总是一下子就提到壶系上了！我和你的想法一样。不过，老冯啊！你可不敢什么事上都站在农民的立场上说话啊！这可是你的老毛病！不要忘了你是个共产党员！”

冯国斌在县委书记的臂弯里咧开嘴嘿嘿地笑了，笑得像孩子那般天真。

五

经过昨天晚上一场感情的大激荡以后，吴月琴的内心平静了，她的一切看起来还是老样子，但精神上经历了一次庄严的洗礼。她从运生和运生妈妈的身上，看到了劳动人民的高贵品质。这些品质是什么恶势力都无法摧毁和扭歪的。这些泥手泥脚的人，就是她做人的师表！她不想再抱怨生活对她的不公平了，而要求自己在这不公平的遭遇中认真生活，以无愧于养育自己的土地和乡亲。她要一生一世报答这些深情厚谊！

她好像一下子老成了。那双春波荡漾的眼睛一夜间变得像秋水一般深沉。她把那条为了在寂寞无聊中寻求刺激而胡乱做成的所谓“吹鼓手裤”，悄悄塞到箱子底下，换上了一身洗得发白的蓝学生装。

早晨，她去井边挑水。杨立孝不知从什么地方冒了出来，几乎是对她喊着说：

“哎呀！小吴,你知道不？冯国斌为咱社的自由集市问题塌台了！地委已经停了他的职，叫他检查，他又不检查，人家工作组又上去反映去了！他慌了，昨天晚上连夜骑了个车子直奔县上，大概是搬张华那条粗腿去了！哈,还留了个条子,说今早上就回来呀！看慌成啥了！他前几天不是还板着脸刮你吗？现在轮到人家刮他啦！”

吴月琴看见他对别人的不幸如此幸灾乐祸，心里气愤极了。平时他不是对冯书记那么尊敬和恭顺吗？老冯现在倒了霉，他就变成了这么一副嘴脸！

杨立孝原以为吴月琴听了他的话一定会笑逐颜开的，想不到她那么厌恶地对他板着脸。他感到很不自在，抬脚晃手地走了。

吴月琴牙咬着嘴唇，怔怔地立在井台上，忘了打水。前几天她已经听到了关于老冯的情况。她当时认为老冯这个硬汉子是不会屈服的，别有用心的人也把他怎么不了。现在她听说冯书记本人也为这事慌了，并且连夜骑车上了县委，感到非常吃惊。

上次老冯虽然训了她一顿，但她不记恨。相反，后来细细一回味，她反倒在心里尊敬他。虽然第一次打交道，又那么不和气，但她马上感觉到这是一个直心肠的好人。她喜欢这种性格的人。她觉得在他面前，自己什么话都可以倒出来。她又想到这个人没明没黑地为老百姓操劳，像一头又倔又吃苦的老牛，还得时时用两只角顶碰各种各样的压力。他目前倒了霉，但不是为了自己的利益——为自己的利益而倒霉的人活该！他是为了全公社的老百姓才受到这样的打击。他是为大家受了苦。而他现在的心情又这样焦灼，说明事态也许已经很严重了。她不知为什么觉得自己应该立刻去找他。她上次对他太不礼貌了。她强烈地产生了要向他道歉的愿望；并且也想给他说些宽心话，叫他不要熬煎，老百姓是站在他一边的！

她吃完早饭过了好一会，估计老冯大概已从县上回来，就匆匆到公社去找他。

她到了公社，却扑了个空。老冯没回来。事情是不是真的严重了呢？

她十分不安地出了公社的院门洞，忍不住向通往县城的公路上眺望。不知为什么，她固执地想很快见见他，给他说几句宽心话；好像她的几句话就能把厄运中的冯书记救出来似的。

她索性顺公路往前慢慢走去。她甚至孩子气地想：如果她把脚下的这颗小石子一脚踢到前边那个小土坑里的话，冯书记就会马上回来的；如果踢不进去，老冯今天就不回来。于是她就提心吊胆地去踢这颗小石子，真的像这颗小石子的着落就决定冯书记回来不回来似的。

小石子没踢到土坑里去，她失望地叹了一口气，正准备返回去，却突然发现远处拐弯的地方闪过来一辆自行车。她紧张地盯着看了一会，高兴得咧嘴一笑，是老冯回来了！她心里想，刚才说错了，应该是小石子踢不进土坑里的话，冯书记就马上回来呀！

满头大汗的冯国斌看见了吴月琴，他从车子上跳下来，诧异而兴奋地看着她，问：

“你在这里干啥呢？”

吴月琴不好意思地笑了笑，然后很直率地说：“我在等您！”

“有什么事吗？”冯国斌撑起车子，问。

“没。冯书记！我想安慰您几句！您不要熬煎！您没错！您是好人！您放宽心！您……”她原来准备好的一摊话此刻全不知道该怎么表达了；她甚至忘了首先应该为上次的事给他道歉。

但是，冯国斌在她一串急促的短句中，已经全部感受到了这个女孩子的一片赤诚之心。他抹了一把黑汗滚淌的脸，温厚地看着她，一双饱经风霜的眼睛，湿润润的。他感动地想：这个女孩子是多么需要人安慰她啊！可是她却来安慰别人……

他略微考虑了一下，然后对她说：

“你回去很快准备一下，到地区师范学校上学去。我这次到县里，就是专门为你办这事的……”

吴月琴的脸一下子变得很苍白。这突如其来的消息使她的脑子轰地点着了一团火！啊，几年来，谁告诉过关于她的好消息呢？她做梦也梦不见自己会有这么好的事！

她吃惊地站了一会，一转身，双手捂住脸哭了。

冯国斌望了望她剧烈耸动的肩膀，用粗硬的手指头抹去了自己眼角的两颗泪珠，默然地把目光投向黄绿相间的远山。

吴月琴又转过身来，捂着脸的双手垂落了，语气坚定地对冯国斌说：

“不！老冯，我不能去！我看见了您的这一颗纯正善良的心！正因为这，我不愿让您为我受连累！您目前的处境这么困难，那些不存好心的人，肯定又要利用这事做文章的，说您为我走后门……再说，我也不愿用这种办法去上学，来改变自己的处境；我要用自己的双手，自己的心灵，自己的努力去争得自己的进步和前程……您答应我吧！我已经决定了……”

冯国斌听完她激动的表白，脸上顿时显出庄严的神色。他背抄起手，在公路上来回走了几匝，然后站定，望着等待他做出回答的那张激动的脸，说：

“如果因为前面的理由不去，这完全用不着你操心；如果是因为后边的理由不去，那么我没有话说。但是，我要对你说，孩子！我是真心实意地想为你做点事，以弥补我以前对你的不能饶恕的过失。但我又是多么愿意听见你刚才后面所说的那些话啊！是的，一个人能这样想，就算是在生活的道路上迈开了真正的一步！”

“老冯，您的这些话我会记着的。反正我不去了。您就答应我吧！”

冯国斌黑苍苍的脸上露出了父亲满意自己儿女的那种笑容，挥了挥手，说：

“那好吧！咱们回去。”

他推着自行车，她跟在他身旁。一老一少迎着升高了的太阳向公社走去。秋天的原野在他们面前展现出一派斑斓的色彩。人们用心血浇灌的果实已经成熟——收获的季节就要来临了！

两年以后——一九七七年。

又是一个秋收的季节。吴月琴以优异的成绩考取了首都一所著名的理工科大学。同时，冯国斌也提升为县革委会的副主任了。本来，老冯的调令早下了，但他一直磨蹭着没办手续。他要等着送吴月琴。

这是一个晴朗的早晨。黄灿灿的阳光照耀着五彩缤纷的田野。人们在公社的院子里围着即将出发的吴月琴。已经当了爸爸的运生，兴奋地坐在拖拉机的驾驶台上——他要亲自送吴月琴到县城的汽车站去。村里的人几乎都来送她了。媳妇们和老婆婆们争相拉她的手，抚摸她。学校的孩子们舍不得吴老师，一个个哭得眼泪汪汪的。吴月琴把运生媳妇怀里的娃娃亲了又亲，然后伏在运生妈妈的胸前哭了。运生妈妈抚摸着她的头发，老泪也像断了线的珠子往下淌。

冯国斌走不进人圈里，站在门台上吧吧地抽着旱烟，握烟锅的手在微微颤抖着。

吴月琴看见了他，几步跑过去。

她站在他面前，脸上挂着泪珠，笑盈盈地看着他。她从黄书包里抽出一个封着的纸卷，双手递到他的面前，说：

“老冯，这送您留个纪念吧！您还记得两年前我给您念过一首儿歌吗？您一定记得！我就是根据那首歌的意境画了这张国画。多年不画，手笨得要命。画得不好，您不要嫌！这是我的一点心意……”

冯国斌接过这卷画，厚厚的嘴唇动了动，想说许多话，但什么也没说出来。他满怀厚爱地瞥了她一眼，像父亲对出远门的孩子那样嘱咐她：“路上多加小心，别感冒了；到了北京不要忘了给我写信……”

“一定。”

“好。再见。”

他伸出粗大的手握了握她的手，便匆匆转身回了自己的房子。吴月琴心中猜：他大概是不愿亲眼看见她走——这么些事上也表现了他那特殊的脾气！她深沉地望了一眼他所住的那间房子，便向拖拉机那边跑去了……

冯国斌回到屋子，背抄着手一动也不动地伫立在窗前。他听见拖拉机发动了；走了；远了……

现在，他打开那张画，小心翼翼地把它贴在自己的办公桌旁边。他退后几步，点着一锅烟抽着，长久地盯着这幅画：苍劲的青松挺拔在蓝天白云之中；树下一朵小小的红花，开得正艳。画的左侧，秀丽的草书竖写着一行字：青松与小红花。

一九七九年八月于延安

＊原载《雨花》1980 年第 7 期。

卖猪

六婶子的命真苦。一辈子无儿无女不说，到老来，老头子偏得了心脏病，不能出山劳动挣工分了。队上虽说给了“五保”待遇，吃粮不用太发愁了，但油盐酱醋、针头线脑还得自己筹办。而钱又从哪来呢？

好在她还喂个猪娃娃。她娇贵这个小东西。那些生活中必不可少的开销，都指望着这只猪娃呢。这位无儿无女的老婆婆，对任何家畜都有一种温厚的爱。对这个小牲口就更不用说了。她不论刮风还是下雨，每天都和一群娃娃相跟着出山去寻猪草。她不像其他人家那样把寻回的猪草随便撂到猪圈里让猪吃，而是把那些蒲公英呀，苍耳呀，肥娃娃草呀，在小河里翻来覆去洗得干干净净，切碎，煮熟，恨不得再拌上点调料，才给猪喂哩。

盛夏，正是榆树、杏树叶子发茂的时候。这两种树叶子猪最爱吃。她上不去树，就央求左邻右舍的娃娃们帮忙。遇到娃娃不肯去的时候，她就把给病老头单另蒸下的白面馍拿一个，哄着让娃娃们给她采上一筐。为了她的猪娃娃能吃好一些，她宁可自己吃孬的。

可是这猪娃娃终究太小了，春节肯定喂不肥，卖也卖不了几个钱。

麦收以后，她那害心脏病的老头子挖药材卖了几个钱，就催促她把这猪娃卖了，把这钱再添上，买个大些的——这样赶过春节，就能出息一个像样的肥猪。

老头身子骨有病，但脑筋还灵醒。他谋算得对。六婶子尽管舍不得这个喂惯了的小东西，但最后还是听从了他的主张。

现在“公家”说学习“瞎儿套”（哈尔套）经验哩，把原来的一月九集改成一月三次的“社会主义大集”了。挨到七月初十，一打早，六婶子就给猪娃娃特意做了一盆子好食吃了，还用那把自己梳头的破木梳给猪娃通身梳洗了一遍，像对将要出嫁的女儿那般，又唠唠叨叨地说了许多话，才吆着猪上路。

她的猪乖顺着啦，不用拴绳，她走哪里，猪就跟到哪里。有时这小东西走快了，还站下等她哩。这个黑胖胖的小东西可亲着哪！它在她脚边跑前跑后，还不时用它那小脑袋磨蹭一下她的腿。

她一路上不断给它说话：

“小黑子呀！（她给它起的小名）你放心！我不会把你卖到远路上的。我就卖给咱庄周围圈，过上个一月两月，想你了，我就来看你呀。你甭怕，我要挑挑拣拣给你寻个厚道人家。他谁的眉骨眼凶煞，就是掏上十万八万我也不把你卖给他，你放你的心……”

她的“小黑子”听她唠叨完，瞪起两只圆圆的眼睛温顺地望了她一眼，撒娇似的哼哼了两声，卧在一棵小杨树下不走了。

“热了？你这个小二流子呀！热了的话，那咱就歇上它一歇！不忙喀！”六婶子说着也就坐在了小猪的旁边，用手在它滚圆的脊背上搔痒痒，又从提包里掏出一根小黄瓜，一掰两截，一截她自己吃，另一截塞在猪娃娃的嘴边。

就在这时，公路对面的玉米地里突然冒出来一口黑胖胖的大肥猪，哼哧哼哧地喘着气，一摇三摆走过来，在“小黑子”身上嗅了嗅，也卧下了。

多大一口肥猪呀！毛称足有二百多斤。老婆婆很奇怪，这前不着村后不着店的官路旁，哪来的这么个大肥猪呢？她朝公路的两头望望，看不见一个人。哪个粗心大意的人把猪丢在这里了呢？

当她细看这口大肥猪的时候，才发现猪背上剃去了一片毛，上面隐隐约约盖着个公章。啊，原来这是公家收购的猪呀！

她不知所措了。她想：而今公家的办事人也太马虎了，怎能把这么大个猪丢在这荒野地里呢？

她想了想，决定把这猪和她的“小黑子”一块吆到城里，然后再查问收猪的部门，把公家的猪送给公家。她做这事就像拾到邻家的东西送给邻家一样自然。

她正要赶着猪起身的时候，前面突然飞过来了一辆自行车，自行车在她面前猛地停住了，车上跳下来一个四十来岁的男人。这人穿一身干净的制服，头上却包个羊肚子毛巾，既不像个干部，也不像个农民。来人很快撑起车子，过来用手在那口肥猪的背上捏揣了两下，笑嘻嘻地问：“老人家，这猪你卖多少钱？我出八十块，怎样？”

“你看你这人！明晃晃长两只眼睛，就看不见猪背上盖着官印吗？”六婶子温厚地笑了笑，说。

“噢？你已经卖给县公司了？卖了多少钱？”

“呀，你看你这人！这猪不是我的！”

“你拾的？”那人眼里闪闪发光，“你老人家财运亨通！”说着，他便从怀里往外掏钱。

“哎哟！你太小看人了！你到张家坪村子里打问去，看张六的老婆一辈子做过亏心事没？咱一辈子穷是穷，可穷得钢蹦硬正！咱怎能拿公家的东西给自己换钱哩？”

那人听了六婶子的一番话，哈哈大笑了：“哎呀！这如今可天下也寻不下你这么个憨老婆了！人民币还扎手哩？不怕！这事不要你担名誉！你卖给我，我吆到山后就杀了卖呀！他谁能知道个屁哩！这猪能卖一百多块，给你八十块是少了点，可你是拾的嘛，咱两个人都占点便宜。公家把这点损失当屁哩！你吆去送给公家，顶多听两句表扬话。表扬话可不能拿来称盐买油呀！你老人家甭憨了，把这……”

“不！”六婶子白发稀疏的头一扭，站了起来，一边准备吆猪起身，一边又对那人说，“咱好好的老百姓，怎能做亏公家的事呢？你不要麻缠了，你走你的路……”

那人腮帮子一歪，很凶地瞪了六婶子一眼，说：

“这猪是我拾的！我吆上走呀！”

说着，他便过去在地里拔了几棵青麻，拧成绳，动手就拴猪腿。

六婶子急得直往官路两头瞧，她盼望赶快来个人，好把这个凶煞制服住。大天白日抢猪哩，如今的世事乱成这个样子了！

正好！从县城方向来了两个骑自行车的人。那个正在动手捆猪腿的凶煞慌忙蹬上车子就跑。

等那两个人走近了，六婶子赶忙叫住了他们，结结巴巴诉说了刚才发生的事。

那两个人几乎同时在自己的大腿上拍了一巴掌，其中一个叫道：“实在是巧！”

原来，这两个人正是县副食公司的收购员，这头猪也正是他俩丢的。他们就是寻猪来的。

两个“公家人”正如刚才那人说的，对六婶子说了许多“表扬话”，然后就把猪吆起身了。他们说，如果不吆猪的话，他们的自行车是可以把她带到城里赶集的。他们一再说，她实在是个好老婆婆！

六婶子心里畅快极了。她说她从来没坐过那玩艺儿，就是不吆猪她也不坐，她怕头晕。在那两个人临走时，她唠唠叨叨又嘱咐他们，说他们还年轻，以后给公家办事再不要马马虎虎，粗心大意了……

现在，六婶子和她的猪娃娃又上路了。盛夏的原野，覆盖着浓重的绿色。糜谷正在抽穗，玉米已经吐出红缨。明丽的阳光照耀着刚翻过的麦田，一片深黄。大地呀，多么的单纯，而又多么丰腴！

中午偏过一点，六婶子才吆着“小黑子”来到县城。

她老远看见街口站着几个戴红袖标的人。她心想：这两年不是没红卫兵了吗，莫不是又搞“文化大革命”了？

她和她的猪娃娃慢腾腾地走到了街口，准备穿过街道，到南门外的猪市上去呀。

她马上被人挡住了——正是那几个戴红袖标的人。

“猪是卖的吧？”其中一个黑胡巴碴的人问她。

“卖哩。”她回答说。

于是那几个人也不说什么，就把她的“小黑子”捉住撂在一个筐子里，又把筐子提到旁边的秤台上。

一个人报斤数，另一个劈里啪啦拨了几下算盘，说：“七元八角！”

那个黑胡巴碴的人就从钱袋里数出几张票来，递到六婶子面前：“给！”

六婶子现在才反应过来了，原来这些“红卫兵”把她的猪给收购了。她急得赶忙说：

“哎呀，我这猪前村里张有贵一口掏下十五块钱我都没卖呀！我八块钱买的猪娃娃，喂了半年，倒还赔了两毛钱！我不卖给你们！我到猪市上去卖呀！”

“哈哈哈……”那几个戴红袖标的人大笑了。那个黑胡巴碴的人手指了指墙上贴的一张纸，大声说：“县革委会早发通告了，所有的仔猪都要统一收购，统一出售，自由交易猪是资本主义！你们老百姓不识字，难道连耳朵也不长吗？就没听说县革委会发了通告？”

老婆婆的眼睛顺那人的手指往墙上看去：那的确是一张告示，上面盖着朱红官印，比猪背上的那个还大。

她猛然感到眼前一阵发黑。她还能再反抗吗？这可是“公家”的告示呀！她对“公家”的感情是无法用语言表达的。她过去为了

"公家"，曾没明没黑地在麻油灯下做过公鞋；在碾磨上推碾过公粮；在农业社里，只要是公家的，就是一粒麦穗穗，她也要拾起放在公场的庄稼垛上。而就在刚才，她还把"公家"的那口肥猪还给了"公家"呀……想不到"公家"现在把她的"小黑子"就这样"买"了，才给她七块八毛钱……她想到她害病的男人顶着火辣辣的日头挖药材；想到她为这个猪娃娃受的那些罪；又想到今年和明年连个量盐买油的钱都没指望，忍不住鼻根一酸，泪花子在老眼里转开了……

她央求她面前的这些人说："你们都是好公家人，我也是好老百姓，你们就行行好嘛！我是张家坪张六的老婆，我一辈子没生养过，无儿无女，吃的有咱农业社哩，就是零用的钱要自己打闹哩。我老两口都老了，做不成其他营生了，没来钱处，就靠一年养口猪卖点钱，量盐买油哩……"

这些人已经忙着收购其他人的猪了，对这个老婆子的一番可怜话听也不听。

那个黑胡巴碴的人把那七块八毛钱塞到六婶子的手里，便和另外几个人推着一架子车收购来的猪，扬长而去了。

老婆婆紧撵在那些人的身后，眼泪汪汪地唠叨着："你们行行好吧！看在我这个无儿无女的老婆子面上，把我的猪娃娃给我吧！公家和私人我保证都不卖了，我回去自个再喂它呀！给我吧，行行好吧！……"

她已经追不上他们了，但她还继续一边紧撵着，一边唠叨着上面那些话。那话一句句说得那么认真，那么可怜，尽管身边空无一人，但她好像感觉全城人都在倾听她诉说自己的苦情。

她看见那些人进了一个大场院。她紧撵着走了进去。那些人不见了，只见土墙围着一个大猪圈，里面挤满了大大小小的猪。

她扒在铁栅栏门上，喘着气，嘴里长一声短一声地叫着她的"小黑子"。可怜的"小黑子"听见了她的呼唤，从猪群里挤出来，来到了铁门上。它后面跟着挤出来一口大肥猪。六婶子认出来这就是她交给“公家人”的那口猪。老婆婆慌忙把自己的瘦手伸过铁栅栏，忘情地抚摸着“小黑子”那滚圆的背项。她看见她的猪娃娃的背上，也盖上了一个圆圆的官印。啊，它从此再也不属于她了！她鼻根一酸，一直在眼眶里旋转的泪花子，从脸颊上滚落了下来。

西斜的太阳仍然闪耀着烫人的光芒。老婆婆感到一阵阵眩晕。她舍不得她亲爱的“小黑子”。她索性坐在栅栏门外的地上，一次次把那瘦骨伶仃的手伸过铁条的空隙，抚摸着这个已经不属于她的猪娃娃。她像一个探监的老母亲，把那母性的辛酸泪一滴滴洒在了无情的铁栅栏下。铁栅栏呀，你是什么人制造的呢？你多么愚蠢！你多么残忍！你多么可耻！你把共产党和老百姓隔开了！你是魔鬼挥舞的两刃刀，一面对着共产党，一面对着老百姓……

黄昏降临的时候，六婶子才蹒跚地走出了这个土院子。街上已经空无一人。水泥电杆上的几颗路灯像几只害了眼病的红眼睛在盯着这个老婆婆。六婶子突然看了看自己的两只空手，随后这两只手马上又在身上慌乱地摸了起来。摸了半天，她嘴一张，哇的一声哭了——那可怜的七块八毛钱也不知道在啥时候丢了！

*原载《鸭绿江》1980 年第 9 期。

姐姐

姐姐已经二十七岁了，按说早该出嫁——在乡下人的眼里，二十七岁的女子还守在娘家的门上，简直是一件很不光彩的事。村里早已经有人敲怪话了，而这种怪话比打你一个耳刮子都更使人难受。

自从母亲在前年病故后，不爱说话的父亲就变得更不爱说话了。他除过埋头下地劳动，家里的事看来什么也无心过问，对于姐姐的婚事，不知为什么，他似乎一直是漠不关心的。

我爱我的姐姐。她温柔、善良、纯洁，像蓝天上一片洁白的云彩。谁都说她长得好看。这是真的。我们这里虽说是穷乡僻壤，少吃没穿，可哪个村里也都有几个花朵一样的俊姑娘。她们像我们这里的土特产黄花和红枣一样，闻名远近的山乡城镇，就连省城里的人也都知道。不信你查问去。

不是我夸口，我姐姐是我们周围村庄数一数二的俊女子。我从小爱美术，所以爱美观念很强；我为有这样一个漂亮的姐姐在内心里是很骄傲的。听妈妈说过，在姐姐很小的时候，省上的文工团就要收她去当演员，当时她年龄太小，妈妈和爸爸舍不得离开，硬是没让去。

她已经高中毕业几年了。连续考了几次大学，每次就差那么几分，回回都考不上。姐姐上中学时，正闹“文化大革命”，根本就没学什么。现在又加上考外语，她一点也没学过，看来上大学就更没指望了。现在农村也不招工，就是招，我们家又没“后门”，根本轮不上。她看来一辈子就得在农村里劳动了。姐姐对这好像也没什么。她一直在我们这穷山沟里长大，什么下苦活都能干，村里人都说她劳动顶个男人。

我知道，这些年来为姐姐说媒的人不少，说的对象大部分还都是县上和外地的一些干部或者工人，可姐姐全拒绝了。村里许多人都惋惜姐姐把许多好对象都错过去了。他们同时也都很纳闷：不知道姐姐为什么二十七岁了还不考虑自己的终身大事。

实际上，除过我，大概谁也不知道：我的姐姐已经有了自己的心上人。

姐姐爱的男人就是最后离开我们村的那个省里来的插队知识青年，他叫高立民。听说他父亲原来是我们省的副省长，母亲是一个什么局的局长，“文化大革命”一开始就都被关了禁闭。听说他们是一个大特务集团的头头。

和高立民一同来我们村插队的十几个人，不是被推荐上了大学，就是去当了工人，先后都走了。他因为父母亲的问题，不光走不成，就是当个农民也不得安生——公社和县上常叫去训斥他。那些年这个人是够恓惶的了。老百姓把特务看得比反革命分子还要严重，所以村里大部分人都不敢理这个“特务儿子”，生怕惹来横祸。高立民孤孤单单的，像一只入不了群的乏羊。他经常穿一身叫花子都不如的烂脏衣服。他也不会做饭，时常吃生的，在山里常肚子疼得满地打滚。

我姐姐心善，看见这个人苦成那个样子，就常去帮助他。她给他做饭，缝补烂衣服，拆洗被褥。逢个过年过节，还常把这个谁也不敢理的“特务儿子”叫到我们家来，尽拿好东西给他吃。我甚至觉得姐姐对他比对我还要好哩!

我父母亲也都是些善人，他们从来也没有因为这事而责备过姐姐。可是，村里有人却风一股雨一股地传播说，我姐姐和立民关系不正常。

我那时年龄还小，别人不敢当着我父母和姐姐说这些话，就常对我说。我总是气得分辩说:“我姐姐和立民关系那么好，你们为什么说他俩关系不正常？”这话常常让别人笑半天。

不过，我自己在心里也纳闷姐姐为什么对立民那么好。要知道，他可是个特务儿子呀!

有一次，我背过爸爸和妈妈，偷偷问姐姐:“姐姐，高立民是特务儿子，人家谁也不理，你为什么要这样关心他呢？你不怕人家说咱路线觉悟低，和阶级敌人划不清界线吗？”

姐姐手指头在我鼻子上按了按，笑了:“看你！比咱公社刘书记都革命！立民可不是阶级敌人，咱和他划的什么界线？你看他多可怜！宝娃，咱奶奶在世时，不是常对咱说，碰见遇难人，要好好帮扶呢；要不，作了孽，老天爷会拿雷劈的！咱们这里有家，他无依无靠，又在难处，难道能眼看着让这个人磨难死吗？别人愿放啥屁哩，咱用不着怕！”

我立刻觉得，姐姐的话是对的。姐姐也真不怕别人说闲话。在知识青年就留下立民一个人的时候，她对他比以往更关心照顾了。

记得有一次，立民病得起不了床，姐姐就在他屋里守了一天。她还把家里的白面、芝麻、腌韭花拿过去，给他擀细面条吃。要知道，我们一个人一年才分十几斤麦子，吃一顿白面是一件多么了不起的事啊!

傍晚，立民发起了高烧，姐姐就仍然守在他身边。点灯时分，姐姐还没有回来，妈妈急了，只好自己也过去陪姐姐直守了他一夜。

姐姐和立民的关系多么好啊！谁说他们的关系“不正常”呢?

过了不久，我才知道姐姐和立民是怎样的“关系不正常”了。

那是一个夏末的傍晚，西边天上的红霞像火一样烧了一会儿，便变成了柴灰一般的云朵。天还没有完全黑下来，我拿了几件并不太脏的衣服到村前的小河边去洗——你们知道，我是个爱美观念很强的孩子。

当我路过我们队打麦场上面的小路时，突然听见麦秸垛后面有两个人说悄悄话——听声音还是一男一女。

孩子的好奇心使我忍不住蹑手蹑脚从麦秸垛旁边绕了过去。

我的心立刻缩成了一团，浑身发抖，马上连滚带爬退回到原来的地方。天啊！没想到这两个人竟然是立民和我姐姐；我刚才看见立民把姐姐抱住，在她脸蛋上没命地亲哩！

我立在小路上，心怦怦地直往嗓门眼上跳。我想马上跑开，但听见他俩又说开了话，便忍不住想听听他们到底说些什么。

就听见立民说：“……小杏，你真好！我爱你，永远也离不开你。没有你，我简直就活不下去了。你答应我吧，小杏！你说呀，你爱我吗？唉，爱我的什么哩……我父母已经坐了六七年禁闭，看来我要当一辈子反革命的儿子了，你大概怕……”

“不怕！就是你坐了禁闭，我也会永远等着你的！”这是姐姐的声音。

接下来就听见立民哭了。哭了一阵后，听见他又对姐姐说：“小杏，我要永远把自己的一切都献给你！我会永远记得，你在一个什么样的时候，把你的爱情给我的呀！唉，我从小没受过苦，一辈子当个农民也当不好，你跟上我要吃苦的……”

就听见姐姐说：“不怕！立民，只要我们一辈子真心相爱，就是你以后讨吃要饭，我也会永远跟着你的！”

听见立民又哭了，像娃娃一般呜咽着。接着，听见姐姐也哭了——但那哭声听起来根本不是伤心的。

不知为什么，眼泪也从我的眼睛里涌出来了——我也哭了。

我抹着眼泪来到了静悄悄的小河边。我呆呆地立在黄昏中，望着远处朦胧的山影出了老半天神。我好长时间弄不清楚我为什么哭。后来慢慢盘算，我才模模糊糊觉得，我是受了感动：我的好姐姐！立民已经是一个狼不吃狗不闻的人了，谁都躲着他走，生怕把“反革命”传染上，可她竟然这样去爱这个人！我当时还并不懂得多少男女之间的事，我只从我自己一颗孩子的心判断，我的亲爱的姐姐她做了一件好事！

那天，姐姐把立民带到家里来，她自己亲自张罗着包了一顿饺子。过日子很仔细的父母亲好几次唠叨着问姐姐：今天既不逢年，也不过节，为什么要吃好的呢？

姐姐和立民大概都在心里偷着笑。可他们并不知道，偷着笑的还有另外一个人。

后来，生活猛然间发生了大变化。“四人帮”完蛋后，听说受了冤屈的立民父母亲平了反，从禁闭里放出来了。第二年，姐姐就鼓动立民去考大学，她自己也去考了。结果立民考上了北京的一个大学，姐姐差几分，没有考上。

立民走后，全村人议论了许多天，都说世事又变了，苦难的立民翻了身，展开了翅膀。姐姐看来又高兴又难受：高兴立民上了大学；而难受纯粹是为了他们的分离。我已经长大点了，再有两年就要上初中，已经朦胧地知道了一些爱情的奥妙。我知道立民一走就是好几年，姐姐那么喜欢他，他一走，她心里会有多少寂寞和难受啊！而要是姐姐难受了，那我心里也是很不好受的。

但我没想到，这一切还有弥补的好办法。

好长时间来，大概村里只有我一个人知道，姐姐总是定期到村对面的公路上，从乡邮员老李叔叔的手里接回一封又一封立民从北京寄来的信；同时，她也把一封又一封的信交给老李叔叔，向北京寄去了。姐姐大概和老李叔叔达成了“协议”，让他保密，所以村里人都是不知道这事的。但可没瞒过我的眼睛。

自从立民上了大学，村里人也就再不说姐姐和他的闲话了。我知道姐姐是个很腼腆的人，不愿让别人知道这些事。要是村里人知道了真情，常常会动不动就开一些很粗鲁的玩笑，这种玩笑会使任何一个害羞的姑娘都难为情。

爸爸看来也不清楚——他看来只知道关心土地和庄稼，对旁的事都是麻木不仁的。不过，我有时也看见他用一种可怜和忧郁的目光，盯着姐姐的背影出半天神；但也不说什么话，只是叹一口气就完了。

我知道，姐姐每次接到立民的信，就常躲到村前打麦场的麦秸垛后面去看（一想起那地方我就心跳脸烧）。

看完信回来时，她总是满脸喜气洋洋，不住点地唱一些叫人很愉快的歌子。姐姐的嗓子是挺棒的，像收音机里那些人唱的一样好听。

就在姐姐最高兴的时候，爸爸就显得更不痛快了。他总是烦躁地打断姐姐的歌声，拉着像要哭一样的音调央求姐姐说：“好娃娃哩，别唱啦，我这阵儿心口子疼得要命……”

每当这时，我总是在心里埋怨爸爸，嫌他老是在姐姐最高兴的时候，心口子就疼，把姐姐的兴致全破坏了。但我也对爸爸充满了爱和同情。自从妈妈死后，他变得多么可怜啊。看，他的头发都快全白了！

但是，在姐姐高兴的时候，我的心情也是很好的。我表面上装得一无所知，但一背转人，也不由得笨嘴笨舌唱起歌来。我本来只爱画画，并不爱唱歌，但在这样的时候，我还是要唱几声，为了祝福我亲爱的姐姐。不论是谁，只要他自己有姐姐，他就会知道：尽管他表面上对自己姐姐的婚事不好说什么，但他实际上是怎样在内心里关怀着她的幸福啊！

元旦又来临了。

我们乡下人一般是不过这个年的。在我们看来，这个节日是属于城里人的。我们乡下人过年就是过春节。

对于老百姓来说，过节日的主要标志就是吃好的。今天，村里家家户户仍然像往日一样，都是粗茶淡饭，谁家也没显出一丝节日的气氛来。

唯独我们家与众不同，竟然像城里人一样，张罗着过这个“洋”历年了。其实，这事主要是姐姐在张罗。自从妈妈死后，家务事都是由姐姐做主的。爸爸是不管这些事的，他照旧一声不吭，清早起来就上山砍柴去了。

我知道，姐姐今天是很高兴的，因为她昨天又接到了立民的信。但我心里也忍不住嘀咕：姐姐，你也高兴得有点过分了。为了庆贺你收到立民的一封信，今天就破费着包饺子吃吗？你知道，咱家囤里的白面可是不多啰！

但我并不反对姐姐今天包饺子；只要姐姐乐意的事，我从来都是支持她的。

姐姐一大早就到菜窖里挖了许多胡萝卜回来，准备做馅。她把萝卜不知在水里洗了多少遍，就在铁子上擦成丝，放在开水锅里一冒，捞出来捏成疙瘩，放在了白瓷盘里。接着她又捣蒜、捣胡椒、剥葱，忙了好一阵。毕了，她给我塞了两块钱，叫我到镇子上去买二斤羊肉回来。

我很高兴为姐姐跑这个差，赶忙拿了个尼龙网兜就起身。

我刚出门，姐姐又追了出来。不知为什么，她笑吟吟地用两条胳膊抱住我的肩头——我感到那胳膊微微地有些颤抖。

她脸红得像一片早晨的霞，稍微犹豫了一下，便把嘴贴到我的耳朵上，悄悄说：“路上别玩，买了肉就赶快回来，姐姐等着包饺子呢。今天咱们家要来客人。你知道是谁吗？是高立民。就是那个插队知识青年。他上个月从北京来咱们省上的工厂实习，昨天来信说元旦要回村来看看……”

我感到一种火一样热烈的感情通过姐姐的胳膊传导到我身上来了。我抬头看了看姐姐，见她眼睛里竟然噙着泪水。我这时才发现，她不知道在什么时候已经新剪了头发，雪一般洁白的脖颈和桃花一样粉艳的脸蛋，在乌黑发亮的头发衬托下，漂亮得像国画上的仙女。我望着幸福的姐姐，什么话也说不出来，只对她点了点头，就飞一般向远处的镇子上跑去。我现在才明白了，姐姐为什么今天包饺子。我还见她把过端阳包粽子的糯米、红枣，过六月六的荞麦凉粉糁子都搬到太阳地里晒；还把花生豆呀，葵花子呀，统统拿出来用簸箕簸了一遍。而这些珍贵的吃食姐姐平时连我都不让动——原来她是藏着等立民回来吃呀！

阴得很重的天上，不知什么时候已经飘起了雪花。我跑着，跳着，向镇子上飞奔而去。越来越密的雪花像瀑布似的在眼前流泻着。田野里静悄悄的，只听见雪落在地上沙沙沙的响声。一片迷迷蒙蒙中，瞧见远处山尖上已经开始白了。我在风雪中跑着，像个小疯子似的手舞足蹈,高兴得张开嘴“啊啊”地狂叫着。我是多么的兴奋啊，因为姐姐想念了许久的那个人就要回来了！当年，他在村里是一个被人看不起的人。这次回来，他可是个排排场场的大学生了。他是在北京上大学呀！北京，那可是容易去的地方吗？我是去过的——是在梦中。我要叫立民好好给我讲一讲北京的事情。我在内心里也充满了对立民的想念和爱，因为他将是姐姐的丈夫，也就是我的姐夫。我想，他这次回来，一定会像人家的姐夫一样，和姐姐举行个订婚仪式，请村里的人吃喝一顿。这样，姐姐就再不会被村里人笑话二十七岁还没男人。亲爱的姐姐为了这，是受了许多委屈的。女大不嫁，别人是多么小看呀……

我一边跑，一边胡思乱想，没觉得就跑到了镇子上。

我很快到店铺里去买肉，可公家的羊肉早卖完了。于是又跑到镇子外面河滩里的自由市场上买了二斤羊肉，折转身上了公路，就往家里跑。

突然，我听见背后有人喊我的小名。

我停住脚，回头一看，原来是乡邮员老李叔叔。李叔叔一直在我们这川道里送信，大人小孩他都认识。姐姐每次就是从他手里接回立民的信。

李叔叔已经走过来了，狗皮帽子和肩膀上落了一层雪。他把一封信递到我手里，笑嘻嘻地拍了一下我的肩膀，说："回去给你姐姐！"

说完就转身走了。

我看了看信皮子，的确是给姐姐的；是省上一个什么化工厂寄来的。我猛然想起姐姐刚才说过，立民已经从北京来到省上一个工厂实习来了，是不是他给姐姐的信呢？可又一想：立民不是今天要来吗？姐姐昨天不是收到了他的信吗？但是，我们在省里又没熟人和亲戚。谁给姐姐写信呢？除过立民，再不会是其他人！他为什么又写了封信呢？是不是他出了什么事？

我由于心急，也没考虑什么就把信很快拆开了。

当我看见开头"亲爱的小杏"一句话，便吓得出了一身汗，不敢看了。天哪，我做了一件多么荒唐的事！我怎能偷看姐姐的恋爱信呢？

我想，既然把信拆开了，我就是说我没看，姐姐也是不会相信的。再说，第一次看恋爱信，这诱惑力太大了，我根本抗拒不了。我于是决定要看这封信——我想姐姐是会原谅我的，她那样亲我。再说，我是个嘴牢的孩子，不会给别人说的，连父亲也不会给说的。姐姐她不知道，就是她和立民亲嘴的事，我也是没给任何人露一个字的。

我于是在路边找了一个既避风又避人的地方，看起了这封信——

亲爱的小杏：

你好！

我想还是直截了当把一切都说清楚吧！由于痛苦，我无法写长信。昨天发出的信，你在元旦前一天大概已经收到了。

我本来是想利用元旦的假期回来一趟的，想当着你的面把一切说清楚，但我想我们都会无法忍受这种面对面的折磨。因此，我决定不回来了，觉得还是信上说这事为好。

我不得不告诉你：我父母亲不同意咱们的婚事（你大概在省报上看见了，我父亲又当了副省长）。他们主要的理由是：你是个农民，我们将来无法在一起共同生活。我提出让他们设法给你安排个工作，但他们说他们不能违背《准则》，搞“走后门”这些不正之风，拒绝了我的请求。父母亲已经给我找了个对象，是个大学生，她父母和我父母是老战友，前几年又一同患过难。亲爱的小杏，从感情上说，我是爱你的。但我父母在前几年受尽了折磨，现在年纪又大了，我不能再因为我的事而伤他们的心。再说，从长远看，咱们若要结合，不光相隔两地，就是工作和职业、商品粮和农村粮之间存在的现实差别，也会给我们之间的生活带来巨大的困难。由于这些原因，亲爱的小杏，我经过一番死去活来的痛苦，现在已经屈服了父母——实际上也是屈服了另一个我自己。我是自私的，你恨我吧！啊，上帝！这一切太可怕了……

我看到这里，头上立刻像响了一声炸雷！这信上有些话虽然我不太能读懂，但最主要的我已经看明白了，立民他已经不要我的姐姐了！

我脑子里像钻进了一群蚊子，嗡嗡直响；感到天也旋来地也转，好像雪是从地下往天上飘。我赶忙把信塞在衣兜里，拔腿就往家里跑……

我跑进院子，站住了。

我听见姐姐正在屋子里唱歌。歌声从屋子里飘出来，热辣辣的，在风雪里传荡着："……亲爱的人儿，你可曾知道，有一颗心在为你燃烧。不论是狂风暴雨，不论你到天涯海角，这一颗心，永远和你在一道……"

我知道，这是一首电影插曲，姐姐最喜欢唱的一首歌。泪水在我的脸上刷刷地淌着。密密的雪花在天空飘飞旋转，大地静悄悄的和我一起听姐姐唱歌。

我在院子里立了一会儿，用袖子揩了揩脸上的泪水，腿上像绑了石头似的，一步一步挪回了屋子。

姐姐正站在灶火圪塄里炒花生豆，锅里烟气大冒，毕毕剥剥直响。

她大概看见我的神色不对，就走过来，惊讶地打量了我一下，突然问："宝娃，你买的羊肉呢？"

我看了看自己的两只空手，才知道羊肉已经丢在看信的地方了！

我什么也没说，掏出那封信交给了姐姐，便忍不住扑在炕栏石上，"哇"一声哭了！

我趴在炕栏石上哭了好一阵。等我爬起来的时候，姐姐早已经不在屋子里了。地上散乱地丢着那几页信纸。屋子里弥漫着一股很呛人的味道——大概是锅里的花生豆焦糊了。

姐姐到哪里去了呢？我的心忍不住一紧。我什么也不顾地跑出了屋子。

外面的风雪更大了，地上已经积起了厚厚一层荒雪。山白了，川白了，结了冰的小河也白了。远远近近，白茫茫一片。大地上一切难看的东西，都被这白雪遮盖了。

姐姐呀，你在哪里呢?

我顺着打麦场上面的小路，出了村子，穿过那一片开阔的川地，盲目地向小河那边走去；我在弥漫的风雪中寻找着姐姐，脚下打着滑溜，时不时就栽倒在地上。

当我跌跌爬爬走到小河边的时候，突然看见河边一块大石头上坐着一个人，浑身上下覆盖着雪，像堆起来的雪人一般。这不是姐姐吗?

这正是我亲爱的姐姐。她两条胳膊抱着膝盖，一双失去光彩的眼睛迷惑地望着风雪模糊了的远方。她好像已经停止了呼吸，没有了活人的气息，变成了一座白玉石雕成的美丽的塑像。

我也默默地坐在了她身边，把头轻轻靠在姐姐的肩膀上，忍不住呜咽起来。天渐渐昏暗下来。风小了，雪仍然很大；毛茸茸的雪片儿在黄昏里静悄悄地降落着。归牧的羊群从对面山里漫下来，在风雪里缓缓向村子里移动。

姐姐伸过来一只冰凉的手，轻轻地颤抖着，抚摸着我的头。我仰起脸在昏暗中望了望姐姐：啊，她一下子好像老了许多岁！我依稀看见她额头和眼角似乎都有了细细的皱纹。我的亲爱的苦命的姐姐!

不知道父亲是什么时候站在我们面前的。他带着一身山里的黄土，脸上流着汗道道，落了雪的头发纯粹是白的了。

他不出声地弯下腰，拍去了姐姐和我身上的雪，从胳膊窝里拿出我的皮帽子给我戴上，又拿出姐姐的那条红毛围巾，给她围在脖子上；然后用粗大的手掌轻轻拂去了姐姐头发上的雪花——那实际上是在轻轻地、慈爱地抚摸着姐姐。爸爸，我知道了，你不仅爱土地和庄稼，你实际上是多么的爱我们啊!

姐姐站起来，头一下子埋在爸爸怀里，大声地哭起来了。

爸爸轻轻抚摸着她的头，沉重地叹了一口气，说：“唉，我都知道，我都知道……我早就知道了，早就知道了！怕你伤心，爸爸不愿和你说……我知道人家终究会嫌弃咱们的……天黑了，快回家去吧……”

天已经完全黑下来了，大片大片的雪花在无声地向这个世界上降落着。

就像在我们小时候一样，爸爸一只手牵着姐姐的手，一只手牵着我的手，踏着松软的雪地，领着我们穿过田野，向村子里走去。他一边走，一边嘴里嘟嘟囔囔地说：“……好雪啊，这可真是一场好雪……明年地里要长出好庄稼来的，咱们的光景也就会好过啰……噢，这土地是不会嫌弃我们的……”

姐姐，你听见了吗？爸爸说，土地是不会嫌弃我们的。是的，我们将在这亲爱的土地上，用劳动和汗水创造我们自己的幸福。

* 原载《延河》1981 年第 1 期。

月夜静悄悄

大队书记高明楼的女儿兰兰就要出嫁了。据知情人露风说，她爸爸给她寻的女婿是地区商业局的汽车司机；而司机的父亲就是地区商业局局长。还听说这位局长已经给兰兰走后门找了正式工作。

这天下午，消息得到了证实：地区商业局的一辆汽车果真停在书记家院门前的简易公路上了，一位穿戴时髦的小伙子进了高明楼家的高墙大院。有人还看见高明楼到五里外的镇子上提了一条子肉回来，大概是招待新女婿。据说新娘新郎已经办了结婚手续，兰兰明天早上就要跟女婿走了。

村里人对这件事的态度是冷漠的。大家只是悻悻地说：好事都是人家的，咱平民老百姓梦也梦不见。

但村里人对他的女儿兰兰印象还不错。高兰兰高中毕业两年了，考了两回大学都没考上。现时国家也不在农村招工招干，她只好在队里参加了劳动。这姑娘漂亮、聪敏、懂事，口也甜，只要村里辈数大的，就是穷得站不到人面前的人，她也经常是叔叔婶婶不离口。她有时还能帮助一些穷家薄业的人解决点燃眉之急。比如谁家娃娃得了急症，紧用钱，向高书记借肯定要碰钉子，但要是向兰兰开口，她总是二话不说就从家里把钱拿出来了。现在听说她就要离开这个村子，大家倒有点怅怅然。

天一擦黑，和整个村子隔一条沟的高书记家的独院里，灯火正明。全村的庄户人家，大都是黑灯瞎火的，月光下，村前的公路白光刺眼，一直伸到遥远的后川道里。一列列大山的剪影在暗蓝色的天幕上画出了许多美妙的曲线。村对面的果树林子，已经模糊得一团一团的，像罩上一层薄纱。劳动一天的社员，像往常一样，倒在自己的土炕上睡了。

但是，唯独村后瞎眼寡妇的独苗儿大牛，这时却睡不着，破天荒第一次患上了失眠症。这个干活不要命的庄稼汉，从来都是累得头一挨枕头就打呼噜，根本不相信天下还有睡不着觉的人，今晚却反常了。

是什么事使憨厚的大牛睡不着觉了呢？当然不是为了什么喜事，而是一种巨大的痛苦正在折磨着他的心，为的就是兰兰明天要离开村子。当然，他的痛苦谁也不知道，只藏在他一个人的心里。

大牛像牛犊子一样健壮，长得笨头笨脑，平日只会闷头干活，三拳头也打不出一句利索话来。他只上过一年小学，刚能认识自己的名字和工分本子上的数码。由于家境贫寒，经常穿一身染不起颜料的白粗布衣服，被柴草和牛粪弄得肮肮脏脏的。他整日价愁眉苦脸，再可笑的笑话也甭想逗乐他，村里人一般是不尊重他的，但看重他全村数第一的好力气和一颗善良的心。每逢队里重活派不下去的时候，他总是一声不吭地去干了。村里谁家要是有个跑腿的事，也总爱找他，因为他既诚心实在，又从不计较别人什么报答。

说起来他的命也真苦，刚活蹦乱跳地上了学，父亲就病倒了，他只好退学。小小年纪就把家庭的重担压在了自己的肩头。几年后，父亲死了，给他撂下一河滩账。以后国家的政策一变再变，生产队塌垮得没法提说，直到眼下，他的账也没还完。

父亲死后，望着母亲又双目失明了，他的日月更是雪上加霜。

每天既要出山劳动，回来又要忙活家务，光景过得一烂包！母亲眼睛看不见，给他做不成针线活了，他就烂衣薄裳胡凑合着穿；脚上的鞋动不动就狮子大张口，只好求邻家帮忙缀上几针，他眼看二十大几了，可媒人还没在门前踏过脚印。村里人认定他这辈子非打光棍不可。眼下，这深山老沟里庄稼人要找个媳妇，就是家里光景好的，少说也得六七百块钱的彩礼；像他那个穷家薄业，就是掏上千大几也没人来上门。村里人有时也和他开开玩笑，问："大牛，想媳妇不？"他对这种揶揄大都是不吭声的，好像没听见。有时他也瓮声瓮气地说："咱想媳妇哩，媳妇不想咱。"惹得大家哈哈大笑一番。

可谁也不知道，他说的却是一句实心话。自不量力的大牛，竟然不知从什么时候起，就在心里偷偷爱上了书记的女儿兰兰。这真是一个悲剧。无论从哪一个角度看，这都可以说是痴人做梦。但不论是什么人，有时候往往有这样的情况：对自己明明是不可能的事，却要做些非分之想，而且固执得要命。

事实上，大牛本人也清楚这一点——他想和高兰兰结合，就等于想和天上的仙女结合一样不可能。可他又是多么爱她啊！只要高兰兰笑了，他便感到整个世界都笑了；只要高兰兰恼了，那山山水水顿时在他眼里都变得暗淡无光了。

记得兰兰在县城上中学的时候，每到寒暑假，只要她一回村，大牛马上路也走得利索了，说话口齿也变得清楚了，而且还动不动就在河里洗刷他那身糊牛屎的粗布衣服。一旦开了学，高兰兰进了县城，情绪高涨的大牛便立刻又像霜打了的庄稼一样，蔫头耷脑的没有了一点活气。可惜他过去这些自作多情的表现，世界上谁也没能看出其中的奥妙，高兰兰更是一无所知。

终于，兰兰高中毕业回乡了。大学考不上，只好呆在村里，她父亲不让她参加劳动，但她是个生性很强的人，不愿意呆在家里白吃饭。

兰兰参加了队里的劳动以后，大牛高兴得简直有点疯头涨脑，立刻话也比平时多了起来，而且还敢在没人的地方哼几声曲不搭调的戏文。

他经常设法和兰兰在一块劳动，时刻准备为她服务效劳。遇到什么包工活，他便笨嘴笨舌地叫兰兰到野地里玩耍去，她的活由他代替干。兰兰对他也好，常亲切地叫他“牛大哥”。遇到有人话言话语欺负他时，她总是护着他的。她对他也非常随便，路上看见哪个崖畔有朵好看的野花，就喊：“牛大哥，快给我拔下来！”他立刻就像士兵听见了冲锋号，一扑就爬上去了。别说是在山崖上冒险为兰兰摘一朵花，就是到天上为她摘一颗星星，他也愿意去！

有一次，他赤脚片儿到一个圪针丛生的山崖上为她摘了一朵鲜红的山丹丹花，下来时不小心脚上扎了一根圪针，疼得他走路一瘸一拐的。

兰兰发现了，马上叫他坐下。她很快从身上掏出一根绣花针，跪在他面前，一只温暖的、少女的手，小心翼翼地捉住糊着泥巴和牛粪的脚，剔出了扎在脚心的那根刺。当时，受宠若惊的他忍不住鼻根一阵又一阵发酸，激动得差一点哭出来！

这以后，每逢他一个人在地里的时候，他总要呆呆地看一会儿他的那只脚，感到一种说不出的温暖已经永久地留在了这只脚片子上。他并不指望自己今生一世能得到比这更大的幸福了，也更不敢想让仙女一般的兰兰来爱他——就如他爱她那样；他只是希望永远能看见她在他跟前存在着。因此他对兰兰回乡务农一直是兴高采烈的！如果她是太阳，他就愿意是一座山，一条河，尽管一个在天上，一个在地下，但也可以沐浴在她那温暖的光辉之下啊！

可是这一切很快就要完结了，亲爱的高兰兰明儿一早就要走了；她将要跟一个富足而有地位的城市青年一块生活去啰！

此刻，他睡在土炕上痛苦地想，等明天一早，天上的太阳从东边升起的时候，他心中的太阳就已经落了，永远地落了！

银灿灿的月光从窗户的破纸洞中泻进来，他那张粗糙的黑红脸上沾满斑斑的泪迹。

随着一声沉重的叹息，他一闪身坐了起来，三把两把穿上衣服，跳下炕，开了门，迈着急匆匆的步伐向前村那个亮着灯火的独院走去。

月光好极了，像水银一样泼在地上，一片明光灿烂。凉气从河道里漫上来，使得村巷里感到冷森森的。

大牛在月光地里走着，光头，光膀子，穿着一件白粗布小褂，憨厚的脸上带着从来都没有过的激动情绪。他已经打定主意，要去见一见兰兰。他压根儿不考虑这样做合适不合适，也没想过此去要说些什么，做些什么。反正他横了一条心，今晚上非见她一面不可！

他老远就看见兰兰家下面公路上的那辆汽车，心里登时烦躁得像猫爪子抓着一般。

他来到书记家新建的很排场的大门前停下来，用一只拳头在红油漆门板上不轻不重地捣了几下。

不一会儿，有人来开门了，是书记的老婆。她带着惊讶的表情问他有什么事，他说："叫兰兰出来一下，有个事。"

书记老婆转身回去了。他心咚咚地跳着，离开大门前，又来到简易公路上，站在路旁的一棵老槐树下，两眼紧盯着那门洞。

不一会儿，兰兰出来了。月光下，只见她容光焕发，一脸喜气。原来的两根短辫已经梳成了剪发头，显得庄重、娴静。一身素淡的衣服裹着苗条的身体，风度像县剧团的演员一般高雅。她左顾右盼地看了看，然后发现了呆立在老槐树下的大牛。她很快带着愉快的声调喊："牛大哥！你有什么事？进我们家里来说嘛！"

"不！我……不去！你……来！"他站在槐树下，胸口火烧火燎的，嗫嚅着说。

兰兰迈着轻盈的步子过来了，走到老槐树下，喜气洋溢的脸上带着不解的神情，望着这个从小和她一起耍大的庄稼人，又一次问："牛大哥，你究竟有什么事？"

"没……事！"大牛窘迫得一只手搓着另一只手，牙咬着嘴唇，身子微微有点抖。

"有什么事你就畅畅快快说，牛大哥！你大概已经知道了，我……明天就走了。"兰兰不好意思地把脸扭到一边去，脸上带着新娘特有的害羞的微笑，望着村对面月光下朦胧的果树林子。

他终于结结巴巴开口说："你……为什么要离开咱村子？你……不要离开咱村嘛！……"说完后，他自己也为自己突然冒出的这两句傻话吓了一跳！他猛转过身，光头一下子抵在老槐树上，两只手狠狠地抠着树皮。

兰兰被他的话一下子惊呆了。她惊讶得张开嘴巴，半天也合不拢。聪敏的姑娘已经明白了这句话里面包含着什么意思，她感到了一颗痛苦的心正在她的面前剧烈地搏动着。她惊慌失措地望着这个衣衫褴褛、光头光膀子的庄稼汉，霎时不知该如何是好，心情立刻变得相当沉重。啊，人活一世，什么事也可能碰上！

她不一会儿便冷静下来，用怜悯的眼光望着他肌肉隆起的肩背，轻轻地用略带责备的口气说："牛大哥，你为什么这样呢？你不要这样……"她轻轻叹了一口气，接着用一种亲切柔和的声调说："牛大哥，我一直很尊敬你。这是真的。你有一颗牛一样的善心。真像我大哥一样，时时处处在爱护着我。你的情谊，我这辈子都会记在心里的。牛大哥，我现在知道了你对我的心意，但这事是不可能的。我希望你不要再往这方面去想。日后回来，我还会像看亲哥哥那样看你的……"

兰兰轻轻地说着，大牛呆呆地听着。一片云彩从皎洁的月亮上擦过，大地出现了一会儿昏暗。村子下面的小河水哗哗地淌着，周围一片沉寂。

大牛两片厚嘴唇抖动了几下，沉重地叹了一口气："说来说去，农村穷，庄稼人苦哇……兰兰，你去吧，到城里可千万要小心呀，城里汽车多，小心碰磕着……"

这时候，上面院子里传来兰兰她妈愉快的嗓音："兰哎！快回来炒菜，妈把肉丝切好了！"

兰兰一时没应声。她洁白的牙齿咬着绯红的嘴唇，低倾着头，脚在地上轻轻磨蹭着。老半天，她才说："牛大哥，我这就要走了。今后要什么紧用的东西，你就给我写信，我一定给你捎来……你快回去吧，夜凉了，小心感冒，明天还要出山……"她抬起头很亲切地望了他一眼，便转身回去了。

大牛一直看着她走进大门洞后，两腿一哆嗦，便一屁股坐在了大槐树下！他两只手抱住光头，眼睛里喷着两团火，愤怒地盯住了公路上那辆"解放"牌大卡车。

大牛在老槐树下呆坐了片刻，猛一下子站了起来。他顺手从公路边的排水沟里挖出一块大石头，牙咬着嘴唇，一路小跑过去，"咣"一声砸在了那辆汽车上。他就像一头被逗恼了的牛犊子，一肚子苦闷没处发泄，便对这辆汽车开始了一场堂吉诃德式的进攻。他恨这辆该死的汽车，明天就要把他心爱的兰兰拉走了。

在他准备砸第二块石头的时候，路边大门猛地开了，烧酒喝得脸有点发红的高明楼在月光下大声喝问："啊，是哪个龟孙子？"等到看清汽车旁站的是大牛时，不解地问："你黑天半夜在这儿鼓弄啥？"

大牛一见是高明楼，两条胳膊往胸前一抱，喘了几口粗气说："干啥哩？往烂砸这龟孙子汽车！"

高明楼对他这番没头没脑的话琢磨一阵，心想，这小子大概是穷急了，乘着他家办喜事，有意来找点麻烦。他是个老于世故的人，很快走向前去，用一种领导兼长辈的口气说："牛，有什么事就给大叔说嘛！怎么可以黑天半夜砸人家公家的汽车呢？你向来是个老实娃娃嘛，是不是家里又揭不开锅了！甭怕，救济粮很快就下来了！这几天如果没啥吃的，明上午到我家里来盘上几升！”

“我就是饿得吃牛粪也不吃你的东西！这多年，你把精能要尽了！这如今把你的女儿也翻搅出去了！”平时笨嘴笨舌的大牛，此刻满脸喷红，眼睛里闪着怕人的凶光，一副随时准备和人厮打的样子。

高明楼直到现在还是弄不清楚到底发生了什么事。但有一点他已经明白了：这个人现在很恨他。

火气不时从书记的胸腔里升上来，但又压了下去。他想：打架打不过这二愣小子，讲道理又没多少道理可讲，而且还不知道这小子到底为什么要瞅住今晚跟他过不去。真是过喜事遇见了丧门星！

明楼想不出好主意，只好再用软办法来平息这场他摸不着头脑的纠纷。

他很和善地笑了笑说：“好我的牛娃哩！我什么地方亏待了你？抛开咱是个领导人不说，就是看在你死去的父亲脸上，我也要帮扶照料你哩。唉，我和你爸曾一同给咱村的地主刘国璋扛过长工，又一起闹土改，打恶霸，我俩亲得就像亲兄弟一样！现在这政策不让讲阶级成分了，可我总还亲咱爱咱的贫下中农！”他边讲演边看着眼前这唯一的听众有什么反应。

大牛嘴唇颤抖了一阵，恶狠狠地说：“屁！亲？爱？……”说完，已经不能控制自己的大牛又捡起一块石头，往汽车上砸去，“嘭”的一声，几块碎玻璃飞溅出来，没有碰着高明楼，却把大牛的光头划了道口子。

“你小子无法无天了！”高明楼一边嚷着，一边退到了自家的院门洞前。

就在这时，兰兰出现在他们面前。

兰兰苍白的脸上带着难言的悲哀，就像刚刚吞服了一剂苦药。她让她爸回家去，说让她单独劝解大牛几句。高明楼看见凶得像头牛一样的大牛，刹那间便乖乖地站在了兰兰面前，像个做错了事的娃娃一般。为了尽快平息这场纠纷，他回家去了。

大牛一直在兰兰面前低倾着头，两只手互相搓来搓去。光头上划破口子处血在流着，他也不擦一下。

兰兰“啊”了一声，转身又跑回家里，拿了一条崭新的白羊肚子毛巾奔了出来，手脚麻利地扎在大牛的光头伤口处。然后，她含着眼泪，轻声地说：“好牛大哥哩，你……甭这样了，这样人家会笑话的。我今晚上结婚，你这样闹腾，等于给我脸上唾哩！牛大哥，你自小就一贯帮助我，爱护我，哪怕你以后永远骂我哩，但今晚上你给我带个面子，再帮扶我一次吧……”

眼泪刷刷地从大牛那张憨厚的脸上淌下来了。他嘴里“嗯”了一声，接着便一下子抱住裹着羊肚子毛巾的光头，蹲在地上无声地啜泣起来……

不久，村里的人们发现，不爱说话的大牛突然变成了一个纯粹的哑巴，一句话也不说了。有人还看见，每到有月亮的夜晚，他就光头上拢一条崭新雪白而又带着血迹的羊肚子毛巾，在村前的公路上或者在公路下边的河湾里，不停步地溜达，转悠，有时还见他猛然从地上挖起一块石头来，又“咚”一声砸到了地上……

*原载《上海文学》1981 年第 6 期。

在困难的日子里

一

一九六一年，正是我国历史上那个有名的困难时期——这个关于我自己的故事，就发生在那个年头。

由于连年歉收，到了六一年，饥饿在中国已经成了一种普遍的现象。而在我们这里的乡下，情况就更显得严重了。我们那些水土大量流失的黄土山地，就是好年景也长不起庄稼来。眼下由于连续不断的干旱，简直再不能指望收获到什么了。有的地块甚至连种子都怕要丢得一干二净。

按季节已经是盛夏了，但田野里那个景象真叫人惨不忍睹：土地一丝不挂地躺在炭火一般灼热的太阳下，皱巴巴的，像害着重病的老年人，没有一点生气。成群结队的鸦雀在荒凉的山洼里飞来飞去，远远看起来，就像秋末的蚊蝇那般失去了活力——它们在大地上再也寻找不到一粒粮食。

村子里早已没有了往日的喧闹。饥饿使所有的人都沉寂下来。人们多年来所有的积蓄都已经在去年的饥馑中荡然无存。灾荒消灭了农村的差别，大家先后都成了赤贫户，人们整天叹息着，咒骂该死的天气……

不久，在村里几个老年人的倡导下，一些庄稼人便脱光了脊背，赤着脚片子，一窝蜂簇拥着“龙王爷”的牌位，开始向老天爷祈雨。大中午，他们光头顶着暴烈的阳光，跟着“龙王爷”的牌位，在龟裂的大地上狂奔呼号，那乱纷纷的赤脚片子在村外的田野里踢蹬起满天的黄尘。

这情况使得村里的党支部非常着急。不信神的共产党员们于是纷纷出发去说服阻挡迷信的庄稼人。但阻挡不住，一时也说服不了。人们已经饿得有点发疯了。本来大多数庄稼人已经多年不信神，饥饿又使他们妄想试试神的威力，不灵了拉倒，反正横竖是个饿！

不管人们怎样饿得发疯，可仍然还像往常一样，抱着收获的希望，继续在焦干的土地上无益地劳作。无论如何，总不能躺在土炕上等死呀。

好在这个大难当头的时刻，曾经用血汗养育过中国革命的这块老根据地的人民，在党的关怀下从外省调拨来了一点救济粮。绝望之中领到了一份救命的吃食，这使得一张张面黄肌瘦的脸上，开始露出了一点生命的笑影。谁也不再抬着“龙王爷”的牌位去求神拜佛了。

可是，这点粮食终究是很难维持长久的。先是村里几个病弱的人，由于缺乏起码的营养倒下了，再也没有起来。接着，带有迷信色彩的各种谣言又在蜂起，使得本来饥饿的人们深深地陷入了精神的恐慌……

一九六一年，这可真是个难熬的年头啊！

不幸的是，我却正是在这艰难贫困的年头，以名列前茅的成绩考入了县上唯一的一所高级中学。

这的确是不幸的——尤其对父亲来说。他本来盼望我考不上。

他大概觉得，要是我考不上的话，我的失学就只能怪我自己的不争气，而怪不到他无力负担了吧。要是在本村上小学或者在邻近的镇子里上初中，都可以在自己家里吃饭，这好歹总能凑合的。而到百里路以外的县城去读书，对一个农家户来说，就是好年头也不是一件容易事，何况眼下又到了什么样的境地！难道能带着野菜和榆树皮去学校吗？

当然，父亲从来没有说过这些话，但我早已看出了他的心思。我并不因此而对他懊恼。说起来又怎能怪可怜的父亲呢？我三岁上就失去了母亲，他既是我的爸爸，也是我的妈妈。在十几年并不轻松的生活中，硬是他一手把我拉扯了这么大。他害着那么严重的关节炎，为了多挣点工分，多分点红利，好供养我读书，总是一瘸一拐在山里劳动，在家里操磨，连下雨天都不敢歇一歇的。我知道，他现在实在是没办法了，要是有办法的话，可怜的父亲就是赔上老命也不会委屈我的。看看吧！眼下我们的光景都快烂包了。粮食已经少得再不能少，每顿饭只能在野菜里像调料一样撒一点。地里既然长不起庄稼，连野菜也不多的。父子二人全凭乱七八糟的凑合着过。

对农民来说，没有粮食，当然也就没有钱。我现在已经到了懂得讲究点穿戴的年龄，可几年前做的那身粗布衣服，早已破烂不堪，上面缀满了我自己和父亲帮我缝纳上去的各式各样的补丁。

唉，就这个样子，我自己心里也明白：即使父亲有心供我继续上学，我也起不了身。

可是，一想到我从此就要辍学，心里痛苦得火烧一般。接连几天，我不想吃，也不想睡，夜深人静时，我从熟睡的父亲身边溜出来，出了门，在村外的野地里漫无目的地走；我走着，痛苦地用自己的脚踩踏自己的身影，可那黑色的影子永远在我身边跟随，就像那不幸的命运一样。

艰难的生活使人过早地成熟起来。我已经在认真地思考一些复杂的问题了。我现在痛切地知道，眼前的情况，是我自己在人生道路上一个最重大的转折。我想：如果我能继续上学，说不定将来会成为工程师或者文学家。这样我就会改变我的传统的贫困家境；同时也会实现我想为祖国做出不平凡的贡献的理想。要是我从此中断了学业，那我就不得不继承父亲的地位。这对我来说是极其难堪的。从内心讲，我并不鄙视农民，从我的祖上到我可怜的父亲，就都是土地恭顺的仆人。但我决不满足继承他们的专业啊！我想我应该比他们更有出息，也应该比他们做更大的事业。的确，要不是碰上这么个灾荒年头，亲爱的祖国本来已经给我展现了这样的前程。现在呢……

正当我们父子愁眉苦脸的时候，本来因饥饿变得寡言的乡邻们，都纷纷前来我家提出忠告。少数人劝我休学。他们说这年头在家里总好凑合一些。再说，当农民苦是苦，但将来要是好好成个家，生儿育女，一辈子也照样活人哩。而多数人劝我父亲再咬咬牙，让我把高中上完。他们说我将来一定能考上大学的；等我考上了大学，也许就再不要花费什么了。有的人甚至说，按我的聪明来看，说不定日后还要“留洋”哩。总之，他们认为我前途远大，千万不能给断送了。他们甚至觉得，我所取得的好成绩，对于我们整个马家圪塄村来说，也算是一件了不起的事呢！在这个偏僻而贫穷的小山村里，历史上还有什么事这么荣耀地在全县挂上了号的呢？村里几个辈分很高的白胡子爷爷并且预言我将来要“做大官”。从这点出发，他们几个老人就不光是劝说，而是在训斥和指教我那可怜的父亲了。他们吓唬胆小的父亲说，要是他不供我上学，将来非遭“五雷轰顶”不可！

那几天，这几个在村里受人尊敬的老爷爷，经常瘦骨伶仃地坐在村头土地庙前的阳崖根下，怀着无限的感慨宣传说我将来的发展他们早就预料到了，因为他们年轻时帮忙搬挪过我老爷爷的坟墓，发现一棵老榆树网络般的根须，竟然把他老人家的棺材抬架到墓穴的半空中。他们对这件稀罕事得出的结论是：我们家（或者说是我们马家圪塄村）迟早要出个“贵人”。

“看看，”他们说，“这人恐怕就是建强！”

我的亲爱的父老乡亲们，不管他们有时候对事情的看法有着怎样令人遗憾的局限性，但他们所有的人都是极其纯朴和慷慨的。当听说我父亲终于答应继续供我上学，全村人尽管都饿得浮肿了，仍然把自己那点救命的粮食分出一升半碗来，纷纷端到我们家里。那几个白胡子爷爷还把儿孙们孝敬他们的几个玉米面馍馍，颤巍巍地塞到我的衣袋里，叫我在路上饿了吃。他们分别用枯瘦的手抚摸了我的头，千安顿，万嘱咐，叫我好好“求功名”去。我忍不住在乡亲们面前放声痛哭——自从妈妈死后，我还从来没有这样哭过一次。我猛然间深切地懂得了：正是靠着这种伟大的友爱，生活在如此贫瘠的土地上的人们，才一代一代延绵到了现在……

就这样，在一个夏日的早晨，我终于背着这些“百家姓粮”，背着爸爸为我打捆好的破羊毛毡裹着的铺盖卷儿，怀着依恋和无限感激的心情，告别了我的亲爱的马家圪塄村。我踏着那些远古年代开凿出来的崎岖不平的山路，向本县的最高学府走去——走向一个我所热烈向往但又完全陌生的新环境。我知道在那里我将会遇到巨大的困难，因为我是一个从贫困的土地上走来的同样是贫困的青年。但我知道，正是这贫困的土地和土地一样贫困的父老乡亲们，已经教给了我负重的耐力和殉难的品格，因而我又觉得自己在精神上是富有的。

二

我终于上了高中。

我意识到，这是我生活道路上一个意义重大的开端。当我背着那点破烂行李踏进学校大门的时候，就像一个虔诚的穆斯林走进神圣的麦加，心中充满了庄严的感情。

但是，很快我便知道了：我在这里所面临的困难，比我原来所预料的还要严重得多。当然，饥饿仍然是一个主要的威胁，但不仅如此。

我万万没有料到，我的新悲剧在开始时，居然是由于我考了全县第二名所造成的。正是因为我的成绩名列前茅，我才被分到了这一级的“尖子班”——六四（甲）班。从此，一连串倒霉事就开始了。

这个班所以称“尖子班”，因为全是由今年升学考试成绩突出的学生所组成。学校领导敞明叫响说要“偏吃偏喝”，好在将来考大学时提高学校的升学率，以此和全地区其他中学竞赛。不用说，由于这个原因，分到这个班上的学生都因此而带着一种明显的荣耀的神气。

只有我神气不起来。别说神气了，我觉得自己在班上的同学面前连头也抬不起来。

这个班除了我是农民的儿子，全班所有的人都是干部子弟，包括县上许多领导干部的儿女。尽管目前社会普遍处于困难时期，但贫富的差别在我和这些人之间仍然太悬殊。他们有国库粮保证他们每天的粮食；父母亲的工资也足以使他们穿戴得体体面面，叫人看起来像个高中生的样子。而我呢？饥肠辘辘不说，穿着那身寒酸的农民式的破烂衣服，跻身于他们之间，简直像一个叫化子！

在家里时，四舍八邻都不富裕，因此谁也不为自己的贫穷而害臊。可现在一下子有了强烈对比，就明显地感到自己太恓惶了。我好像第一次站到了镜子前，照见了自己的这副模样是多么的寒酸。我羡慕我的同班同学们，他们的生活是多么的幸运。但我并不妒忌他们，我只是为我自己的寒酸而难过。我知道这不是我的过错，谁愿意过贫困难耐的生活呢？

在这种情况下，自卑感很快笼罩了我的心灵。班上的同学们大部分对我还是很热情的。他们之中的个别人也许在暗暗嘲笑我的破衣烂衫，但也得尊重我的另一个方面：一个乡巴佬孩子竟然奋斗到这个“尖子班”！

但是，我也担心往后有人会因为我的贫穷而欺负我，所以心情一直很沉重。

我的担心并不是多余的。不久，情况就出现了。尤其是班上那个好恶作剧的文体干事周文明——看来这是一个对人毫无怜悯心的家伙，而不幸我却和他坐了同桌。

每当下午自习，我就饿得头晕目眩，忍不住咽着口水。而我的同桌偏偏就在这时，拿出混合面做的烤馍片或者菜包子之类的吃食（他父亲是县国营食堂主任），在我旁边大嚼大咽，还故意吧咂着嘴，不时用眼睛的余光扫视一下我的喉骨眼；并且老是在吃完后设法打着响亮的饱嗝，对我说：“马建强，你个子这么高，一定要参加咱班上的篮球队！”

这个可恶的家伙！他知道我饿得连路都走不动，还叫我去打篮球！

有一天，我们全班在校园后边的山上劳动，他竟然当着周围几个女同学的面，把他啃了一口的一个混合面馒头硬往我手里塞，那神情就像一个阔佬耍弄一个贫儿。

这侮辱太放肆了。我感觉浑身的血都往头上涌来。我沉默地接过这块肮脏的施舍品，猛一下把它远远甩在了一个臭水坑里！

周文明吃惊不小，一绺浅黄的头发披散在额前，手足无措地停在那里，不知如何是好。我同时用自己的眼睛告诉他：他如果要是再公开拿我的贫穷开心，我决不会对他客气的。

我的同桌从此便恨我了，但他再也不敢在公众面前公开侮辱我。

过不多久，更叫人难以忍受的事又发生了。

有一天，我们宿舍的一位同学放在饭碗里的一个玉米面馍突然丢了。那个同学把此事反映给了班主任老师。

事情很快就在全班传开来，说我们宿舍出了“贼娃子”。不用说，怀疑的目光又全部落在了我的身上。

啊，上帝作证，我连那个该死的玉米面馍也没见过！

我知道，人们怀疑我是正常的：因为在大家看来，偷吃一个微不足道的玉米面馍，大概只有我这号饿死鬼才干得出来。

无数鄙夷的目光像针一样扎在了我的心上，这使得我神情沮丧，抬脚动手都变得不自在。这反过来又使得大家对我的怀疑更其加深。老天！就连我自己也感觉到，我此刻这副样子在别人看来，大概也的确像是做贼心虚的小偷！

人们开始像躲避瘟疫一样躲避我，而在背后我又成了他们谈话的中心。后来，连外班的同学也在指指画画议论我了。

但我向谁去辩解这个活天冤枉呢？我只能在心里为自己的清白辩护。最令人痛苦的是，大家都在背后议论，谁也不当着我的面说我就是“贼娃子”，这比公开地叫我小偷更使人受不了。

每天晚上，我都半夜半夜睡不着觉，咬着被角偷偷地啜泣。此刻，我真想和什么人狠狠打一架，好把我满心的愤懑排解掉。

就在这时，有人给班主任报告说：在我的枕头底下发现了玉米馍渣子。

班主任听到反映，乘我不在的时候，带领几个班干部查看了“现场”。据说，我的枕头底下的确有玉米面馍渣子。妈的，我的贼名眼看就要落实了！可是同时，有人也发现我枕头底下还有一些荞麦皮。大家再仔细一检查，发现我的枕头被老鼠咬破了一个洞。我常饿得倒下就不想动了，从来也顾不得关心我的枕头。

事情总算水落石出：是可恶的老鼠把那个玉米面馍拉在这里吃了，并且捎带着咬破了我的枕头。真他妈的，人倒霉了，连老鼠也来糟践！

事情到此实际上还没有完。一些不明真相的外班学生间，这个误会还在传，所以我的“贼名”也还在继续地张扬。生活中常常有这样的情况，人要是被扯进一件丑闻，哪怕事实证明他与此无关，但名声总还要受到损害。

入学一月多来，我就生活在这样的气氛中。这一切简直叫人难以忍受，但也只能默默地忍受。我自己知道，我的人格这样被践踏，并不是因为我品行不端，仅仅是因为我家境贫寒！

痛苦已经使我如疯似狂。在没人的地方，我的两只脚在地上踢，拳头在墙壁上打；或者到城外的旷野里狂奔突跳；要不就躲到大山深沟里去，像受伤的狼一般嗥嚎！

啊！饥肠辘辘这也许可以熬过去，但精神上所受的这些创伤却折磨死人了。这个困难的岁月，对别人来说，也许只是物质上的短缺罢了；而对我来说，则是物质和精神的双重的难关。我本来已经够不幸的了，经常身无分文，那点可怜的“百家姓粮”也只能使我不至于马上饿死。可现在还要在精神上承受这么大的打击和折磨！我缺乏吃的，但我更缺乏友爱。当然，班上大部分同学倒并不有意欺负我，这我看得出来；但我也看不出有谁想和我交朋友。不管怎样，我感觉他们大部分人还都是怜悯我的。而我宁愿饿死，也不愿意让人怜悯。对一个有血性的男子汉来说，再没有比被别人怜悯更伤人的自尊心了。

三

自从入校到现在，虽然只过了两个月，但我觉得比两年都长。我时刻处于饥饿和屈辱的夹击之中。我每时每刻都在内心里和这些不幸的厄运拼命搏斗，艰难地维持着我的学生生活。

不过我从来也没想过因此就中止我的学业。不！我的一瘸一拐的父亲已经好不容易让我读了小学和初中，又在如此艰难的年头挣扎着把我送到这里；我的乡亲们一片深情厚谊把自己的救命粮送给我，对我抱着莫大的希望支持我来到了这里；而我自己为了来到这里，又进行了怎样艰苦的奋斗啊！难道我能因为这些困难，就卷起自己的铺盖卷灰溜溜地滚回马家圪塄村吗？

我不会退却的。我就是咬着牙，也要把这苦难的日月熬过去。虽然现在多灾多难，但我相信未来，也对整个社会和我个人都充满希望。

对眼前各种各样的歧视（包括行为和心理的），我都用沉默的态度抵抗——也只能如此。再说，一个饥饿的人本来也就不想多说话的，舌头和嘴要是嚅动多了，会把可怜的胃囊引逗得更不好受。

人们不大理睬我，我也躲避着人。除了上课、自习，我总是一个人消磨时间。

下午吃过晚饭（我只买一碗稀饭）到晚上睡觉这一段时间，实在是太长了，经常饿得人心火缭乱。

饥饿本能地迫使我向山野里走去。

县城周围这一带是下过一两场小雨的，因此大地上还不像我们家乡那般荒凉。远远近近都能看见些绿的颜色。

我在城郊的土地上疯狂地寻觅着：酸枣、野菜、草根，一切嚼起来不苦的东西统统往肚子里吞咽。要是能碰巧找到几个野雀蛋，那对我来说真像从地上挖出元宝一样高兴。我拿枯树枝烧一堆火，急躁地把这些宝贝蛋埋在火灰里，而往往又等不得熟透就又扒出来几口吞掉。

节气已经到了秋天。不很景气的大地上，看来总还有些收获的：瓜啊，果啊，庄稼呀，有的已经成熟，有的正接近于成熟。这些东西对一个饿汉的诱惑力是可想而知的。但我总是拼命地咽着口水，远远地绕开这些叫人嘴馋的东西。我只寻找那些野生的植物充饥，而这些东西正如水和空气一样，不属于任何个人。除此之外，我决不会越“雷池”一步的。我已经被人瞧不起，除了自己的清白，我还有什么东西来支撑自己的精神世界呢？假如要是我真的因为饥饿做出什么不道德的行为来，那不光别人，连我自己都要鄙视自己了。

当太阳快要落在城西那些大山后面的时候，野菜野果也已经把我的肚子填得差不多。这时，我就满足地往回走。

我通常并不马上就回学校去。我先进了县城，然后穿过那条石板街道，出了清朝年代修起的那个破城门洞，到城墙根下面的小河边去。

这时候，小河里也没人洗衣服，幽静极了。我先在水里把染在手上、嘴上的那些野生植物的绿色浆汁洗净，然后便悄然地躺在岸边那个小石窝里。说起来，这个小石窝也实在是个好地方。它主要好在一点上，躺在里面，谁也看不见。我戏谑地在心里把它称为我的“别墅”。每次饱餐了野味，我非要到这里来静静地躺一会不可。此刻，太阳晒过一天的石板，还留着微微的温热，躺上去简直能叫人忘乎所以。

我心平气和地躺在这温热的石窝里，静静地谛听着下面琴一般悦耳的流水声；或者仰起脸来，望着纯净的蓝天和那延绵不断的群山。太阳在最后落下去之前，把那橘红色的光芒淡淡地、轻柔地抹在了对面的山尖上；而所有两山之间的沟坡都已经沉浸在阴影之中。不久，所有的山头从低到高，那点余晖便渐渐地抹去；大地上立刻出现了一会短暂的明亮。过不多时，一切就都变得模糊起来。

我静静地躺着，怀着一种超脱的心情，望着大自然的这些变幻。当天色渐渐暗下来的时候，我坐起来，目光急切地在苍茫中张望，寻找，希望能再见大地上那些绿的颜色。噢，绿色啊！在世界上所有的颜色里面，再没有比大地的绿色更叫人喜欢和留恋的了。我喜欢这绿色，是因为这绿色的生命一直在养活着我。每当这样的时候，我也就忍不住想起了自己在乡下度过的童年。那时候，每当冰冻的土地刚刚变得松软起来，我们一群小孩子就跑到田野里去，小手在解冻了的土地上刨啊刨……当终于刨出一颗嫩绿的草芽时，大家就都惊喜得欢呼起来。我在这个时候，总是禁不住热泪盈眶。我当时也说不清楚为什么而哭。我只觉得我的心在愉快地颤栗……

在我们这里，冬季是十分漫长的。一年中几乎没有春天。而夏天刚来不久，秋天也紧跟着到了。接着，内蒙古草地上的雁群就嗷嗷地啼叫着，排成队，飞成行，掠过刚收获过庄稼的光秃秃的山头，到遥远的南方寻找温暖去了。塞外吹来的寒风立即任性地扫荡整个黄土高原，田野里就再也寻不见一点绿的颜色。尤其节令到了三九四九，家家都冷得封门闭户，这对于乐趣永远都在田野里的乡间孩子来说，到了这时就只能闷头呆在家里了。严酷的冬天把田野变得丑陋不堪。等到一场大雪过后，土地立刻冻得像铁一般硬。坚冰覆盖了所有的河道，路旁崖岩上吊起了冰帘，像老头儿的白胡子一般。尖刀似的风把干活的男人们从地里赶回来了。人们只能整天坐在炕头上，抽旱烟，说古朝，拉搭一些庄稼人说了多少辈子的老话。

每当寒风把大地上所有的绿色生命杀尽以后，我自己的心在整个冬天也就枯萎了。记得那时，我常常幼稚地担心那些绿色的草呀，树呀，大概要永远地死去了。想到人将要在一个没有绿色的世界上活下去，心里既难受又害怕。因此，第二年春天，当一看见大地上又萌生起绿色生命的时候，感动和喜悦的心情常叫人鼻子发酸。等到清明节一过，村外小河岸边和向阳的山坡就冒出了一大片一大片的青草的嫩芽，蓝色的、火焰般的马兰花也在路径两侧怒放了。这时，我们这些孩子照旧穿着在冬天穿烂穿脏了的棉衣裤，手拉着手，在田野里奔跑、叫喊；拾些干柴火点起一堆火，把各自带来的干粮放在火边烤，你吃我的，我吃你的，友爱地不分彼此……

我坐在黑暗笼罩了的石窝子里，一往情深地回忆起这些没有冷漠，没有歧视的童年的生活，眼泪忍不住一个劲往下淌。这更使得我对自己目前的处境感到伤心。但是，我又想：生活不管怎样变化，母亲一般养育过我们的土地毕竟还是爱我的，现在她不是还继续用她绿色的奶汁喂养我吗！大地啊，你给了我们欢乐，你又把我们的愁苦溶解在了你那博大的胸怀里……直等到天色完全暗下来的时候，我才怀着恋恋不舍的心情告别了我的伊甸园，在夜幕的遮掩下回到学校。

远远望见那一排排灯火通明的校舍，我的心情又完全陷入了压抑之中。田野里虽然空无一人，但它对我来说是亲切友爱的；而在人声鼎沸的学校里，我知道我会多么孤寂。

每次，在接近学校大门的时候，我都要拐到校门右侧的文庙牌坊下站一会。因为这时正是走读生们回家的时候，我怕班里的同学看见我。

我孤零零地站在黑暗中，望着一群一伙的同学们从校内拥出来，一路上互相热烈地交谈，亲切地说笑，有的甚至友好地手臂相攀，向灯火通明的街道走去。

我呆呆地望着他们远去的背影，真想大哭一场！我在心中默默地向他们呼喊：啊，亲爱的同学们，我并不奢求你们的友爱，但你们也该让我平等地生活在你们之中吧！

四

渐渐地，我被大家遗忘了。这就是说，同学们已对我的贫困见惯不惊，习以为常，不像刚来时那样地感到“新鲜”了。

按常理，一个人要是被周围的人遗忘，那可绝不是一件好事。但对我来说，这却是求之不得的。谢天谢地，这也就好了。在我的位置上，我还再敢希冀什么呢？我只祈求让我的心灵能得到一点安宁，好让我全力以赴对付可怕的饥饿。

唉，说起饿肚子，那可的确是越来越严重了。父亲不久前托人捎来话，说他这半年是再无法给我送来一颗粮食了。这我早已料到。我知道，就是一月前送来的那十几斤高粱，也是他从自己的口里节省下来的。我虽然可怜，但好歹总还没断五谷，谁知道可怜的父亲现在拿什么糊口呢？

我毫不犹豫（也不需要犹豫），就把开学时带来的那点“百家姓粮”，再一次从每天的数量中压缩掉一半。这样一来，一天就几乎吃不到什么了。两碗别人当汤喝的清水米汤，在我就算是一天的伙食。

饥饿经常使我一阵又一阵地眩晕。走路时东倒西歪的，不时得用手托扶一下什么东西才不至于栽倒。课间，同学们都到教室外面活动去了，我不敢站起来，只趴在桌子上休息。我甚至觉得脑袋都成了一个沉重的负担。别人哪会知道，仅仅为了不使尊贵的头在这个世界面前耷拉下来，我全身的其他部位在怎样拼命挣扎着支撑啊！

饥饿使得我到野外的力气都没有了，因为寻觅的东西已经补不上所要消耗的热量。除去上课，我整天就蜷曲在自己的破羊毛毡上。白天是吃不到什么的，可晚上只要一睡着，就梦见自己在大嚼大咽。我对吃的东西已经产生了一种病态的欲望，甚至都干扰得连课都听不下去。上数学时，我就不由得用新学的数学公式反复计算我那点口粮的最佳吃法；上语文时，一碰到有关食品的名词，思维就要固执地深入到名词背后的实物上去；而一上化学课，便又开始幻想能不能用随手可拾的物质化合出什么吃的来……

这情况终于导致了令人难堪的局面：期中考试时，我这个全县第二名一下子变成了班里的倒数第二（仅仅在周文明前面）！

我早就知道会有今天的！但真正面临这个现实，痛苦和震惊简直叫我目瞪口呆。从我上小学一年级起，学习成绩还从来没有这么糟糕过。

那天下午公布完成绩，大家很快都走了。我一个人呆在空荡荡的教室里，像一个无依无靠的孤儿。我在精神上唯一的安慰被粉碎了，这使我第一次真正产生了绝望。我知道这是极其可怕的。我丧气地想：我要是在考试前能有一顿饱饭吃，我的引以为骄傲的学习成绩也许不至于一落千丈。考场上我头昏眼花，在紧要关头连一般的逻辑推理都乱了套。这确是事实。可是，能拿这样的理由为自己没考好而开脱吗？

怎么办？没有其他办法，只能拼命往前追。

为了夺回过去的光荣，我重新开始了一番拼命的奋斗。晚上，我强迫自己从破羊毛毡上爬起来，赶到教室里去复习功课。只要不晕倒，就在课桌上趴着。为了再一次冲到前边，我准备付出任何代价，哪怕一下子就死在教室里呢！我对自己说：死就死吧，这么不争气，活着又干什么？生活的贫困我忍受着，但学习上的落伍是无法忍受的，这是真正的贫困。我必须在这个竞争中再一次名列前茅。我知道这样的“赛跑”对我来说是极其艰难的，因为我的腿上时刻绑着饥饿的“沙袋”；没有人为我鼓劲，我只能自己为自己助威。为了刺激学习劲头，我甚至为自己许了一个阿Q式的愿：等下一次考好了，一定饱餐一顿。随后又为自己给自己吹的这个牛皮而哑然失笑了。

可是不久，我却是真的遇到了一次饱餐的机会——但我宁愿被别人打一记耳光，也不愿意饱餐这顿饭！

国庆节到了，学校把自己喂的几头瘦猪杀了，准备下午会一顿餐，实际上只是免费给每人一勺肉菜。这年头，吃一勺肉菜不光对我这样的饿汉难得，就是对其他同学也是难得的。

上午，生活干事吴亚玲召开了一次简短的班会。她告诉大家，学校灶上因会餐，做饭的炊事员忙不过来，要各班去一个同学帮灶；帮灶的人和炊事员一样，下午的饭菜不限量。她叫大家提名。

还没等众人说话，吴亚玲自己又宣布说："我建议马建强去。"

教室里有节制地轰一声笑了。全班用这种形式一致通过了她的提议。

这又是一个侮辱。我全身的血轰地涌上头来，感到自己的意识和灵魂立刻就要脱离开身体，向外界飞去。我的两只手在桌子下面哆嗦着，急忙中想狠劲抓住个什么东西，好暂时控制一下自己。

我不知道同学们是什么时候离开教室的。老半天，我才感到桌子下面的两只手黏糊糊的出了汗。拿出来一看，原来是那支宝贵的"民生"牌钢笔在手里被折断了，蓝墨水染污了两手。

我感到鼻子口里喷着火一样的热气。我恨这个吴亚玲！本来同学们已经把我"遗忘"了，可今天她又使大家这么随意地嘲弄了我一次！

我决定还是去帮灶。不过，我心里想：谁要是抱着险恶的心理认为我终于接受了这个"肥缺"，那就让他等着瞧吧！哼！

户外的天气是非常好的，深秋的蓝天显得纯净而高远。被人踩得硬邦邦的大操场，在阳光下一片白光刺眼。也没有风，操场四周的几排小叶杨，叶子干巴巴地蒙着一层尘土，静静地站立着。

我穿过操场向灶房去的时候，看见校园里红红绿绿贴了许多标语；各班的黑板报也换上了新内容，标题都用彩色粉笔写成各式各样的美术字。同学们三三两两在校园里蹓跶，互相嬉笑打闹。各班的文艺队也都在为晚会准备节目，这里那里传出了和谐的合唱声，以及吹得很刺耳的梅笛独奏曲。就是在这严重的困难时期，此刻毕竟也显示出了节日的气氛。这气氛也给了我一种感染，心情稍稍为之平复。

我走过操场中央，无意中看见吴亚玲和我们班长郑大卫，正站在外班一块黑板报下指指画画评论着什么。我忍不住停了脚，怀着一种刻毒的心理瞅了一眼他们得意洋洋的背影。

“不要脸！”我在心里骂了一句。

吴亚玲是全校瞩目的人物。凡是长得漂亮而又活泼的女性，到哪里也总是叫人瞩目的。我们的生活干事正属于这一类。她长得的确漂亮，会跳舞，会唱歌，学习也是班上女同学中最好的。加上她是我们县武装部部长的女儿，这就更显得她与众不同。她漂亮是漂亮，倒也不怎样刻意打扮自己，甚至大部分时间只穿一身改裁了的男式旧军装——可这又比刻意打扮更独出心裁地引人注目。

不用说，班上的男同学都爱和她接近。尤其是文体干事周文明，要是吴亚玲和他说上几句话，一整天都会高兴得红光满面。但是，这位“校花”看来真正要好的男同学，倒只有郑大卫一人。郑大卫是郑副县长的儿子，是今年全县高中升学考试的第一名。他从里到外看起来都聪敏，平时戴一副白边眼镜，说话举止简直像一个老师。我隐隐约约听人说，郑大卫和吴亚玲的父亲在战争年代一同在我们县上领导过游击队，是老战友。据说他们的父母亲在他俩刚生下来时就订了亲；说他俩从幼儿园开始一直到现在都是同学，现在已经谈上恋爱啦！谈恋爱对我们这个年龄的人来说，还是一件相当神秘的事，因此不管是真是假，在同学们看来总是颇为新奇的。我知道，班上的调皮同学平时除议论我的寒酸，大概就是在议论他们俩的长长短短了。说实话，我对这种事毫无兴趣，我连肚子都填不饱，还顾得上关心人家谈情说爱哩！

当我的视线离开他们的时候，不知为什么，心里猛然间又翻上来另一种说不出的味道。我仍然在恨吴亚玲（这种恨也波及到了和她要好的郑大卫），但我又对自己刚才那种刻毒的心理有点后悔。我弄不清楚这种突发的情绪是什么原因引起的。

到了灶房，我才逐渐把这种懊悔的原因理出了个头绪。这就是：如果不抱什么成见的话，说真的，在我看来，他们俩在一起真给人一种美的感觉。把他们的健美和漂亮，出色的学习，同等的家庭等等糅合在一起，就像同质料的大理石砌起来的弧线形拱门似的令人羡慕和赞叹。尽管我刚才在感情上反抗这种认识，但同时理性却很快地做出了这样的结论。因此后来我便懊悔了对于他们的那种刻毒的心理——诅咒美是一种可耻的行径，我不应该低下到这种程度。

可是这样一来，吴亚玲给我带来的侮辱反而越发使我受不了。我现在可以不诅咒她，但我仍然要恨她：你们有吃有穿有幸福，我并不嫉妒你们，可你们为什么这样践踏一个可怜人的自尊心呢？

在学校的灶房里，我沉默地剁肉、切菜、淘米、揉面，根本闻不见饭菜的香味。我甚至看见煮在锅里的那几只猪头，似乎也在龇牙咧嘴地嘲笑我是为了吃它们而来的。妈的，我恨不得把这几只猪头捞在案板上用斧头几下就剁碎！

不，让这些东西见鬼去吧！哪怕是山珍海味，长生不老药，我今天也不会吃的！

开饭前半个钟头，我就从灶房里溜出来了。我连用自己的饭票买得喝一碗清米汤的欲望也没有。

我怀着愤慨的心情，默默地来到了学校后面的一个山坡上。腿软绵绵的，一下坐在一块刚收获过土豆的地里，忍不住把脸偎在松软的土地上，就像小时候受了委屈偎在妈妈的怀里，无声地啜泣。在人们的面前，我是坚强的，但在我一个人的时候，我的感情往往很脆弱，经常忍不住淌眼泪……

我睁开眼，看见美丽的夕阳正在西边的山峦间向大地微笑着告别。我知道刚才睡的时间有多么久了。我想站起来，但身上连一点力气也没有。胃囊在痛苦地痉挛着，饥饿像无数利爪在揪扯着五脏六腑。我的两只手立刻下意识地在土地上疯狂地刨抓着——因为我想到这块刚收获过的土地，说不定能寻找几颗主人遗下的土豆。

经过一阵拼命的挖掘，结果令人非常失望。在这个灾荒年头，人们的收获都是十分仔细的，轻易不会把能吃的东西遗留在地里。

但是，一阵喜悦终于使我兴奋得全身发抖，因为我的右手在土地的深处摸到了一个又圆又大的家伙！

我怀着一种幸福的心情，慢慢把这个宝贝蛋从地里挖出来，结果懊丧之极：原来是一个石头蛋子。

由于在泥地上睡得久了，湿气使我全身都在发痒，两只泥手忙了半天也没制止住。就在这时，我突然发现旁边一个小洼里似乎有一棵土豆蔓子还牵在那里。这个吸引力立即使我轻快地站起来，像猎狗发现了兔子一般，一蹿扑了过去，用手扯了扯这干枯的蔓子：天啊，它真的还在地里长着！

我刨出了五个又圆又大的土豆，捧在手里一个一个地看，傻呵呵地笑。

我用干枯的土豆蔓子点起一堆火来，开始了我自己的“国庆节会餐”。

这时候，天已经渐渐地暗下来，学校的大操场上传来了沸腾的人声，各种乐器杂乱的调音和一些未经调教的女高音那“啊啊咦咦”吊嗓子的刺耳声……国庆节的联欢晚会大概快要开始了。我才不管这些呢，我的下一个节目是：烧土豆吃。

我刚把那五个宝贝蛋小心翼翼地埋在火堆里，突然隐隐约约看见有一个人，正从苍茫的暮色中向这边走来。

五

我做梦也没有想到，此刻站在我面前的竟然是吴亚玲。

我脑子里跳出的第一个反应是：这下我可不能按我的方式吃这五颗烧土豆了。所谓我的方式无非像俗话说的“狼吞虎咽”罢了。

对她的到来，我感到愤怒，但一时又不好发作，只希望她是偶然路过这里的，别老呆着。但她竟然站定在我面前，并没走开的意思。看来她现在大概在好奇地研究我在这里干什么事哩。你要研究就研究吧，这并不是什么见不得人的事。

我对这个来访者不屑一顾，好像我根本就不知道她的存在。先前的恨加上现在的恼火，使我对她真正地厌恶起来。

我默然地坐在火边，克制着食欲，双臂抱着腿膝盖，尽量把自己的头颅抬高，做出一副傲然和冷漠的神情，望着山坡下县城的那些建筑物。此刻，县政府大门上为节日而装饰起来的一串串彩色灯泡，已经在黄昏中大放光明，耀人眼目了。往日，小县城一擦黑就落了市声，可今晚上却比白天都要嘈杂得多。四面传来的人声、乐声、歌唱声混合在一起，乱纷纷的。县政府上面就是武装部。大门口，用竹竿挑起的两个大红宫灯正在微风中轻轻地旋转；虽然看不见，但我猜想那上面大概分别写着“欢庆”两个黄字或者白字。我马上想到，此刻神秘地出现在我身边的这个人就是从那里出来的。说不定她吃饱了节日的饭菜，为了消化的缘故到这里散步来了，可她此刻却正在妨碍一个饿汉吃他的几颗烧土豆哩。

“土豆烧熟了，你闻，喷香！”

这是她的声音。

这个讨厌的女生！她已经知道我火堆里的秘密了。如果不是强忍着，我真想臭骂她一顿。

我现在凭感觉，知道她已经蹲在了火堆边，并且用什么东西在火堆里扒拉开了。

天啊，我现在对这个不速之客来光顾我的这顿晚餐，实在感到莫名其妙！生活干事是专门捉贼来了？还是偶尔遇见我饿得不顾体统，想再拿我开开心？或者……

“烧土豆可要趁热吃哩。呀，好香！能不能让我也尝一个？……不说话就是同意了。”

我忍不住扭过头，想看一看这个厚脸皮究竟要干啥。

这可真把人气坏了，我看见她正蹲在火堆边，用自己的手帕在揩我的那几个烧熟了的土豆，就像这土豆的主人是她而不是我！

我听见自己鬓角的血管在嘣嘣地跳。我还从来没遇到过这种局面，准确地说，从没遇见过这么一个人！我为她感到害臊，真想站起来就走，让这个脸皮很厚的人去吃吧。

但我下不了这决心。说实话，我留恋我的那几颗可爱的烧土豆。我已经差不多一整天没吃饭了，不争气的肚子一直在咕咕地叫唤着。

现在，吴亚玲已经把沾在土豆上的灰分别用手帕揩干净，随后又把她的手帕铺在我的面前，把土豆放在上面。她两只手抓起两个来，一个给我往手中递，一个已经送到了她自己的嘴边。她笑盈盈地说：“不反对吧？我可不客气了……”她把土豆咬了一口，而另一只手一扬一扬地给我递另外的那颗，眼睛不眨地盯着我，神情像逗小孩似的，等待着我的反应。

啊！这可真把人难死了。我的两只手不知为什么有点抖。去接吧，精神上根本没这个准备；不接吧，似乎又觉得这个令人生气的人有一种执拗的真诚。其实，就在我思想上犹豫着是该接还是不该接的时候，我那该死的不争气的手已经伸出来了。

接住就接住吧。为什么不接呢？这土豆是我烧的，现在却反叫这个人把我弄成了一个客人——客人应该是她。

我仍沉默着，专心一意地吃着土豆。啊，好久没吃这样的美味了。真香！一个接着一个，我把余下的三个全吃了。

现在该走了。我决定不给她打招呼。打什么招呼呢？又不是我请她来的。我现在对她只有一肚子气。哼！在她看来，她给我照顾的那个“美差”已经使我的肚子里填满了大灶上的肉菜蒸馍了吧？

我很快站起来，拍了拍身上的土，抬腿就走。可是，吴亚玲也跟着起身了，就跟在我身后。天啊，这究竟是怎么啦？

“马建强，你能不能给我帮个忙呢？噢，是这样的……”她在我身后绊绊磕磕地走着，说开了话。“你为什么不说话呢？……是这样的，我们家的斧头和斧头把子‘分家’了，你能不能帮我‘说合’一下？哈，你看我尽胡说！什么‘分家’‘说合’的，就是斧头的楔子掉了，你是农村来的，一定对这种活计手熟，能不能帮我弄一下呢？”

她见我不说话，又在后面絮叨开了：“你为什么不说话呢？你如果还忙别的事，就算了。你不知道，我下午吃完饭就一直在找你，到处找不见，后来听人说见你到后山来着，我这才跑到这儿找你来了。你不知道，这把斧头是我们家的宝贝呢！打炭，劈柴，经常离不了。你为什么不说话呢？是不是嫌我吃了你的土豆啦？”她在后面咯咯地笑起来，“我开玩笑哩，别又恼了呀！”

我仍然沉默着，但心眼却活动开了。真想不到吴亚玲是找我来帮忙的。而且按她自己的说法，她已经找了一下午，最后才寻到坡上来。我简直不能相信这等事。我马上觉得，出现在我面前的这事儿似乎包含着许许多多一时说不清楚的内容。我承认，我的心在一刹那间受了感动，她在不久前带给我的所有不愉快一下子就被推到了很远很远的地方。

已经到学校后面的大院里了。吴亚玲赶上来和我并排走着，在明亮的路灯下侧着头问我：“你倒是愿意不愿意帮我这个忙嘛？呀，你这人真傲，和凡人不搭话！”

现在，我并不对她这刻薄的话生气了。我迟疑了一下，站住了，想对她说我愿意去，却又说不出口，只好不看她，对着一个什么地方茫然地点了点头。

她立刻高兴地笑了，一双大眼睛扑闪着莫测的光芒，似乎在说：看，我终于战胜了你。

学校离武装部并不远，我跟着她很快就到了她家。

吴亚玲把我引到了她父母住的窑洞（兼他们家的灶房）。她告诉我，她父母到郑大卫家串门去了，让我先在这儿呆着，让她到外面的柴垛上去寻那把坏了的斧头。

在我的想象中，武装部长的家并不是这个样子。现在看来，这家也平常极了，和我们公社一般干部的家庭差不多。砖砌的炉灶里正燃着很旺的炭火，上面一只铝锅哗哗地响着开水，四周冒出的热气使整个窑洞有一种暖融融的气息。炕上铺着双人绵羊毛毡，看来年月已经很久，磨损得软塌塌的。两块被子垒在一起，上面蒙着一块军绿毛毯；毛毯的一个破角补着一块黄布。炉台对面的墙下有两只箱子，一只是木的，红油鲜亮；另一只是棕箱，上面隐隐约约看见“汉中县制造”的字样。窗前的办公桌上整整齐齐竖立着一排书，许多书背上都有“干部必读”几个字。一副茶色框架的老花镜没有入盒，搁架在一本打开的书上。炉台一面的墙上挂着一个古旧的挂钟，钟摆在玻璃后面无声地摆动。和挂钟相对的另一面墙上，离那个红木箱子尺把高的地方有一个相框，里面的那个老军人大盖帽下的一双眼睛威严地正视着对面；肩章上标着中校的军衔——这无疑是武装部长本人的照片。

窑洞里的摆设并不像我原来想的那么“洋气”，某种程度上倒像一个较富裕的农家户。真的，我并且还闻到一股腌酸白菜的味道，但我不知道这种带有农家气息的味道是从什么地方发出来的。

正在我这样无聊地观察这个本县著名人家的室内情景时，吴亚玲回来了，手里提着那把坏了的斧头。

“你怎不坐啊？”她把手里的斧头扬了扬，笑笑，“我们城里人真是十足的笨蛋！你看，就这么个简单营生都做不了……噢，你拾掇，我给你倒水。”

我拘谨地从她手里接过斧头。斧头实际上只是楔子掉了下来，楔进去就行了。我真不相信武装部长或者他的女儿就连这么个简单活都干不了。

不用说，我不费吹灰之力很快就把斧头弄好了。吴亚玲接过去看了看，也不说什么，漫不经心地把它丢在一旁，招呼着让我喝水。

“不，我不渴。我走啦。”我摇了摇头，说。

“什么？你这人怎么这样？你看水正开着，我就给你下饺子。我吃了你的土豆，你就应该吃我的饺子，礼尚往来嘛！再说，你给我帮了这么大的忙……”

这真是笑话！难道我做了这么一点扯淡事就要吃你的饭？我立刻觉得心里怪不是滋味。我所做的这点事根本不应该得到这种“奖赏”。我开始后悔来吴亚玲家了。本来，我能为自己终于给别人帮了一点忙而感到心里熨帖，现在又被“吃饭”这两个字败坏完了。

“不！我已经吃过饭了。”我认真地撒了个谎，拔腿就走。

我根本不知道吴亚玲怎么一下子就横在了门口，挡住了我。她几乎是叫喊着说：“不，你没有吃饭！没有吃！我全知道。我伤了你的心，你恨我……”

我愕然了。我吃惊地看见吴亚玲是那么激动，满脸通红，眼睛里似乎还旋转着两团亮晶晶的东西。

“你不能走，马建强同学，你一定得吃饭……”她的声音低了些，但仍然很激动，“我知道你心里对我有看法。其实，我让你去帮灶，完全是一片好心，想不到结果会这样，伤了你的自尊心……但事后我很快便意识到我做了一件错事。我后来问了灶上，知道你没吃饭，心里很难过，就到处找你。我知道你是个自尊心很强的人，把饺子给你包好，我就想了这个办法把你引到我们家。怕你拘束，我还把我爸我妈支到大卫家去了……”她说着，一直在眼里旋转的泪珠终于挂到了脸上。

啊，原来是这样!

我的嗓门眼早已被一团火辣辣的东西堵塞了。我感到自己的整个身体都在剧烈地哆嗦，只是强忍着没有哭出声来。我只简单地对她说：“吴亚玲，请你原谅我。我现在什么也吃不下去……”

我匆匆向院子的大门口走去。止不住的热泪在脸颊上刷刷地淌……

六

一夜寒风就把不凉不热的秋天吹走了。讨厌的冬天追随着最后一批南迁的大雁，降临在了黄土高原上。浪涛起伏般的千山万岭，很快变得荒凉起来。县城周围的山野，光秃秃的，再也看不见一星半点的绿色。

早晨或者晚间，城市上空的烟雾骤然间浓重起来，空气里充满了一股难闻的炭烟味——这说明闲置了一年的各种取暖炉子，现在又都派上了用场。

日月在流逝，时序在变换，我基本上仍然是老样子。自国庆节后，吴亚玲又主动找了我两次，说她要帮助我一点什么，但我都躲开了。我怀着一种感激的心情躲避着她的关怀，和她更疏远了。除了乡巴佬的拘谨和胆小，主要是我还不习惯平白无故地接受别人的帮助。尽管我看出来她是诚心的，但我既不是她的亲戚，又不是她的熟人，凭什么要接受这种帮助呢？而严格说来，她对我还是个生人——在国庆节之前，我实际上和她连一句话也没有说过。再说，她还是个女生。一般说来，我们这种年龄是怕和女生接近的。

但吴亚玲的行为无疑给我的精神投射了一缕阳光。人要是处在厄运中，哪怕是得到别人一点点的同情和友爱，那也是非常宝贵的。

品格低下的人会立即顺蔓摸瓜，把别人的这种同情和友爱看做是解脱自己的救命稻草，一旦抓住了，就会拼命不放；即使叫别人沉没，也要让自己跳出苦海。而对一个稍有道德教养的人来说，就不会是这样。我珍惜这种美好的人情，同样以高尚的心灵给予回报。

我现在越发对自己的学习成绩害臊了；我知道我为什么首先把思想的焦点强烈地凝聚在这一点上。是的，我的学习已经到了这般落后的地步，我怎配让人尊重呢？

在这个新的强烈的精神刺激下，尽管饥饿常使我天旋地转，但一旦坐进教室，趴在自己的课桌上，面对课本和演算本，全身就像弹簧一样紧紧地压缩在一起，没有任何的松懈。然而一经离开教室，精神稍一松弛，这“弹簧”就会嘣的一声散开，立刻感到浑身所有的关节都已松脱，软得就像一摊稀泥……

好在城郊秋收的时候，我曾在那些留下庄稼茬的土地上，捡了一点土豆和十几穗并不丰满的玉米棒。我当然不能把这点干粮放在宿舍里，我把它藏在了学校后山上一个被生产队遗弃了的破砖窑里。每当晚上复习完功课，我就摸黑跑到这个荒凉的地方，拾点干柴枯草，打一堆火，烧几颗土豆；或者在火里爆一把玉米花。我不能想象再有比这更好的晚餐了。这样稍稍恢复了点精神之后，我就在黑暗中背诵当天新学的数理化公式；或者在心中打着作文的底稿，嘴里念念有词……啊,破砖窑呵破砖窑,你又成了我的“冬季别墅”了。小河边那个安乐窝我现在是再不能去了，因为一到冬天，河道里的风特别硬，叫人受不了。而这个新的地方既避人，还能遮挡点严寒。

不久，期中大考开始，我怀着充实的心情应试。

考试的结果连我自己都大吃一惊：各门平均的分数是全班第一。聪敏好学的郑大卫不得不屈居第二了。我的同桌周文明和上次考试一样，仍然是全班倒数第一，不过和体育、唱歌的分数拉起来，还算勉强及了格。他又到处抱怨说文体干事的工作耽搁了他的学习。

成绩一经宣布，我默默地走出教室，像胜利了的拳击手一样，疲惫不堪中带着说不出的欢欣。

到了大操场上，激动的情绪进一步高涨起来。尽管两条腿饿得软绵绵的，但很想走动走动，甚至想跑一跑。

我一个人来到学校后院的大墙下，踏着那些衰败的枯草，独自蹓跶。沿墙根的几棵老梨树已经落光了叶子，光秃秃的枝条灰白而洁净，在初冬的寒风中静静地挺翘着。其中有一棵树的树梢上，竟然还奇迹般地留了一片硕大的叶子，被寒霜染得一片深红，旗帜似的在蓝天下索索地招展着。

不知什么时候，我突然感到有一只手掌轻轻地搭在了我的肩膀上。我吓了一跳，回过头一看，原来是郑大卫。大卫脸上带着温和的笑容，转身来到我面前，说："建强，你真行啊！我真没想到你能把物理试题的最后一道完满地解决了。那的确很难，我觉得其中有一个环节是我们还没有学过的。你不知道，咱们物理课的王老师曾说，这次物理考试他断定不会有人得满分。我不服气，结果这道题还是没能答出来。可你让王老师的话落空了！这真叫人高兴。尽管出这样的难题同学们有意见，但我是很支持王老师的。这样做也有好处，因为我们已经是高中生了，得逼着多学一点课本上没有的东西。不瞒你说，这道题我现在还不会。王老师说下星期上物理课时专门讲解。我不想这么现成地接受，在这之前非靠自己解了它不可。我想讨教于你，但请你千万不要对我说出解题的步骤，你知道我需要的是启发……"

普遍受同学们尊重的班长突然出现在我面前，并且用如此真诚的谦虚态度来向我请教，使我在吃惊中对他涌起了深深的敬意。真的，大卫也是一个言语不多的人——虽然原因和我不一样。他聪敏、刻苦，又很有涵养。以前，我对其他同学是躲避，而对他却可以说是敬而远之。现在，他主动为这一道试题费心来找我，这同时又使我非常钦佩这个人，因为在我看来，只有有志气的人才会在学问上这么谦恭和一丝不苟。

我告诉他，不妨看一看《物理疑难题五百解》，那上面有一道题和物理考试的这道题很类似。我还告诉他，这本书是我在大前天才从书店买的。他当然不知道，我是拿当月仅剩的几毛钱菜金买回这本书的。

大卫高兴地说：“太感谢你了。今天是星期六，书店关门早，我得很快去！”他刚要走，手却又在我的肩头抓了一把，说：“看你冷得直哆嗦，快回去加件衣服……我走了，有空到我家里去玩。你很孤僻，常躲人，为什么？我们家离学校很近，就在体育场后面的人委家属院，第一排，第四、第五两个窑洞。”

他匆匆地走了，健美的身影在二年级教室的拐角处一闪，就不见了。

我一个人呆呆地站了很久，也不知道自己想了些什么。我觉得我的心情从来也没有今天这样愉快过。

好久，我才感到我的身体已经冷得有点麻木了。我想起郑大卫刚才说的话，得“加一件衣服”。

我忍不住叹了一口气。我的思想立刻又回到了自己的不幸之中。我意识到，随着冬天的到来，我又面临着新的困难：寒冷。饥饿不好熬，寒冷更难熬。我除了单衣，就是一身老粗布棉衣。至于线衣、绒衣、毛衣，所有这些过渡性的衣服我连一件也没有。当然，现在棉衣是肯定不敢往身上穿的，因为天气还不到最冷的时候。一旦到了这样的时候，我又不像人家一样再有一件大衣套在上面。这套棉衣就是我抵挡严寒进攻的最后一道防线了。

为了驱寒，我想在原地跑跑步，但饥饿又使我不得不放弃这个打算，我哪里跑得动呢？

天气还早，我想又是星期六，干脆到街上转一圈去。

出了校门，我顺着那条碎石路面的小巷，来到了街口。

据说是清朝末年铺设的石板街道，现在已被几代人的脚片子磨得凹凸不平。街口上立着几座年月很旧的老店铺；这些破破烂烂的房子和那新建筑起来的商店、食堂、药材公司、邮电局、银行等等排成一行，就像上早操时我站在班上的队列里一样显得寒酸。紧靠着铁铺的老房子，就是前两年才盖起的县国营食堂。透过大玻璃窗，能看见里面就餐的人。我尽量克制着不往那玻璃窗后面看。我想到新华书店走走。听语文老师讲，最近出了一本叫《创业史》的书，很不错。听书名像历史书，可又听说是长篇小说。厚书我当然买不起，只想立在书店里翻一翻。

正在我准备去书店的时候，无意中瞥见食堂玻璃窗后面的一个大桌子的四周，坐着吃饭的人像都是我们班上的同学。

的确是的。瞧，那不是周文明吗？看他正端着几盘子菜往桌子上送哩。那些局长和部长的子弟们正吃在兴味上，嘻嘻哈哈，边吃边打闹。

我想起来了，今天是星期六，又刚考完。要好朋友们该在这里乐一乐。

我鼻根一酸，一转身又折回到来时的小巷里。我觉得我不应该到街上来。这使我想起我先前给自己许下的饱餐一顿的那个空愿是多么的荒唐！

七

我走呀走的，走到了学校后面的半山坡。我的“冬季别墅”正在向我招手。

我气喘吁吁来到破砖窑的洞口。在我一猫身准备钻进去的当儿，发现脚下的草丛里躺着一个锈铁盒子。仔细看了看，是过去那种装过染料的小方铁盒，扁扁的，上面的绿色油漆已经磨损得斑斑驳驳，四角的铁边也锈上了红斑。这东西躺在垃圾堆里倒也不起眼，但落在眼下这干黄的枯草间却怪引人注目的。

我一条胳膊抱着柴火，另一条胳膊伸下去把它捡起来，反过来正过去看了又看，也没多大用处，正想随手扔出去，好奇心驱使我要看看盒里装的是什么。我用大拇指把盖儿掀开了一线缝，斜眼看去——不看不打紧，这一看叫我目瞪口呆，一屁股就塌在了地上！

我惊慌地把这铁盒子先放到一边，脑袋下意识地在脖子上转了一圈。

当我发现周围确实没有别人，才又像拿一颗定时炸弹那样把这个小铁盒战战兢兢拿起来。

我手指索索地发着抖，重新揭开了盒盖：老天啊！这里面的确是一摞钱和粮票！

这是多么的不可思议啊！我竟然一下子拾到这么多钱和粮票，简直就像神话一般。

我眨巴眨巴眼睛：蓝天，白云；荒山，秃岭；枯黄的草，破败的砖窑……这一切都是真实的。我的手里捏着一把钱和粮票，也是实实在在的。

这时候，我的眼前猛然跳出了国营食堂大玻璃窗后面那些食客的身影。接着，馒头、菜、汤，所有吃的东西顿时在眼前搅成了一团。这些意念立即使我的胃囊开始痛苦地抽搐，抵抗饥饿的意志被手里这个魔术般的小铁盒瓦解了；本能的生理作用很快就把理性打得一败涂地。不知什么时候，饥饿已经引导着我的两条疯狂的腿，腾云驾雾般从山坡上冲下来了；前面和左右两边的景色都变得模糊不清，只有那些汤呀，菜呀，馒头呀，在眼前旋转着，旋转着……

直到十字街口的时候，我才渐渐放慢了脚步。

我先站在铁匠铺后面的墙角里，心怦怦直跳，一边喘气，一边朝食堂的玻璃后面张望。班上的同学们已经不在了。

我一只手在衣袋里紧紧捏着那个铁盒子，兴冲冲向食堂门口走去，一颗心依然在胸膛里狂跳。

在食堂门口，我又停住了。因为我突然模模糊糊觉得，我这样做似乎不很妥当。为什么？为什么呢？

很快，强大的理性开始起作用了。一个我和另一个我在内心里激烈地展开了问答——

“你来这地方干什么？”

“我来饱餐一顿。”

“钱从什么地方来？”

“拾到的。”

“这说明钱并不是你的！”

“是的，是别人的。但别人丢了，我拾到了。”

“拾到别人的钱该怎办？”

“该……”

“该怎样？”

“该交出去。”

“那么你现在为什么跑到这儿来了？”

“……”

提问题的“我”立刻问住了回答问题的“我”。我啊我！我只感到脸上又烧又痒，如同什么人在头上浇了一瓢滚油！

我站在那里，就像莎士比亚戏剧中的人物那般矛盾。理智告诉我，我正在做着一件非常不光彩的事；而眼下还有挽回的余地。

不幸的是，此刻食堂里那诱人的饭菜的香味，正在强烈地刺激着鼻子的感觉，五腑六脏都在剧烈地翻腾着，竭力和理智抗争，希望解除对它们强烈需要的束缚。啊，我可真抵抗不了这个诱惑！

我站在那里，既前进不了，又难退出身来。这时候，欲望与理性像两个角斗士在我的精神上展开了一场搏斗：一方面，理性像一把寒光闪闪的利剑逼着欲望后退；另一方面，欲望却用自己的盾牌拼命地抵抗，以求得酣畅，求得满足。

这场内心的搏斗是极其残酷的。说实话，要我放弃吃这顿饭是十分痛苦的；同样，要我心安理得去吃这顿饭，也照样是痛苦的。

怎么办？

我只好对自己妥协说：还是先到一个什么地方呆一会，等心情稍微平静一下再说吧。

于是，我便折回身，抬起沉重的脚步，穿过街道，出了南城门，向体育场走去。我知道那里最安静，没什么人去锻炼身体。困难时期谁有多少体力到这里来消耗呢？

我来到体育场，解开脖项里的纽扣，在一根很长的平衡木下面坐下来，开始“平衡”自己的情绪。

我双手抱住腿，头无力地低抵着膝盖，纷繁的思绪闪闪烁烁。

西边的太阳快要落山了。日脚下依傍着几块宁静的暮云；云边上染着好看的绯红的颜色。不知为什么，这时候吴亚玲的面容突然在我的眼前闪现；我似乎看见她带着那么惊讶和惋惜的神情在看着我……

我把朝天仰着的脸一下子埋在了胳膊弯里，无声地痛哭起来。难言的羞愧像火一般烫着我的心，同时我也为自己的灵魂尚未彻底堕落而庆幸。我这时也想起了我的一瘸一拐的父亲；想起了他对我的那些一贯的教导：“咱穷，也要穷得有志气，不吃不义之食……”

我爬起来，用袖子揩了揩脸上的泪痕，把手伸进衣袋摸了摸。嗯，那个硬硬的家伙还在。

我把脖项里的那道纽扣重新扣上，用手指头匆忙地梳理了一下乱蓬蓬的头发，就向学校走去。

八

当我把那个小铁盒放在我们班主任的办公桌上，局促而嗫嚅地说明情况以后，李老师一双眼睛在瓶底子一般的近视镜后面困惑不解地眨巴着，老半天没有反应过来。他凝视了我好一阵，又把那铁盒打开，数了数钱和粮票，一对“瓶底子”又对准了我的脸：“这么多钱和粮票！”他从上到下打量了一下我的那身破衣烂衫，用另一种恳切的语气补充道：“噢，建强同学，你真是一个好青年，我为你感到高兴。你生活这样困难，还能做到这一点，这太不简单了！”他的两只瘦弱的手搭在我的肩膀上，非常亲切地看着我，然后转过身，在旁边桌子的一个抽屉里匆匆忙忙翻起来。

不一会，他便把一把饭票递到我面前，直截了当地说：“你拿去吧！这是学生和教师分灶的时候剩下的，我也没顾上换。你就别客气，拿去用吧！我知道你生活非常困难。是的，我们整个国家都面临着困难。我看到学校里许多同学都在挨饿，心里很难过。不过，我相信我们的党一定能领导我们渡过这困难关头的，因为我们的精神和整个的社会风尚是很好的，我们一定能战胜这严重的困难。建强，我从你刚才的行为里具体地看到了这一点……这点饭票，你就拿着吧……”

我缩着手，退后一步，赶忙说：“不，李老师，我有饭票。我还有事，我走了。”

我生怕李老师强迫要我接受他的馈赠，赶忙侧身退出了他的房间。

现在已经临近了黄昏，外面校园围墙下的那一片小树林影影绰绰，校园里静悄悄地没有一点声响。

我在大操场上走着，心情非常宁静。我不知自己要到什么地方去，忍不住站在了一块黑板报下。我猛然又想起了我的“冬季别墅”。

对，到那里去！那里有我的土豆和玉米。我几乎在黑暗中笑出声来：好呀，我现在可以心平气和地去吃那些东西了。此刻，我已经饿得有点麻木，除感到眩晕以外，胃的绞痛已经变成了一种隐隐约约的感觉，并不像先前那样尖锐了。

我在渐渐昏暗下来的天色中，摸索着爬上了中学后面的山坡。

我怀着一种难捺的热烈感情走到砖窑的洞口前。我一下子又惊呆了：我看见里面已经燃起了一堆火，并且还看见火堆旁坐着一个人！

这是谁？

我壮着胆子把头探进了洞里。原来是一个头发花白的中年妇女，正瞪着一双惊慌的眼睛看着我。她怀里还抱着一个六七岁的女孩子——孩子已经睡熟了。看来这是母女二人，都穿得破破烂烂，十分恓惶。

我心里忍不住一酸：她们是讨饭的。

那妇女一边惊恐地看着我，同时操着外乡口音说："我不是坏人，我不是做坏事的。你听我给你说：我娃他爹在前年殁了，我娘母子少吃没喝，就出来讨吃来了，走州过县的，直跑到了有火车的地方。前一晌碰见我们那地方的一个老乡，说咱政府又发下来了一批救济粮。我寻思，不能再讨吃要饭了，该回乡去，要不给咱政府和共产党丢人哩！再说，母土是热的，就是死，也要死在本乡田地啊！今晚走到这里，没个落脚处，就瞎摸到这破窑来了，图它能挡个风寒……你是公安局的？我可不是坏人呀，从来也没做过坏事……"

我赶忙走过去，对她说："婶子，你别怕，我是学生。"

我接着问她："你们娘母子吃饭了没？"

"没……大人不要紧，娃娃……"她无力地垂下头，马上泣不成声了。

我默默地走到后墙根下，把藏在土里的那些土豆和玉米棒子统统刨了出来，拿到火堆边，对这个哭泣着的妇女说："这些东西，你们赶快烧着吃吧！"

她抬起头，看看放在地上的土豆和玉米棒子，又看看我，两片没有血色的嘴唇哆嗦着，哇一声哭了。她一边哭，一边拍着怀里的娃娃说:“我娃遇上好人了，亲蛋蛋，快醒来，给你这个好干大磕上一头！”

我又急又臊，几乎是拉着哭腔说：“好大婶哩，快不要这样了，我这么小，怎能当娃娃的干大哩？我也是个娃娃啊！”

我告别了这母子俩，跌跌撞撞下了山坡，重新又回到了学校的大操场。

天上早已一片星光灿烂。这是一个宁静的夜晚，甚至能听得见远处河道里水的喧哗。什么地方传过来一阵拉得不熟练的小提琴声，虽然不成曲调，但那轻柔的颤音使人的心也不由得颤动起来。

折腾了一天，到现在我还没有吃一口饭。但我的心情非常激动，好像自己在什么地方已经美餐了一顿……

星期一，我们班主任李老师破例召开了一次班会。会上他非常动感情地把我“拾金不昧”的行为大大表扬了一番。但我觉得很不自在。我不愿意让人家把我当英雄看待。因为从根本上说，我自己最愿意过的是一种正常人的生活：大家相互宽容，坦诚、不歧视、不妒忌。就是谁做了天大的好事，也不要大惊小怪地张扬；相反，要是谁遇到了什么不幸就给予真挚的友爱和支持。我曾读过许多小说和著名历史人物的传记，那些优秀的人们，他们哪个不都是具有这样的精神品质的呢？我们就是当个平凡的老百姓，也应该这样要求自己才对……尊敬的李老师，你可不要再说下去了。你本来是一个不爱说话的人啊！

不用说，这件事以后，我的形象已经在班上的同学们眼里得到了改变，大家一般说来，都不再用嘲讽的眼光看我。我想起我入校以来的境遇，现在才感到精神上有了很大的慰藉。但周文明等少数几个人，仍然不把我放在眼里。他们除了在公布考试成绩时不小看我，平时照样对我摆出一副傲然的神态；爱在我面前扬起手腕，夸耀似的看手表；或者谈论他们吃腻了哪些食物。甚至放出流言说，我拾钱交公是为了叫老师和学校表扬。

我仍然尽量躲避着一些不友好的人，同时也躲避着吴亚玲和郑大卫他们，虽然他们对我是友好的。

打这以后，我就再也没到我那“冬季别墅”去。这倒不纯粹是那个亲爱的破砖窑里已经没什么东西可吃了；主要还是那天晚上母子俩的不幸情景给我留下强烈的刺激。我怕到了那里会触景生情，想起那些令人难受的事来。

但是每天晚饭后，我根本不愿待在宿舍里。我不想和同学们交谈什么，也不愿妨碍他们什么，要是我过早地躺到我那破羊毛毡上去，不光自己别扭，也使别人不自在。

我很苦恼，不知自己该上哪里去。到外面的野地里去蹓跶吧，天气又实在太冷，我穿得太薄。

想来想去，我觉得唯一的去处还是那个空空如也的破砖窑。

这天傍晚，像过去一样，我拖着两条软绵绵的腿，又独自无精打采爬上了后山坡，走向我的久违了的“冬季别墅”。

九

我做梦也没有想到，在那个砖窑口，我竟然又捡到了钱和粮票！

一只破旧钱夹，几乎和上次的那个破铁盒一样，丢在同一个地点。

我疑惑了：天底下哪有这等事！

猛地一个想法像闪电般掠过我的脑际：天啊，是不是有人故意把钱放到这里让我拿呢？我浑身打了一个寒颤。

是的，我现在断定事情肯定是这样的。有一个人大概为了帮助我，又怕伤了我的自尊心，就采取了这么一个办法。

这是谁?

我立刻搜索所有熟人的名单。我很快确定了——这是吴亚玲干的。是的，肯定是她!

这时候，我的心马上沉浸到了一种巨大的激情里，并且夹杂着一种莫名的恐惧。

一个人没有友谊是痛苦的，可友谊一旦来得太突然，太巨大，也能令人不安。尤其像我这样在生活中受惯歧视的人，接受一个在我看来很有身份的人的友谊，真有点受宠若惊，就像一个需要温暖的人突然来到火星子乱爆的打铁炉旁，又生怕烫着一样。

但不论怎样，我得很快选择处理这事的办法。要么立即找吴亚玲去，把钱当面交给她；要么就仍然交给李老师。反正这钱和粮票我是不能拿的。

我又想，冒冒失失去找吴亚玲，可能不合适，事情仅仅是我自己的猜测罢了；要万一不是她，岂不是自找难堪吗?

那么，这样看来，我只得把这些东西再交给李老师了。

对，还是交给他最合适。不过，这次可千万不能再叫李老师在班会上表扬我了。如果他再这样做，我简直忍受不了。再说，同学们也会猜疑这里面是不是另有文章，为什么我在短短的时间里就两次碰上这种事，而且还是在同一个地方?这是谁也没法解释清楚的。当然，我也要把自己对这事的真实看法告诉李老师，让他侧面问问吴亚玲，看这个“魔术”究竟是不是她耍的。我想：要是这事的确是她做的，她一定会承认，因为她的目的并没有达到。

我要采取的措施，就这样决定了。但我的心情是不能很快平静的。对任何人来说，这样的事都可以看成是极不平常的遭遇。我做梦也想不到这种事竟然能出现在我的生活里。我震惊，感动，我觉得愉快，又感到忧伤……为了所有这一切，我真想吐出一声长长的叹息来。

当我敲响李老师的门，并且激动地喊出一声“报告”之后，听见里面回话的是一个女高音，她说：“请进！”

我踌躇了。我想李老师可能正和旁的老师一块研究什么问题哩。而要是有另外的老师在场，我真不好意思开口说我的事。但既然人家老师已经叫你进，就不能退了。

我来不及多想什么，只好硬着头皮走进去。

一进门，我不觉大吃一惊：哪里是什么女老师，原来是吴亚玲。屋里只她一个人，李老师不知干什么去了。她咯咯地笑着，然后舌头调皮地冲我一吐，说：“我真不害臊，冒充起老师来了！”

我站在地上，留不是，走不是，脸憋得通红。

吴亚玲嘴一抿，眼光带着一点揶揄的意味瞧了瞧我，突然说：“怎么？是不是又拾到啥东西交公来了？”

我的心一紧。

我忍不住拿目光斜视她：天啊！她此刻手里正拿着我上次交给李老师的铁盒子。我认定事情是她干的了。

我于是很快掏出了刚才拾到的那个钱夹子，放在她的面前，对她说：“吴亚玲，你……你再不要这样捉弄我了……”

她立刻惊讶地看着我，说：“捉弄？哎呀，马建强，我真难过！我想不到又伤了你的自尊心，请你千万不要见怪……这事是我做的。我深深知道你这人的脾气，我明白这样做也的确不很恰当。但我想帮助你，想不出还有别的办法。我要当面送你这些东西，你肯定不会收。后来，我知道你一个人常去咱们学校后边的那个破砖窑，就……唉，你这样下去怎办呢？你看你的脸色成了啥啦？真怕人，就像得了绝症的病人啦。你不知道，我们家就三口人，饭量都很小，我爸工资又高，钱粮都是有余的。建强，我求求你，你就把这些东西收下吧！这没有什么不好意思的，我喜欢和钦佩你的毅力，你的人品，你的学习精神，我想你不至于认为我这样做是侮辱你的人格吧？我是班上的生活干事，我有责任关心有困难的同学……你就把这些收下吧！”她从桌子上捡起那个钱夹子，连同手里的小铁盒一起递给我，两只眼睛对我真诚地望着。

“不。”我固执地说，把头扭到一边去。

她又转到我的正面来，同样固执地把这些东西再一次递给我，甚至有点生气地说：“你非收下不可！你这人脾气怎这么怪！”停了一下，她又用商量的口气说：“这样行不行？这些东西就算是我借你的，你以后有了办法还给我就是。”

“不……”我又把头扭到另一边去，两颗泪珠忍不住已经从眼角里溢出来了。

我听见她长长地叹了一口气，坐到原来坐着的那把椅子里。

这时候，李老师回来了。

我赶忙擦了擦眼，嘴唇发着颤，正想开口说明，但李老师抢先说话了：“你别说，我都知道了。”他转过头对吴亚玲说：“咱们商量的意见，教导处几个领导都同意了。”他扶了扶近视镜，又转过头对我说：“马建强同学，学校已经同意每月再给你增加两元助学金。想再多争取一点，可按国家规定，这已经是最高一级了……”

我明白这也是吴亚玲的主意。这是我无法拒绝的。我的感情汹涌澎湃，无法用语言表达。我只默默地对李老师点点头，就很快从他的房子里出来了。

我在学校的大操场上走着。寒风吹着尖利的呼哨，带着沙粒、枯树叶向我脸上打来，但我丝毫感觉不到冷。黑暗中我把自己的一只拳头堵住嘴巴，我怕我忍不住会哭出声来。

当我沿着校园路边矮矮的砖墙走着的时候，有一个人突然堵在了我面的，黑暗中我一时辨不清这个人的面容，但凭身形的轮廓我判断是她。

是她，因为她已经说话了。

“……马建强同学，我再和你商量一件事，你看行吗？是这样，武装部最近有些零碎活准备雇人哩，你愿不愿意用课外时间或者在星期天去做做？这活并不难，他们想粉刷一些旧窑洞，想雇人先把旧墙上的泥皮剥下来。如果你愿意的话，我回去给我爸爸说一下，你去做。如果你做的话，我也想做哩。咱俩干脆把这活包下来得啦。你不相信我也会干这事吧，其实你还不完全了解我的性格。我这人有时候挺疯的。我想，我这么大了，从来还没花过自己挣的一分钱呢！我想要是拿自己挣的钱买个什么东西一定很有意思。对于你来说，这个收入一定能解决不少困难哩。这钱可不是谁送你的，是你自己劳动挣的！这你也反对吗？……你说话啊，究竟愿不愿意去？”

我听见她的声调都有点哽咽。

我是再不能拒绝她了。而且，我先前就曾有过做点零工挣几个钱的打算。

我对她说：“我愿意去。”

她高兴了：“这太好了。明天下午你就到武装部来吧，我等着你！”

就在吴亚玲转身要走的时候，突然一道手电光从侧面照来，先在吴亚玲的脸上晃了晃，又在我的脸上晃了晃，接着，就听见周文明那阴阳怪气的音调：“咦呀，我当是谁格来，原来是你们俩！”

“讨厌！”吴亚玲骂了一句，折转身走了。

“九九那个艳阳，天哪！十八岁的哥哥……”周文明胡乱哼着歌，手电一晃一晃地也走了。

我站在黑暗中，感到嘴里有一股咸味，大概是牙齿把嘴唇咬破了。

十

真正的冬天到了。

西伯利亚的寒流像往年一样，越过内蒙古的草原和沙漠，向长城以南袭来。

从中学地理书上看，我们这里没有任何山脉阻挡南下的风暴。这里就是第一道防风线。毫无遮掩的荒山秃岭像赤身裸体的巨人，挺着黄铜似的胸脯，让寒冷的大风任意抽打。要是天阴还罢了，天气越晴朗，气温反而越低。凛冽的风把大地上的尘埃和枯枝败叶早不知卷到了什么地方。风是清的，几乎看不见迹象，只能听见大川道里和街巷屋角它所发出的尖厉的嘶叫和呜咽。太阳变得非常苍白，淡淡地像月亮那样发出清冷的光辉，不能给人一丝儿暖意。

冬天啊，你给这个饥饿的大地又平添了多少灾难和不幸！

我那点单衣薄裳在寒风中立刻变得像纸一样不济事了，浑身经常冷得缩成一团，而且肚子越饿，身上也就越冷。

无论如何，我还是不能忙着就穿棉衣。我的棉衣要到实在忍受不了的时候才敢上身。

我把除棉衣以外的所有其他衣服都裹在了身上，结果由于这些不同季节的衣服长短大小不一，弄得捉襟见肘，浑身七扭八翘的很不自在。

但我感到幸运的是，我现在终于有了一条出路：我可以用课外做点零活的办法来补贴一下生活了。这可不是嗟来之食，我将用自己的劳动来换取报酬。亏得吴亚玲为我找了这么个差事。吴亚玲可真是个好人。

这天下午，我怀着惴惴不安的心情去了武装部。

碰巧在大门口就碰见了她。我一怔：只见她穿一身改裁的打了补丁的旧军装，头上戴一顶男式军帽，头发全拢在了帽子里，像个男孩子一般，她正给一辆架子车鼓劲地打气。看来她真的也要当“临时工”了，我原来还以为那晚上她是随口说说的呢。

她看见我，几下打完气，直起腰喊：“呀，我还以为你不会来呢！”

她从架子车那边走过来，搓着冻得发红的手，说：“先到我家里烤一烤火去。”

我说：“不了。我就去干活，告诉我在什么地方。”

她犹豫了一下，说：“那也好，干起活来就不冷了。瞧，下边那一排窑洞。梯子，镢头，铁锨，我都准备好了，还找了一辆架子车，好往外边运泥皮和土。来，你把架子车推上。”

我们来到下边那排窑洞，很快就干起来了。

这活并不难：把墙壁上那些损坏了的泥皮用镢头挖下来，然后再把这些东西装进架子车拉到外边的垃圾堆里倒掉。

我在墙壁上挖，吴亚玲拿架子车往外运。

第一次单独和一个女生在一块干活，感到很别扭。可吴亚玲倒不。她似乎也看出了我的拘谨，就寻思着和我拉扯一些闲话。“你喜欢唱歌吗？”她在我背后问。

“喜……欢。”我站在梯子上，胆颤心惊地回答。

“可你不常唱。听你说话，就知道你共鸣不错。我觉得，唱歌也要内在一些好。像周文明吧，嗓子还可以，可一唱就像驴叫唤，难听极了。你大概不知道，李老师原来想让我担任文体干事，可你那个赖皮同桌硬要当。为什么哩？还不是为了出风头？……”

她滔滔不绝说着，我很少对答。一方面是拘谨，另一方面是因为饿。

“哎，马建强！你现在能不能唱支歌？随便什么都行，让我听一听。学校最近要排一幕歌剧，说不定你能当男主角呢！”

我立刻有些生气了：这个人，话怎么这样多！人家饿得心火缭乱，还有什么心劲唱歌哩！

看来她还在等着我唱哩。我只好说：“我实在……”我猛然感到一阵眩晕，身体摇晃了一下，就一个筋斗从梯子上摔了下来。

我听见吴亚玲一声尖叫，接着就感觉到两条并不有力的胳膊从背后往起扶我。

我挣扎着从她手里挣脱出来，一种触电般的惊恐使我忘记了身上的疼痛，靠在炕栏石上，只顾擦头上的汗水。

“啊，我知道了，你是饿的！”她把头上的帽子抹下来，紧紧抓在手中，飞一般跑出了这个尘土飞扬的窑洞。

我靠在炕栏石上，一边喘气，一边猜想：她大概是回家为我取什么吃的东西去了。不，我不会吃的。

吴亚玲很快就回来了。她并没拿来什么吃的，却把几张人民币塞到我手里，说:“这是你今天和明天的工钱。我的一份我已拿过了。你快拿着到街上买点吃的吧！”

我看了看手中的钱，惊讶得半天说不出话来。天啊！我怎能相信两天的工钱就有这么多呢？

吴亚玲生怕我把钱再塞回到她手里，已经退到了门坎上。她一边继续往外退，一边回头对我说:“明天下午你可还要来啊，你别忘了，明天的工钱你已经预支了。”她狡猾地冲我一笑，拔腿就跑。

我呆呆地捏着这一沓钱，心里明白这是怎么一回事。她自己根本不拿工钱，而把两个人的都给我一个人了，甚至说不定还把她家的钱也塞进去了。她用这种办法，仍然把她的钱给了我，又使我无话可说！

我拍了一下身上的尘土，出了窑洞，来到院子里。忽然，我听见上边院子里传来了郑大卫的声音——

“亚玲，你刚才到什么地方去了？害得我满学校找你，尽叫同学们笑话！”

“找我干什么？”这是吴亚玲的声音。

“哎呀，你这人！你怎忘了今天是我的生日？不是说好了的今下午到我家吃饭吗？我们全家人都等着哩。”

“哎呀，我倒真的给忘了……你急啥哩，要是你们家有好吃的，我天天都得去！”

“但愿如此。”

“哈哈哈……”

“嘻嘻嘻……”

听着交织在一起的充满感情的愉快的笑声，我也笑了。我为吴亚玲高兴，我为郑大卫高兴，我也为自己高兴。青春、友谊和爱的花朵，就是在饥寒中，也在蓬勃地怒放着。

我向国营食堂飞跑。我感到浑身的血液像是在燃烧着一般沸腾，长期凹下去的胸脯骤然间就隆起来了。

我破天荒饱餐了一顿，感到心满意足。就在我放下碗筷的时候，有人在我肩膀上拍了一巴掌。

回头一看：是周文明。

又是他，这真是活见鬼！不论我到哪里，偏偏会碰上他。

周文明狡黠地咧咧嘴，说道：“没什么。兄弟，你吃你的吧，你交了好运啦。不过，可千万小心郑大卫扇你的耳刮子！”

我满肚子不高兴地离开食堂，刚才的兴致全没了。

十一

在吴亚玲的帮助下，我的生活好过多了。我用打零工得来的钱，买了一身绒衣和棉鞋，并且还买了点菜票。

我知道，我使用的这些钱里面，有许多是吴亚玲自己给我的。每当想到这一点，我便感到惭愧。

我长这么大，从来还没和一个女性有过这样的亲近呢。当然，在我和吴亚玲之间，除了她对我的关怀和我对她的感激，再没有别的什么了——这我自己最清楚。但我总觉心中不安，不知道这究竟为了什么。我想人在经历一些自己从未经历过的事情时，不管事情本身是好是坏，大概免不了有些紧张吧。

但说实话，我真不愿失去这新的生活。钱对我来说固然是很重要的，而最重要的还是精神上的收获。人活在世上，最可贵的难道不是人与人之间的友爱吗？尤其当你身处逆境的时候，这种友爱不是更难得吗？

每天傍晚，我都去干活。活路已经很熟悉了，我和吴亚玲也配合得很好，一天比一天干得多。她告诉我，武装部有的是零活，一时干不完的哩。

相处了一段时间，我在她面前不再像从前那样拘谨了。我有时也敢哼一首歌子。但哼的时候，从来都是脊背对着她的。即使这样，我准知道她一定在静静地听。有时，她还把自己清亮而柔和的女高音加进我的低沉的歌声里。每逢这时，我总唱不下去，不是变声变调，就是戛然中止。

她呢，她也会停住，吃吃地笑着冲我说："我的声音大概像老虎？"

啊，生活也有这样令人快活的时刻！对我这个让人歧视的乡巴佬来说，这突然出现的一幕真像梦境似的不可思议。

啊，这是一个严寒的冬天，却又是一个温暖的冬天；这是一个贫困的冬天，却又是一个充实的冬天——一个永远不能忘记的冬天啊！

由于物质和精神两个方面都有了转机，连我自己也感到自己变得"神气"多了。我自觉我的腰背直了些，脚踩在地上也稳稳当当的，甚至思路也变得敏捷了。

可是好景不长。

不久，一种不祥的气氛出现了。我感到，班上几乎所有的同学都开始用一种异样的眼光看待我和吴亚玲。尤其是周文明，给同学们比比画画，挤眉弄眼，似乎我们做了什么坏事。我非常痛苦，倒不在于同学们对我怎么样，而是为吴亚玲不平。我已经习惯了各种各样的欺负，但她平白无故的，能忍受得了吗？

我现在才清楚我原来那模糊不安的心情究竟为什么。全是由于我的缘故，现在却使另外一个人受到了伤害。我的心如刀绞。

事情还远没有完。过不多久，又牵连到了第三个人——郑大卫。

大卫和亚玲的关系一直很好，这是谁都知道的。我自己也经常朦胧地感到，像亚玲和大卫这种关系大概就是人们常说的“恋爱”吧。

看得出来，那些风言风语传进了大卫的耳朵。幸灾乐祸的周文明肯放过这样的机会吗？

有一天早上，我有事提早到教室去。当我走到门口的时候，不得不站住了。我听见里面有两个人在说话——听声音是郑大卫和吴亚玲。

“大卫，你这么早把我叫来总有什么事吧，为啥又不说了哩？”

“亚玲……我……很苦恼！你和马建强究竟是怎回事？”

“啊，原来你是听周文明造谣了！你不看看，马建强他是一个多么老实的人，他现在够恓惶的了。我只是想帮助他解决点困难，让他到武装部干点零活，挣两个钱……”

“那你不能用其他的办法帮助他吗？比如赠给他一些……你们家要是没有宽余的，我们家有……罢了，这事由我来办。”

“你可万万不能这样！大卫，你根本不知道，马建强是个自尊心忒强的人，他决不会接受。你为什么不想一想，一个人困难到这样的地步，而且要正直地生活下去，除了宝贵的自尊心还有什么来支撑他呢？”

“那你也不能老让他到武装部去嘛！”

“武装部怎啦？他又不是个坏人，为什么不能去！”

“不是这……你这人呀！你就不看现在多少同学说闲话？”

“让他们去说吧，真可笑，我不怕！”

“这叫我受不了……”

“想不到你也这么可笑！这是我自己的事，和你不相干，你别管！”

“你……”

“我怎啦？”

“啊……”

啊！我赶快离开那儿，向校园西南角那个落光了叶子的小树林跑去。我感到难受、羞愧，我已经给别人带来了这样的烦恼！

我的手在衣兜里捏住那一沓菜票，就像捏着一把圪针，身上的新绒衣和脚上的新棉鞋也叫人感到刺眼极了。

从此，我不敢再看大卫的眼睛。我觉得他应该恨我，我对不起他，他的烦恼不论怎样，都是我造成的。

大卫看来也真的完全陷入了一种深深的苦恼之中，平时连话也不说了。他的平静的内心和惬意的生活完全被这件事情打破。以前下午放学，他总是和吴亚玲一块离开学校；现在，他总是一个人低着头悄然地走。虽然他看来比一般同学要老练，但实际上他也还是个远不到二十岁的年轻人啊。

谣言越传越凶，全班人都在背后议论纷纷。不但我，吴亚玲，连郑大卫也都成了攻击的对象。平时，我们三个在班上学习最好，经常受老师表扬，有些人或多或少心怀猜忌，现在好不容易找到个缺口，能不尽情渲染、攻击一番吗？这些倒也罢了，最糟糕的是，我们三个无辜者之间的尴尬局面造成了一种极难堪的嫌疑。由于大卫的苦恼，别人真以为我和吴亚玲的关系说不清楚。而吴亚玲又一是个生性倔强的人，根本不愿向大卫的这种态度屈服。至于我，又能做些什么呢？误会正是由于我而产生的，我除了痛苦和沮丧，实在一筹莫展。

我想，发生的事情已经发生了，一切都无可挽回，但我起码还可以做到：再也不去武装部了。而且今后要远远地躲开吴亚玲，我应该仍然回到我自己的孤独中去。

十二

第一场大雪终于来临。

雪连续下了一天一夜。落雪的白天和夜晚，都没有起风，天气并不怎样冷，甚至有一种微微的暖意。雪花一直在静悄悄地飘落，大地很快就被白雪所覆盖。

雪是在第二天早上停的。但天仍然没有晴。下午起了风，满天的云彩骤然间像撕碎的棉絮一般飞散开来。苍白的太阳从云缝中斜射出微光，大地白得耀眼。远处的地平线上，覆盖着白雪的山峰失去了往日的峥嵘，似乎变得平缓了，模糊地显出许多柔和美妙的曲线。傍晚，风向变了，天空重新罩上一层铅灰色的云帐。

雪景是一种壮观。尤其在黄昏,大地上那种单纯的、无边无际的、模模糊糊的白色，会使人的内心变得非常恬静和谐。感情丰富的人，会在这样的时刻产生诗的联想，画的意境，音乐的旋律。

以前，每当这样的时候，我总爱一个人默默地踩着绒毡一样的积雪，在田野里漫无目的地走动，心中充满了喜悦。我常常在黄昏里面对白皑皑的山峦不由自主地微笑；或者故意在村前小河积雪的冰面上徜徉，好让自己在不知不觉中陶醉在一种难言的喜悦之中……

现在，我呆立在校门外右边的那座高大的石牌坊下，面对着同样是黄昏中的雪景，再也产生不了过去的那种情绪了。雪也似乎不像过去那般晶莹可爱，看上去惨惨白的，又经黄昏色彩的涂抹，心头泛起的却是凄凉之感。

我不再去武装部干活了。我真的又回到了自己的孤独中。

眼下的孤独全然不同于往日。我曾短暂地闯入过另一个生活领域，而当这个插曲像流星一般逝去的时候，心中便留下了一个巨大的空虚。我吞惯了生活的苦汁，一旦尝了些许甜头，那味道却永远地不能消失。反过来觉得眼前的苦，具有更大的苦味。我怀疑这是命运的捉弄。我虽然不是处处相信命运，但也还没有成为一个彻底的唯物主义者。

我呆呆地望着学校下边武装部的院子，那在静静的雪夜里闪烁着的灯光，正像她的眼睛一般亲切、温暖。

她还在那尘土飞扬的窑洞里干活吗？她额头上的汗水还像珠子一般在流淌着吗？

那肯定是不会的了。她以前是为了我才去干那个苦活的。现在，她帮助人做了好事，却受到了诽谤。这多不公平！我自己受这种煎熬是可以的，为什么把不幸降临到她的头上！

我不知道在什么时候，吴亚玲忽然出现在我的面前。

我一经认出是她，浑身一阵哆嗦。

“到处找你找不见……你怕什么呢？你为什么不去干活了？亏你还是个男子汉！”她的手斜插在衣袋里，两只眼睛严厉地盯着我。

我感到无比的惶愧。

我怎样对她说呢？她应该知道，我这样做是对的。我怎能再让她承受那些压力呢？

我想分辩一两句，但说不出话来。此时此刻，她毫不在乎地又来找我，那勇敢坦荡、正气凛然的禀赋，使我一下子受到了巨大的震惊，就像一道闪电划过了我的灵魂，我猛然觉得我从这个女性身上看到了一种完全陌生而又非常令人惊奇的东西！这是一种什么东西呢？

我后来慢慢细想，才明白过来：这是一种脱俗的精神。而我身上所缺乏的正是这个。我以前尽管够得上是一个刚强严谨的人，但带着一股乡巴佬的小家子气。雪夜黄昏，这位女同学用她精神上的闪光照亮了我的缺陷。尽管当时我没能很快领悟她的这种气质，但给我以后的整个生活中带来了巨大的影响（这个故事里将不会叙述这些了）。

我站立在石牌坊下，只是受审似的面向着她，不知如何是好。

或许是她的这种坦荡的胸怀感染和鼓舞了我，于是我抬起头大方平静地望了她一眼。雪地上的微光映出了她清秀的脸庞、倔强的额头、一双美丽清澈的眼睛。嘴唇是微微翘起的，浮着一丝亲切的笑意，显示出了她性格的另一方面：温柔、真诚、恬静。

“走吧，咱们现在就去！”她望着我，下巴朝武装部的院子扬了扬。

感激之情在我胸中奔突，我用哭声对她说：

“亚玲！我再不能连累你了。我自己完全可以生活下去……你是个好人！我像姐姐一样尊敬你……”泪水涌出了我的眼睛，热辣辣地淌到冰凉的脸上，又掉在了雪地上。

她笑了，说：“我比你还小一岁哩，不敢当的。”

接着，她轻轻叹了口气，说：“那今晚上就不去了，明晚上可一定要去呀。你知道，咱们可是包工活，剩下的我一个人干不了！”她冲我诡秘地一笑，转过身没入了茫茫的雪夜里。

我也向学校走去。一路上心里翻腾得厉害。我刚踏进学校的大门，就看见周文明背着个黄书包，从院子那边大大咧咧走过来。他大概在教室坐不住，回家去的。

我想躲开他，不愿和他打照面，但来不及了，他已经走到了我面前。

他棉帽的两片耳遮耷拉着，从头到脚打量着我，脸上堆起讥笑，学电影里日本人的腔调说：“又到武装部干活干活的去了？八路给你米西米西了？”

我再也控制不住自己的愤怒，我没有出声，一扬手就狠狠给了他一巴掌。

我立刻惊呆了，我怎么能打人呢？

周文明也惊呆了。不过，他很快反应过来，把书包一扔，猛扑上来。

我们扭在一起，都倒在了雪地上。

一旦打起架来，我哪是这个家伙的对手！他终于把我按倒在雪地里，骑在我身上，揪住我的头发，直把我的头往地上碰。

我感到眼前一阵发黑。好在地上积雪很厚，头没有被碰破，但他还不肯罢休。

突然，我感到周文明猛地从我身上跌落了，先是咚的一声响，紧接着“妈呀”“妈呀”地叫开了。

等我爬起来的时候，周文明也正爬起来。我看见他用手背揩着嘴角上的一丝血。

我发现郑大卫就立在周文明面前，皱着眉，一声不吭地看着他。我明白了，刚才是大卫把他打倒在地的。

文明看见大卫满脸的阴沉，慌忙地从他身边绕过去，撒开腿跑了。他一边跑，一边骂道：“郑大卫，大熊包，老婆让人家拐走了！”

大卫嘴唇哆嗦着，把自己掉在地上的书包捡起来。

就剩下我们两个人了。这是一个极为难堪的场面。

我犹豫了一下，走近他一步，还没容我开口，他把书包往肩头一挂，望了我一眼，那眼神反映了一种难以捉摸的复杂情绪。他迅速转过身，头也不回地走了。

我站在空荡荡的雪地上，望着他远去了的背影，心里难受：他无意和我说话，这个生活的幸运儿！不过他对我分明深有成见，仍然助人危难，这说明他为人刚直。啊，大卫呀大卫，难道你就看不出来我和亚玲究竟是一种什么关系吗？你能相信那些生造瞎编的谣言吗？请你认认真真地想一想吧。

十三

第二天，我已经完全没有心思去上课了。我连假也没请，就离开了学校。在学校的四堵墙里,我感到非常压抑,一分钟也呆不下去。

可是，上哪儿去呢?

从校门里望出去，只见四野茫茫，路断人绝，看不见任何飞禽走兽。城市高低错落的建筑物全埋在厚厚的积雪里。屋脊上的烟囱飘曳着一缕缕灰白的烟，融入了铅一般沉重的天空。冷飕飕的小北风夹着细小的雪粒迎面打来，像无数枚针刺着一般疼。

我出得校门，穿过那座石牌坊，在没有路的地面上随意向旷野走去。一不小心我滑倒了。滑倒就滑倒，我索性也就不爬起来，闭住眼躺在雪地里，专心地、痛苦地思考着唯一的问题:我该怎么办?

怎么办?吴亚玲横遭非议，郑大卫强忍痛苦，周文明火上加油，全班同学在看笑话……而这一切都是由我才引起的。我现在甚至憎恶自己的存在。

可是，吴亚玲痛苦，郑大卫痛苦，难道我就不痛苦?难道我已经干了什么见不得人的事了?

一种委屈的情绪使我鼻根发酸。我赌气地想:我现在之所以落到这样的境地，说到底，是因为我没有一个挣工资和吃国库粮的爸爸!我贫困，但我并不眼红别人富有，也从没抱怨过什么，只怪自己的命运不济。本来，我自己是可以咬着牙默默地生活下去，把高中的学业完成的。可是，却偏偏出了个吴亚玲……

难道我又能怪她吗?

不!她是高尚的。她不仅在物质上帮助了我，更重要的是在精神上给了我友爱和温暖。她帮助了我,却为此付出了名誉的代价——对一个女孩子来说，名誉并不是可有可无、可好可坏的。

我也想到了郑大卫。也许他看得出来，吴亚玲和我是清白的，但众人的舆论使他难以忍受。他良好的品格使他在诽谤面前得以容忍，但也因此而越发加深了他的痛苦。

诚然，我更多的还是从吴亚玲的角度看问题。我知道，亚玲心里热爱大卫，她看见他痛苦，肯定会百倍地增加她自己的痛苦。我们中间，最苦的还是吴亚玲。

我抓起一把又一把雪，狠狠在自己脸上搓；我在雪地上打滚，揪自己的头发，像一只受了枪伤的野兽。

已经到中午了。从早上到现在，我粒米未沾，滴水未进，但并不感到饿。

我从雪地上坐起来，双手抱住膝盖，像走了很长时间的路，感到浑身疲乏。我迷茫地遥望着白雪皑皑的远方……

远方有两座山，在那两座山的中间，是个像瓶颈一样的沟口，从那沟口进去，不就是通往家乡的路吗？

此刻，马家圪塄的乡亲们也许正坐在炕头，老头们在捻毛线，男人们倒在枕头上打鼾，女人们怀里抱着饿得睡不着觉的孩子们，嘴里低吟着古老的歌谣："鸡呀鸡呀不要叫，狗呀狗呀不要咬，妈妈的命蛋蛋好好睡觉……"

父亲呢？也许正在那黑得像山洞一般的土窑洞里，蹲在炕头上，一锅接一锅地抽着旱烟。或许并不在炕上，而将那把祖父手里传下来的长方形的黄铜锁锁住冰窑冷炕，拖着瘸腿，一拐一拐在山洼里寻找寒风没有摇落的野酸枣。要么，干脆在村头碾谷场上，扫出一块干净的空地，支一只草筛子，撒上一把谷糠，扣它一两只贪嘴的麻雀。我好像看见他躲在老远的柴垛后面，两只手正拉着拴着筛子的绳子，眼睛盯着那块空地，等待着，等待着；积雪落满了他的双肩，落满了他苍白的头发……要是他今天能吃上一只烧麻雀或者几颗干瘪的野酸枣，他就一天不会动烟火了，而把那省下的一点口粮托人捎给我……

我双手蒙住脸，忍不住哭了。

雪又开始密了，大了，飞舞着的雪花把天地间搅得一片迷蒙。地平线在视野里消失。一片两片的雪花，钻进了发烫的脖项里，融化了，变成冰冷的水滴向脊背上流去，叫人不由得打寒颤。旷野里静悄悄的，我的哭声只有我自己在听。

啊，我是多么害怕自己在心里已经做出的那个决定呀！但我又必须去这样做：为了解脱所有其他人的痛苦，我决定要退学了。

这无疑等于自己扼杀自己。我知道，我的一切美好的理想和无数未来的梦都被打碎了。为了今天和将来，我已经走过了漫长而艰难的路，现在正到了一个关键的时刻，却遭到了挫折，而这挫折竟是这样没有料到的原因所造成！

但从另一方面看，我又不能不这样做。对于我这样的年龄、这样的性格、这样的社会处境的人，遇到这样的事，要想在道德上成全自己，只能采取这样的行动。我没有那种既能排除别人的误会和痛苦，又能使自己灵魂安宁的力量。我只能使自己承受加倍的痛苦，去换得别人的不痛苦。

一种油然而生的豪侠气，使我的精神变得爽朗。我丝毫也不懊悔自己的决定。这也是我的良心的要求。从某种意义上说，这只是对另一颗高尚心灵的回报。

雪越下越大，被风吹斜的雪花，像白色的无边无际的瀑布向大地上倾倒下来。

此刻，欢愉的情绪在我的周身漫延开来。这是由于心灵的纯净而产生的情绪，任何一个正直的人都会有所体验的。

正在这时，我感到有一个什么沉甸甸的东西落在了我的肩头。我抬起头：呀，是我的班主任李老师，搭在我肩上的正是他的手。

李老师就蹲在我身边，眼睛透过瓶底一样的厚镜片看着我，问：“建强同学，你病了？”

我摇摇头。

“家里出了什么事？”

“没有。”我回答。

“你自己有什么事？”

“……”我语塞了。

“是的，我看你好像有什么事，最近你情绪不太好。是不是又没粮了？你下午到我宿舍来，我还有一些剩下的饭票，你拿去，不要客气。我胃不好，吃不了多少……现在是困难时期，大家都在饿肚子。不论怎样，还是要好好学习，要想着祖国的未来。你是个有前途的青年，千万不要耽搁学习。今天，你旷课了，连假也没请……还是周文明同学告诉我，说他看见你在这里……”

李老师拍了拍我身上的雪。我站在他面前，冻僵了的腿直哆嗦。我不敢看那对有着许多圈圈的镜片，只是低着头，手在脸上无意识地摩挲着，缓慢地说道：

“李老师，我很感谢您，我……我就要离开学校了！”

“为什么？”李老师高大的身躯弯下来，近视镜都快挨到了我的脸上，迷惑地看着我。

我再也忍不住，像一个受了委屈的孩子，把头伏在李老师宽厚的胸前，哽咽得再也说不上一句话来。

李老师一条胳膊搂住我的肩头，另一只手轻轻在我肩背上摸着，说：“建强同学，你是一个性格坚强的孩子，怎么能因为困难就退学呢？就是你回到家里，也照样是缺粮啊！你千万不能这样，古话说，一失足成千古恨。等你将来后悔了，就来不及了……”

“不是因为这……”我抬起头来，犹豫了一下，竟然一口气把所有的心事都向李老师倒了出来。我觉得他是一个经过世事的长辈，他的人品也完全值得我尊敬和信任。再说，他是我的班主任老师，我应该对他说明我退学的原因。这并不是为了让他把我挽留下来。

不，我已经决定要走，这是无论如何不能改变的。

“啊，原来是这样……”李老师听我叙说完，轻轻说了一句，然后就在雪地上踱步。

他在我面前的雪地上转了一圈又一圈，后来又坐在了雪里，两只手微抖着从衣袋里摸出一支困难时期出的“经济”牌纸烟，点着后一口接一口抽起来。

踱了好一阵，他停下来，用两只手捧起我的头，厚镜片对着我的脸，满怀激情地看了看我，缓缓说：“咱们回去吧……”

一路上，我的老师什么话也不说，我根本猜不出来他对我的这些事是怎么看的。

进了学校，我要回宿舍去，但李老师不让，叫我跟他到了他的宿舍。他肯定有什么话要对我说。

十四

李老师让我坐着，然后在桌子下面的一个纸箱子里摸索了半天。

我看见他摸出两个鸡蛋。这年头，鸡蛋可是稀罕物，李老师不知什么时候存下的，大概舍不得吃，放了好久，蛋壳上都蒙了厚厚一层灰。

他把鸡蛋洗了洗，放进火炉上的铁锅里，才坐到我对面。

他扶了扶近视镜，默然了一阵，开口说：

“我今天很激动。为什么？是因为你的事深深触动了我，使我回想起自己年轻的时候……噢，本来我不该把自己这样的事告诉像你这样的年轻人，可是……”

他犹豫了一下，接着便又缓缓地说起来。

“……这已经过去多年了。那时，我还年轻，快大学毕业了。就在这个时候，我深深喜欢上了我们班上的一位女同学。在大学的最后一年，我们是可以考虑婚姻问题的。那位我所喜欢的女同学对我也不错。

“可是不久，我才知道我最要好的一个朋友已经追求这位女同学多时了。如果没有我，他们是完全可结合的。由于那位女同学对我表示了更深的好感，使得我的朋友陷入了极大的痛苦。

“我当时懊丧极了。我虽然喜欢那位女同学，但看见我的朋友那样痛苦，感到自己做了一件不应该做的事。

“就这样，在毕业分配时，我终于放弃了留校的机会，自动要求到你们这里来了。你知道，我们那里离这里几千里路。我当时只有一个想法：远远地离开他们，让他们结合……后来呢，他们果然结婚了……”

李老师站起来，开了柜子上的锁，在里面取出一张照片递给我。我看见，那上面是笑得甜甜的一男一女，在他们中间，有一个小男孩。这无疑是李老师的朋友一家了。

“后来我在生活中再也没遇到一个自己满意的女同志，因此直到现在，拿你们本地的话说，还是光棍一条……”李老师淡淡地笑了笑，又说，“但我现在并不后悔自己当年的作为。人在世界上，难道不应该活得更高尚一些吗？当然，你的事和我不一样，但从精神上说有共通的地方，因此使我激动。”

李老师平静地叙说着，但神态是那样的庄严。

我也静静地听着。我第一次听见这样令人感动的关于爱情的故事。

“不过，建强！你难道就非得退学不可吗？这似乎是不必要的。让我来做做你们所有人的工作吧！你，亚玲，大卫，文明……请你相信我能做好你们所有人的工作。”李老师站起来，手搭在我的肩膀上，等待着我的回答。

“不！”我抬起头望着亲爱的老师。他刚才给我讲的他自己的经历更使我坚定了我的信念和决心。我对他说：“李老师，事情已经到了这个地步，您越做工作，影响越大，说不定会闹到全校同学都知道这件事。这样，对吴亚玲同学的压力就更大。我已经决定了，非退学不可。我回去可以自学，我决不会丢掉学业的。我现在只要求您，对同学和学校领导说我是因为家庭困难才退学的，千万不要说出真相。在我离校之前，也请您保密，让我悄悄地走……”

我的喉咙堵塞了，再也说不下去，两只手抱住头，一下子趴在了桌子上。

当我抬起头来时，见他把一封信递到我面前。我不明白这是怎么一回事。

李老师扶了扶近视镜说：“我尊重你的决定和对我的要求。这封信，是我给咱们邻县中学的教导主任写的，他是我的朋友。你们那里到邻县和到咱们县城距离差不多，我建议你到邻县中学继续上学。那里只是环境生疏一些，说话口音和咱们县不一样，慢慢就会习惯的。你先去联系一下，如可以，你再来补办个转学手续。”

我感激地拿起了这封信，不知说什么是好。

“我……尽量这样争取吧……”我站起来，向李老师告别，他却一把拉住我，把两个煮熟了的鸡蛋硬塞到我的衣袋里。

第二天上午，我就办完了退学手续。这一切很容易，因为在这困苦的年月，退学的人几乎每天都有。至于行李，没什么可收拾的。我想：明天一早，在打起床铃之前，我只消把铺盖一卷就可以起身了。

整个下午和晚上，我所碰见的班里的人都告诉我，吴亚玲在找我。其实，有几次我已经看见了她，故意躲开了。我想，她大概又是要找我到武装部去干活。别了，永别了……

我决心在我走之前，再不看见吴亚玲。晚上，我有意没在宿舍里，到高年级教室后面的大墙外消磨掉时间。

很晚了，我才回到自己的宿舍。

同学们都已经睡熟了，灯还亮着。我在地上怔怔地站了一会。

这个时候，我才感到一种难言的悲哀。明天啊，我就要离开这里了，也就是说，我将要离开自己原有的生活道路，要重新开始一种新的生活了！

我也可能去邻县的中学继续上学，但怎能再折腾得起呢？我想我多半要剃个光头，春夏秋冬，把自己的全部青春和生命贡献给土地。劳动并不是一种耻辱，而是我们生活的基本要求。当个农民，对于土生土长的农家儿女来说，这样的命运是很平常的，无数的人都这样走完自己生命的历程，就像一棵平凡的树苗，从土地上长出来，最终又消失在土地里……

我打开铺盖，发现被子里夹着几本书，一看，是《青年近卫军》、《钢铁是怎样炼成的》和《把一切献给党》。

我像预感到什么似的，很快把书翻了翻，果然还夹着一封信，正是吴亚玲的。

马建强同学：

我中午去教导处开会，听老师说咱们班一个同学退学了，刚办完手续。我赶快问他这个同学是谁，一问才知道是你。我难受极了，下午和晚上到处找你，也没有找见。你肯定在躲着我。我知道你退学的真正原因是什么。我没有想到我的好心却给你带来了恶果。我很痛苦。不论怎样，我认为你根本不应该退学的。我真不知道该怎么办……

送你两本我爱读的书，你也一定会喜欢的。我想，不论国家和我们个人眼前遇到多大的困难，遭到多大的不幸，我们决不应丧失信心。我们要努力奋斗，要勇于牺牲，手拉着手朝前走，使我们的青春无愧于我们伟大的祖国，伟大的时代。这三本书会帮助我们更好地走向生活……

吴亚玲

我把这封信翻来覆去看了好几遍，心里就像开水锅一样翻腾着，久久不能平息。

我从被窝里爬起来，拉灭了灯，一个人又出了宿舍，来到学校的大操场上。

天已经晴了。暗蓝的天幕上，点缀着密密麻麻的星星。一轮明月挂在高空，清冽冽的光芒照耀着白雪皑皑的大地。

我长久地徜徉着，似乎想了许多许多，又像什么也没想。感情的潮水在胸中涌动，酸甜苦辣，样样味道都有，想笑，又想哭……

十五

这可是一个绝好的早晨。太阳从遥远的地平线升起来，给积雪的大地涂抹上一层淡淡的红光。整个黄土高原这样一装扮，气势顿时显得异常的雄壮。冬季里满眼的荒凉都被厚绒绒的白雪遮盖了；大地上所有的高低错落和参差不齐，都变成了一些单纯的互相衔接的曲线。一切都给人一种丰润和壮美的感觉。

瘦骨伶仃的我背着行李，出现在原野里，走进这样一幅大自然的图画中。

出了县城，穿过平展的田野，进了大山夹着的深沟——山路立刻变得崎岖险要起来。

我艰难地跋涉着。为了不掉进深涧，思想和精力全部都集中在脚下。

为了避开同学们的目光，我是在天还不明的时候就悄悄离开学校的。没有睡觉，没有吃饭，肚子饿得像猫爪子抓着一般。眼睛发黑，腿在打颤，十几里的路上已经记不清摔了多少跤了。

在一个可以避风的石崖下，我连人带行李一起倒在了一块没有落雪的土堆上，闭住眼大口大口地喘息。

我倒在这里，再也起不来了。一种孤苦伶仃的感觉控制了我，寂寞、灰心，就像一个打了败仗的士兵。记得在夏末初秋的时候，我正是怀着美好的心情从眼前这条路上走向县城，走向我向往着的新生活的。现在，却从相反的方向回来了。这也许是我整个生活转向的起点。

尽管如此，我对我的行为并不后悔。不，一切过去的都已正如父亲所说的:“咱们的祖坟没有埋着好风水！”

“爸爸，你说得对……”我闭着眼睛，头枕着铺盖卷，喃喃地念叨着，不知是瞌睡还是昏迷，感觉到意识无法控制，渐渐地就什么也不知道了……

后来，我梦见我死了，尸体放在一块冰上，骨头都被冻裂。甚至还在梦中我就发出这样的疑问:既然死了，为什么我还能觉得冷呢？噢，原来我并没有死。但是，怎么啦，周围的冰仿佛变成了热的，使得我身上渐渐暖和起来。并且，我好像还听见有谁在很遥远的地方呼叫着我的名字……

我醒了。睁开眼一看，身上盖着一件棉大衣，郑大卫正蹲在我身边。这比梦境更叫人不可思议。

“建强！”大卫叫了一声，用手背抹了抹镜片下面的泪水，嘴唇哆嗦着。然后，他从身上的挂包里掏出一把饼干，双手捧到我面前。

我立刻意识到眼前发生了怎样的事情。一阵颤栗闪电般传遍全身。以前所有的嫌隙顷刻间化为乌有，充满眼前的是净化了的真诚。我从大卫手里接过了饼干，也接过了他对我的崭新的情谊。

“我对不起你，没想到把你逼到了这步田地。我听亚玲说你为此退了学，感到揪心般难受，就跑来追你了。你一定要回学校去！我们已经重新给你在教导处报了名，你一定要回去。同学们听说你退了学，还捐助了许多粮票和钱，大家都在等待着你。李老师还把我和亚玲、周文明叫去谈了话，他俩也来了，在后边……请你原谅我吧……”

他把掉在地上的棉大衣披到我身上，像大哥一样，胳膊亲热地搂住了我的肩头。

我在他的胳膊弯里哭了。幸福、喜悦、委屈，所有的感情都一齐涌上来了。

大卫也在抹泪。这时候，我们都像孩子，又都像大人。是的，我们正在离开孩子的时代，走向成年人的阶段。在这个微妙的，也是美好的年岁里，它将会留给我们多少难忘的回忆啊！

这时候，从我们身后响起了一声喊叫：

“追上了！追上了！”

这是周文明。在他后边，是满身糊着雪粉的吴亚玲。她看见了我，猛地站住了。喜悦的笑容绽开在她的脸上，眼睛里绷着一层泪花。

周文明三跷两蹦就来到我面前，一改平时的骄横，脸上泛起红潮，直率地对我说：“很对不起你。李老师已经批评了我，我给亚玲和大卫道了歉，现在也要向你道歉。我耻笑过你，伤害过你，请你原谅。你实际上是一个有骨气的好人，不好的是我。我这人毛病是太多了，从小在巷子里打架长大的。我记起了你的许多好处。旁的不说，每次考试，我不会，总要偷看你的几道题；你明知道我偷看，也不告给老师，还有意让我看哩……嗨！不是你，我恐怕今年下来要留级了。从今以后，我也要好好向你们几位同学学习。建强，你回去吧！以后缺什么就说，我们家什么都有。我们拜个干兄弟吧！你以后在学习上多帮助我……你能原谅我吗？”

周文明的话使我深受感动，我对他说：“我永远不会记恨你的。你很聪敏，只要努力，学习一定能赶上来！”

亚玲走上前来，对我说：“快回去吧，李老师也在后面赶来了。咱们快点往回走，好让他少跑点路。他是个深度近视眼，别让他跌一跤，把眼镜给碰掉了！”

我们都笑了。大卫开玩笑地对我说：“看你犹犹豫豫的，还有什么要谈判的条件吗？”

我却认真地对他说：“那你……一定要和亚玲好！”

大卫的脸刷地红了，亚玲的脸也红了，文明却背起我的铺盖卷，大喊一声：“咱们开路开路的！”他喊着，走在前头，又转身对我们说：“路不好走，咱们四个人干脆一个拉着一个。我走头，开路开路的；建强拉着我，大卫拉建强，亚玲拉大卫，空气拉亚玲！好不好？”他向我们做了个鬼脸，大卫和亚玲相视一笑，都不好意思地把头扭到了一边……

就这样，我们四个人手拉着手，踏着我们来时踩出的脚印，跌跌爬爬，嘻嘻哈哈，在白雪皑皑的峡谷里行进。走在前面的周文明吹起了响亮的口哨；口哨吹出的旋律是我们熟悉的《游击队之歌》。我、大卫和亚玲，忍不住和着文明的口哨声，轻轻地跟着哼起来。我们的父兄们当年就在这些山野里哼着这首歌，战胜了无数的艰难和困苦，赢得了革命的胜利；今天，这不朽的歌曲同样使我们的感情沸腾，激励我们在困苦中热情地生活，坚定地前进！

我拉着伙伴们的手，唱着亲切的《游击队之歌》，走向县城，走向学校，走向未来；我浑身的血液在激烈地涌动，泪水很快蒙住了眼睛，两边那耀眼的雪山逐渐模糊了，模糊了……

一九八〇年冬天到一九八一年春天写于西安

＊原载《当代》1982年第5期。

图书在版编目（CIP）数据

在困难的日子里 / 路遥著. -- 北京 : 北京十月文艺出版社, 2019.12
（路遥全集 : 典藏版. 中短篇小说卷）
ISBN 978-7-5302-2009-2

Ⅰ. ①在… Ⅱ. ①路… Ⅲ. ①中篇小说－小说集－中国－当代②短篇小说－小说集－中国－当代 Ⅳ. ① I247.7

中国版本图书馆 CIP 数据核字（2019）第 222993 号